U0072024

英文字源解剖大全

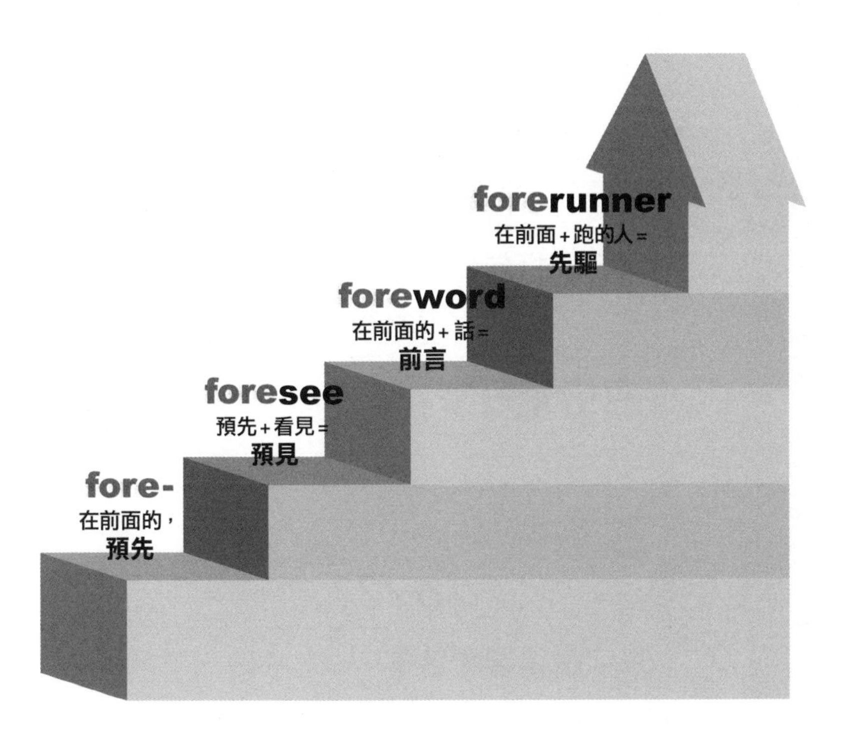
forerunner
在前面＋跑的人＝
先驅
foreword
在前面的＋話＝
前言
foresee
預先＋看見＝
預見
fore-
在前面的，
預先

Introduction

為了背單字你會

拿起筆來

一邊唸

一邊不斷重複寫下

forego
forego
forego

寫完還打勾作記號…

☑ forego　放棄

三分鐘才背一個單字，而且…

三天後…

…go???

單字拼得零零落落…

本書引言

或者…

先花**十分鐘**天馬行空掰故事…

forego=佛狗
「佛」的「狗」很挑食，
看到凡間的食物都「放棄」不吃。

好好笑哦～記起來了…！

三天後…記憶模糊…

佛的狗到底怎麼樣啦!! XDD
forego 到底是什麼意思?

真正的英文高手是怎麼把單字記住的呢?

Introduction

了解英文單字構成的要素 把單字快速記下來的步驟

❶ 學會單字的構成要素

字首 **fore-**

單字 **go**

❷ 看到單字

forego → fore + go

瞬間反應

❸ 三天後馬上就能用出來

fore go …不就是「放棄」的意思嗎

先 走了

❹ 其他單字也能輕鬆學會

fore+see → foresee

fore+tell → foretell

fore+arm → forearm

fore+word → foreword

fore+father → forefather

本書說明

「在前面；預先」的意思

「走」的意思

先 + 走 ➡ 放棄

完全不用花時間想背單字的祕訣

I will not forego my right!

我不會放棄我的權利！

預先看 → **預見**

預先告訴 → **預言**

手臂的前面 → **前臂**

寫在前面的話 → **前言**

比老爸還前面 → **祖先**

還在苦惱單字不管怎麼背，忘得總比記得快？
其實單字的構成是很科學的！！
只要理解單字構成的原理
就再也不用痛苦背單字！！

掌握英文單字的科學構成要素，
就能「理所當然」看懂意思，「自然而然」記住它！

真的想征服英文單字嗎？
那就別再猶豫，
看看本書所揭露的訣竅吧！

大多數的英文學習者為了征服英文單字，投入了許多時間，也下了很大的功夫，但是得到的結果往往不是那麼令人滿意。

處在這種困境中的英文學習者，都有一個共同的煩惱，就是「怎樣才能輕鬆地掌握英文單字，並且維持長期記憶，不會忘記呢？」。作者經過多年的研究，終於找到了這個問題的答案。

大多數英文學習者都以硬背的方式來記憶單字，自然成效不彰。本書集結了作者多年來對英文學習的研究心得，能讓讀者用「簡單、有趣、高效率」的方法把英文單字記下來。運用這種高效率的學習方法，您也能在短時間內完全掌握英文單字。

本書的內容涵蓋了「基礎英文單字」、「實用英文單字」和「考用英文單字」三大類。如果您的用意不是準備考試，我建議只需學習 Part 1 和 Part 2 即可，Part 3 可挑選自己需要的內容來學習就好。

最後，希望各位英文學習者在學習的過程中，獲得更多樂趣和成就感，不要再走岔路喔。

作者謹識

Part 01_ 英文單字的科學構成要素（1）

Part 02_ 英文單字的科學構成要素（2）

Part 03_ 學習英文時「必備的」基礎單字

本書特色與用法介紹

第一、通過英文單字的構成原理，學習一旦掌握就不會忘記的方法。

字首	字根	字尾	衍生字
ex beyond 超過範圍	ceed go 走		exceed v. 超過 （數、量、限度）， 超越
in not 不 【否定】	cred believe 相信	ible 【形容詞字尾】 可以的， 可行的	incredible a. 無法相信的， 難以置信的
per through 通過	miss send 發送	ion 【名詞字尾】 行為	permission n. 許可，允許
non not 不	aggression 侵略；攻擊		nonaggression n. 不侵略， 不可侵略
super over 超過，過度	flu flow 流出	ous 【形容詞字尾】 的	superfluous a. 不必要的，多餘的， 過剩的
under 在～之下 （不如～的）	privileged a. 有特權的		underprivileged a. 權利較少的， 弱勢的， 下層社會的

第二、通過簡明易懂的語源解析，英文單字的意思一目了然。並介紹藉由語源觸類旁通，掌握英文單字的高效率學習法。

mit　　send：送出；給　＊mit＝miss＝mise

單字／語源	意思
admit to 往（進入）＋send 給 → 容許（入場）	v. 容許（入場）；可容納；承認
commit together 共同（交托）＋send 給 → 交托給，委託	v. 交托給，委託；犯（罪）；使承擔義務
emit out 外面＋send 送出 → 散發，放射	v.（味道、光、熱等）散發，放射（＝give out）
intermit between（中斷於）之間＋send 送 → 暫停	v. 暫停，中斷（＝suspend）
omit o<ob to 對＋send（忘掉）給 → 省略；遺漏	v. 省略；遺漏；疏忽；忘了做
permit through 通過＋send 送出 → 允許，許可	v. 允許，許可（＝allow）
remit back 往後＋send 送（錢、寬恕等） → 匯款；寬恕	v.（錢）匯出；寬恕（罪等）；免除
submit under（領導）往下＋send 發送 → 服從	v.（使）服從；提交，遞交

第三、透過簡單的常用英文單字，一次掌握所有相關單字。

man n. 男人，人，人類　v. 配備人手

→ **chairman** n. 主席，會長
椅子，主席位

→ **coachman** n. 馬車夫
四輪大馬車，教練，指導

→ **craftsman** n. 工匠
技藝，製作

→ **fisherman** n. 漁夫
魚，捕魚

→ **freshman** n. 新生
新的，新鮮的

→ **gentleman** n. 紳士
穩重的，文雅的

→ **policeman** n. 警官
員警，維持治安

→ **repairman** n. 修理工
修理

→ **salesman** n. 銷售員
銷售，促銷

→ **spokesman** n. 發言人
speak（說）的過去式 spoke

→ **washerman** n. 洗衣工
洗衣機

→ **weatherman** n. 氣象員
天氣，氣象

→ **workman** n. 工人
工作，勞動，操作，作品

★衍生字★ 接詞綴 **-aholic** 時表示「～癡，～狂」等意思的英文單字：

work**aholic** n. 工作狂
book**aholic** n. 書癡，藏書狂
food**aholic** n. 嗜食者，老饕
card**aholic** n. 慣用信用卡購物的人
choc**aholic** n. 巧克力迷

同義詞 人：person → people
人，人類：a human being → human beings
人（集合用法）：mankind、humankind

第四、詳述英文學習者必須掌握的基礎單字，介紹簡單、有趣、高效率的學習方法。

act v. 行動，舉止；扮演　n. 行動，行為；（戲劇）幕；法律

→ **coact** v. 一起共事，協力
together 一起行動

→ **enact** v. 制定法律
make＋法律 → 制定法律

→ **interact** v. 相互作用
between 在兩者之間相互作用

→ **react** v. 起反作用；反應
back 往後，倒著行動

→ **counteract** v. 對抗
against 從事相反的行動

→ **exact** v. 強求 a. 精確的
out 強制向外的行動

→ **overact** v. 過火地表演；誇張
too much 過分的行動

→ **transact** v. 處理；交易
through（事情）一直處理

★衍生字★ 1. action n. 活動，行動，動作；作用；措施
→ active a. 活動性的；活躍的；現行的
→ activity n. 活動，行動
→ actor n. 演員；行為者
→ actual a. 實際的，現實的
→ actually ad. 事實上；竟然

2. action n. 行動，行為
→ coaction n. 共同行動
→ counteraction n. 對抗；抵消
→ exaction n. 強求；勒索；苛求
→ interaction n. 相互作用；互動
→ overaction n. 過於誇張的演技
→ reaction n. 反作用；反應；反動
→ transaction n. 處理；交易；辦理
→ enactment n.（法律）制定；法規

同義詞　行動：action，act
行為：conduct，behavior，deed

第五、類似字義的動詞，透過比較和解釋來加深印象和學習實際的使用方式。

01. 讀：read → reading 閱讀 → reading room 閱覽室

比較 細閱：peruse [pə'ruz]

背誦：recite → recital n. 獨唱會，獨奏會，朗誦

02. 寫：write → writing（書）寫 → handwriting 筆跡；書寫

比較 使用：use＝employ＝make use of

消費：consume＝spend＝expend

記錄：write / put / note down

03. 聽：hear → hearing 聽覺；審訊
→ hearing aid 助聽器 → public hearing 公聽會
聽（音樂等）：listen → listening 收聽

比較 偷聽：overhear

聽錯：mishear

竊聽：wiretap＝eavesdrop ['ivz,drɑp]
屋簷＋驟降

04. 說：say，speak，talk，tell，remark

比較 speak → speaking 談論

tell → telling 告訴；敘述

remark → 評論

對話：converse＝have a talk

發言：utter → utterance n. 發言

表現：express＝expression

說明：explain＝account for

解釋：interpret

開玩笑：joke＝jest＝make a joke

閒聊：chat＝gossip＝have a chat

注意 telling n. 說，講 a. 有效的（＝effective）
→ tellingly ad. 有效地，有力地

第六、收錄了準備 TOEIC 多益測驗及公務人員考試必須掌握的英文單字，幫助考生取得佳績。

A

□acquaintance 相識的人；相識
□addressee 收件人
□advertisement 廣告
□agency 代理機構
□agenda 議程；議題
□ailment 病（＝malady ＝disease）
□alimony （離婚後的）贍養費；生活費
□allowance 津貼；折扣；允許
□alternative 供選擇的東西，選擇
□amusement 娛樂；樂趣
□antibiotic 抗生素
□apparel 衣服，衣服類，服裝
□appetizer 開胃菜
□appointment 約定；會面
□arboretum 植物園
□associate 夥伴；同事
□assortment 分類；各種物品
□audit 審計
□auditorium 禮堂；聽眾席，觀眾席

B

□backup 備份；備用品
□balance 平衡；餘額；均衡
□ball 舞會
□bankruptcy 破產
□bargain 划算的交易；特價品
□beneficiary 受惠者；保險受益人
□booth 攤位；展示台；公用電話亭
□bottleneck 瓶頸
□branch 分店；分支
□break 休息；分裂；幸運
□breakthrough 突破性的進展
□bridgehead 橋頭堡
□brochure 小冊子
□buddy 朋友
□byproduct 副產品

C

□capacity 生產力；容量；資格；能力
□cascade 瀑布
□celebration 慶祝活動
□collusion 共謀，勾結
□commercial 商業廣告
□competition 競爭；比賽
□complaint 抱怨；（法律）控告
□conference 會議，會談
□consensus 共識，一致的意見
□cottage 別墅，小屋
□crosswalk 行人穿越道
□currency 貨幣；流通

現在是不是已經有了征服英文單字的信心呢？
有了這種信心，想學好英文，很快就能美夢成真！

征服英文單字，最重要的是學習方法

想快速又持久地掌握英文單字，最有效的方法就是理解英文單字的構成要素：字首、字根和字尾。

Prefix 字首		Root / Word 字根 / 單字		Suffix 字尾		Derivative 衍生字
with back 向後（壓）	+	hold take 抓			=	withhold 使停住；保留
		leg read 讀	+	ible able 能	=	legible 易讀的
dis not 不（否定）	+	passion 熱情，激情	+	ate 的	=	dispassionate 不帶感情的；冷靜的
e out 向外面的	+	lucid 清晰的	+	ate make 使成為	=	elucidate 闡明，說明，解釋

透過上述的構成原理來理解單字，你會發現透過分析字首、字根和字尾的學習法，比無意識地死記硬背更有效率，記憶速度更快，拓展詞彙的效果也更強。

各位讀者如果能夠透過本書所提到的，經由分析語源、字首、字根和字尾的科學式記憶法學習英文單字的話，英文單字的學習與記憶就會變得更有趣、更迅速。

Part 01

英文單字的科學構成要素（1）

從現在開始，坐上學習
英文單字
的特快車吧！

Project 01

最簡單、有效掌握英文單字的祕訣 (1)

征服字首和字尾，就等於征服了一半的單字！

有效精通英文單字的技巧，就是了解單字的結構：字首（Prefix）、字根（Root）和字尾（Suffix）。
即使是過去沒有看過的單字，也能馬上理解其意義，並且立即就能記住。

英文單字
觸類旁通
！

01. 征服語源就能征服英文單字！

1. 理解英文單字構成的要素！
2. 理解字首、字根和字尾的作用！

1 理解英文單字構成的要素！

字首	字根	字尾	衍生字
ex beyond 超過範圍	**ceed** go 走		**exceed** v. 超過 （數、量、限度）， 超越
in not 不 【否定】	**cred** believe 相信	**ible** 【形容詞字尾】 可以的， 可行的	**incredible** a. 無法相信的， 難以置信的
per through 通過	**miss** send 發送	**ion** 【名詞字尾】 行為	**permission** n. 許可，允許
non not 不	**aggression** 侵略；攻擊		**nonaggression** n. 不侵略， 不可侵略
super over 超過，過度	**flu** flow 流出	**ous** 【形容詞字尾】 的	**superfluous** a. 不必要的，多餘的， 過剩的
under 在～之下 （不如～的）	**privileged** a. 有特權的		**underprivileged** a. 權利較少的， 弱勢的， 下層社會的

2 理解字首、字根和字尾的作用！

(1) 字首加在字根或者單字前面。

①表示「否定」的意義
例：**un**（＝not 反對，否定）＋**questionable**（可疑的）
＝**unquestionable**（毫無疑問的，明確的）

②具有介系詞、副詞修飾單字原意的作用
例：**over**（＝excessively 過度地）＋**burden**（重擔）
＝**overburden**（負擔過重）

③具有強調字根或單字的作用
例：**cor**（＝completely 完全地）＋**rupt**（＝break 破壞）
＝**corrupt**（被破壞的；腐敗的）

(2) 字根是單字的核心部分，單字的意義主要是由字根表現出來的。字根可以單獨構成單字，也可以組合成單字。字根是一個新衍生字的「骨架」。所以，結合字首與字根的意義就能輕鬆地理解並掌握新衍生字的意義了。

①**inter**（＝between 在～之間；互相）＋**view**（＝see 看）
＝**interview**（會見，面談）

②**re**（＝again 重新，back 後退）＋**view**（＝see 看）
＝**review**（回顧，複習；再觀察；評論）

⑶ 字尾加在字根的後面，是衍生新單字的要素，我們可由字尾判斷單字的詞性。了解字尾能大幅提高學習詞彙的效率，所以本書先從字尾開始介紹。

①**create**＋**ive**	＝**creative**	a.	創造性的
v. 創造 **ively**	＝**creatively**	ad.	創造性地
ion	＝**creation**	n.	創造；創作
or	＝**creator**	n.	創造者
ure	＝**creature**	n.	創造物；生物
ivity	＝**creativity**	n.	創造力

②字根和字尾的關係

v. 允許，容許＝**permit**

n. 許可，容許＝**permission**

a. 許可的 ＝**permissive**

a. 可允許的＝**permissible**

ad. 允許，可以允許地＝**permissively**

理解以上的內容後，透過了解英文單字的構成要素的學習方法去掌握英文單字，就能輕鬆地提高字彙量了。我們現在就一起來學習吧！

02. 征服字尾！學習英文單字觸類旁通！

字尾加在字根或單字後面，就會產生新的衍生字。我們可以藉由字尾判斷新單字的詞性。了解單字的詞性及意義，字彙能力就能突飛猛進。

1 構成名詞的主要字尾

(a)cy：改變「-ate, -ant, -acious」形容詞字尾，構成具有「～的性質或狀態」、「～的地位」等意思的抽象名詞。

accurate（正確的）＋**cy**（性質）＝accura**cy** [ˋækjərəsɪ] 正確；精密

hesitant（猶豫的）＋**cy**（狀態）＝hesitan**cy** [ˋhɛzətənsɪ] 猶豫

efficacious [ˏɛfəˋkeʃəs] 有效的→ **effica**cy [ˋɛfəkəsɪ] 效力，有效性

fallacious [fəˋleʃəs] 謬誤的→ **falla**cy [ˋfæləsɪ] 欺瞞，錯誤的想法

-age：① 接在動詞後構成具「行為」（量；程度）、「場所」等意思的名詞。
② 接在名詞後構成具「狀態」、「結果」、「費用」等意思的名詞。

① marry（結婚）＋**age**（行為）＝marri**age** 婚姻
leak（漏）＋**age**（量）＝leak**age** [ˋlikɪdʒ] 漏出量
store（儲藏）＋**age**（場所）＝stor**age** 儲藏室

② bond（約束）＋**age**（狀態）＝bond**age** 奴隸身分
mile（英里）＋**age**（費用；距離）＝mile**age** 每英里費用；哩程數；油費

-ance：① 構成代表「～的事」等意思的抽象名詞。
-ence：② 構成代表「行為」、「狀態」、「性質」等意思的抽象名詞。

①assist（幫助）＋**ance**（事）＝assist**ance** 協助，援助
convey（搬運）＋**ance**（行為）＝convey**ance** 搬運，運輸

②confer（協商）＋**ence**（事）＝confer**ence** 協商會，會議
persist（堅持）＋**ence**（性質）＝persist**ence** 堅持；持續

-ice：與形容詞搭配，構成具有「狀態」、「性質」等意思的抽象名詞。

coward（膽小的）＋**ice**（性質）＝coward**ice** [ˋkaʊədɪs] 膽小，懦弱

just（正確的）＋**ice**（性質）＝just**ice** [ˋdʒʌstɪs] 正義，公正

-ics：構成學科名稱。

econom**ics** 經濟學　mathemat**ics** 數學　phys**ics** 物理學

polit**ics** 政治學　eth**ics** 倫理學　electron**ics** 電子學

athlet**ics** 競技，體育　acrobat**ics** 雜技

linguist**ics** 語言學　比較 logic n. 邏輯學

-ing：與動詞搭配構成具「行為」或者「行為結果」意思的名詞。

meet（見）＋**ing**（行為）＝meet**ing** 見面；會議

park（停車）＋**ing**（行為的結果）＝park**ing** 停車場；停車的行為

cover（蓋子）＋**ing**（行為的結果）＝cover**ing** 蓋子，覆蓋物

-ion：與動詞搭配，構成具有「結果」、「狀態」等意思的名詞。

corrupt（腐敗的）＋**ion**（狀態）＝corrupt**ion** 腐敗，墮落

confuse（搞混）＋**ion**（狀態）＝confus**ion** 混亂，混淆

erupt（噴出）＋**ion**（結果）＝erupt**ion** 噴出，爆炸

inflate（膨脹）＋**ion**（結果）＝inflat**ion** 膨脹；通貨膨脹

-ism：① 構成「～主義」、「～學說」等意思的抽象名詞。② 構成「行為」、「狀態」等意思的抽象名詞。

① social（社會的）＋**ism**（主義）＝social**ism** 社會主義

national（國民的）＋**ism**（主義）＝national**ism** 民族主義；國家主義

② critical（批評的）＋**ism**（行為）＝critic**ism** 批評，批判

patriot（愛國者）＋**ism**（性質）＝patriot**ism** [ˋpetrɪətɪzəm] 愛國心

-ity：構成代表「狀態」、「性質」的抽象名詞。

chaste（純潔的）＋**ity**（狀態）＝chast**ity** 純潔

regular（規則的）＋**ity**（狀態）＝regular**ity** 規律性

stupid（愚蠢的）＋**ity**（性質）＝stupid**ity** 愚蠢，糊塗

-ment：與動詞搭配，構成具有「動作狀態」、「結果」等意思的名詞。

amaze（使吃驚）＋**ment**（狀態）＝amaze**ment** 驚愕，詫異

bewilder（使迷惑）＋**ment**（狀態）＝bewilder**ment** 迷惑

pave（鋪裝）＋**ment**（結果）＝pave**ment** 人行道；（道路的）鋪面

-ness：與形容詞搭配構成具有「性質」、「狀態」等意思的名詞。

dark（黑暗的）＋**ness**（狀態）＝dark**ness** 黑暗，漆黑

kind（親切的）＋**ness**（性質）＝kind**ness** 親切

tired（疲倦的）＋**ness**（狀態）＝tired**nees** 疲勞，疲倦

-ry：① 構成「狀態」、「性質」、「行為」等意思的名詞。② 構成「物品種類」的集合名詞。

①slave（奴隸）＋**ry**（狀態）＝slave**ry** 奴隸身分

brave（勇敢的）＋**ry**（行為）＝brave**ry** 勇氣

②machine（機器）＋**ry**（種類）＝machine**ry** 機器類

jewel（寶石）＋**ry**（種類）＝jewel**ry** 珠寶類

-ship：① 構成具有「狀態」、「地位」、「身分」等意思的名詞。② 構成有「才能」、「技術」等意思的名詞。

①hard（困難的）＋**ship**（狀態）＝hard**ship** 困難，困境，壓迫

leader（領導者）＋**ship**（身分）＝leader**ship** 領導能力；領導階層

②statesman（政治家）＋**ship**（才能）＝statesman**ship** 政治手腕

sportsman（運動家）＋**ship**（技術）

＝sportsman**ship** 運動技術；運動家精神

-sion：與動詞搭配，構成有「動作」、「行為」、「狀態」等意思的名詞。

conclude（下結論）＋**sion**（狀態）＝conclu**sion** 結論

admit（准許進入）＋**sion**（行為）＝admis**sion** 入場許可

suspend（中止，停止）＋**sion**（動作）＝suspen**sion** 中止，停止，暫緩

More Tips

-sion 的變化

-sion	-sive	-sively
名詞字尾	形容詞字尾	副詞字尾
conclu**sion**	conclu**sive**	conclu**sively**
結論；結束	決定性的	決定性地
permis**sion**	permis**sive**	permis**sively**
允許，許可	許可的	許可地
suspen**sion**	suspen**sive**	suspen**sively**
中止，暫緩	中止的，未決定的	暫停地，未決定地

-(a)tion：與動詞搭配，構成具「動作」、「狀態」、「結果」等意思的名詞。

contribute（貢獻）＋**tion**（結果）＝contribu**tion** 貢獻

separate（分離）＋**tion**（狀態）＝separa**tion** [ˌsɛpəˈreʃən] 分離，分開

combine（結合）＋**ation**（動作）＝combin**ation** 結合

occupy（占據）＋**ation**（動作）＝occup**ation** [ˌɑkjəˈpeʃən] 占有；職業

alter（變更）＋**ation**（動作）＝alter**ation** 變更

-th：與形容詞、動詞搭配構成狀態、動態名詞。

true（真實的）＋**th**（狀態）＝tru**th** 事實，真實

grow（成長）＋**th**（動作）＝grow**th** 成長，增加

steal（偷竊）＋**th**（狀態）＝steal**th** [stɛlθ] 鬼鬼祟祟，祕密行動

-tude：構成具有「性質」、「狀態」、「行為」等意思的名詞。

apti**tude** 才能；恰當；習性
[ˋæptə͵tjud] 有才能的，適當的＋性質

alti**tude** 高度；海拔
[ˋæltə͵tjud] high 高＋狀態

certi**tude** 確信，自信
[ˋsɝtətjud] certain 確定的＋狀態

soli**tude** 孤單，孤獨
[ˋsɑlə͵tjud] alone 孤單＋狀態

lati**tude** 緯度

longi**tude** 經度

forti**tude** 不屈的精神

magni**tude** 大小；重要性

multi**tude** 群眾；許多

atti**tude** 態度

-ty：與形容詞搭配構成具有「性質」、「狀態」等意思的名詞。

cruel（殘忍的）＋**ty**（狀態）＝cruel**ty** 殘忍，冷酷

facile（容易的）＋**ty**（狀態）＝facili**ty** [fəˋsɪlətɪ] 容易，簡單
（facilities（pl.）設備，設施）

safe（安全的）＋**ty**（狀態）＝safe**ty** 安全，平安

-ure：構成具有「動作」、「狀態」、「結果」等意思的名詞。

expose（揭露）+**ure**（動作）=expos**ure** [ɪkˋspoʒɚ] 揭露，暴露，揭發

close（關）+**ure**（動作）=clos**ure** 關閉，終結，結尾

depart（出發）+**ure**（動作）=depart**ure** [dɪˋpɑrtʃɚ] 出發

-y：與形容詞、動詞構成具有「性質」、「狀態」等意思的名詞。

difficult（困難的）+**y**（狀態）=difficult**y** 困難，難題

jealous（妒忌的）+**y**（性質）=jealous**y** 嫉妒，猜疑

deliver（遞送）+**y**（行為）=deliver**y** 遞送，交付

2 構成形容詞的主要字尾

-able，-ible：與動詞、名詞搭配構成具有「可以～的」、「適合於～的」、「容易做～的」、「該～的」等意思的形容詞。

obtain（獲得）＋**able**（可以～的）＝obtain**able** 能得到的

understand（懂，理解）＋**able**（可以～的）＝understand**able** 可以理解的

access（接近）＋**ible**（可以～的）＝access**ible** 可接近的

resist（抵抗）＋**ible**（可以～的）＝resist**ible** 可抵抗的

comfort（安逸）＋**able**（可以～的）＝comfort**able** 安逸的；舒服的

change（變）＋**able**（容易～的）＝change**able** 容易變的

censure（責難）＋**able**（該～的）＝censur**able** [ˋsɛnʃərəbl̩] 該責備的

More Tips

-able，-ible 的變化

-able -ible 形容詞字尾	-ability -ibility 名詞字尾	-ably -ibly 副詞字尾
incap**able** 無能的	incap**ability** 無能，不能	incap**ably** 無能力地
pli**able** 柔軟的	pli**ability** 柔韌性	pli**ably** 易曲折地
vis**ible** 可看見的	vis**ibility** 能見度，可見性	vis**ibly** 顯然地

-al：與名詞搭配，表示「～的」與「與～有關係的」等意思的形容詞。

option（選擇）+**al**（的）=option**al** 任意的，可選擇的

post（郵件）+**al**（的）=post**al** 郵件的；郵政的

sensation（聳動的人事物）+**al**（的）=sensation**al** 聳動的

cf. 以 **-al** 為字尾，但為名詞的單字
arrive（到達）+**al**（行為）=arriv**al** 到達，到來
deny（否認）+**al**（行為）=deni**al** 否認，否定
try（審問）+**al**（行為）=tri**al** 審判

-ant：與動詞或字根搭配構成「～的」意思的形容詞。

please（使喜歡）+**ant**（的）=pleas**ant** 令人愉快的

milit（=fight 戰鬥）+**ant**（的）=milit**ant** 好戰的；激進的

cf. **-ant** 做為名詞字尾時，則具有「～人」或「～物」的意思
serve（服務）+**ant**（人）=serv**ant** 僕人
stimulate（刺激）+**ant**（物）=stimul**ant** 興奮劑

-ary，-ory：與名詞或動詞搭配，構成「～的」、「與～有關係的」等意思的形容詞。

legend（傳說）+**ary**（的）=legend**ary** [ˋlɛdʒənd,ɛrɪ] 傳奇的，傳說中的

salut（=health 健康）+**ary**（的）

=salut**ary** [ˋsæljə,tɛrɪ] 利於健康的；有益的

congratulate（祝賀）＋**ory**（的）

＝congratulat**ory** [kənˋgrætʃələ͵torɪ] 祝賀的

cf. **dictionary** n. 辭典
stationary a. 不動的，固定的
laboratory n. 實驗室，研究室　a. 實驗室的

-ate：構成具有「～的」、「充滿～的」等意思的形容詞。

passion（熱情）＋**ate**（的）＝passion**ate** 熱情的；過激的

proportion（比例；均衡）＋**ate**（的）＝proportion**ate** 成比例的

affection（鐘愛）＋**ate**（充滿）＝affection**ate** 充滿深情的

-ed：構成具有「已經～的」、「被～的」等意思的形容詞。

limit（限制，界限）＋**ed**（的）

＝limit**ed** 有限的；限定的　n. 有限公司（＝Ltd.）

retire（退出）＋**ed**（的）＝**retired** 退休的；退役的

illuminate（照亮）＋**ed**（的）＝illuminat**ed** 被照亮的

-ful：與名詞搭配構成「多～的」、「充滿～的」等意思的形容詞。

care（注意，小心）＋**ful**（多～的）＝care**ful** 注意的，仔細的

event（事件）＋**ful**（多～的）＝event**ful** 變故多的；多事的

thought（想法）＋**ful**（多～的）＝thought**ful** 深思的

pain（痛苦）＋**ful**（充滿～的）＝pain**ful** 痛苦的，使痛苦的

1. **-less** 具有與 **-ful** 相反的意思。

care**less** 不注意的，粗心的

event**less** 平靜無事的；單調的

pain**less** 無痛苦的，不痛的

2. 以 **-ful**，**-less** 結尾的形容詞，改成副詞時只要加上 **-ly** 即可。

care**fully** 小心地，謹慎地

care**lessly** 不注意地，疏忽地

-ic，-ical：構成具有「～的」、「像～的」等意思的形容詞。

magnet（磁鐵）＋**ic**（的）＝magnet**ic** 磁鐵的；有磁性的

angel（天使）＋**ic**（像～的）＝angel**ic** 天使般的

geometry（幾何學）＋**ical**（的）＝geometr**ical** [dʒɪəˋmɛtrɪkl̩] 幾何學的

economy（經濟）＋**ical**（的）＝econom**ical** [ˌikəˋnɑmɪkl̩] 經濟的；節約的

-ish：① 與「人」的名詞搭配構成「像～的」意思的形容詞。② 與形容詞搭配構成「像～的」、「有點～的」等意思的形容詞。

① amateur [ˋæməˌtʃʊr]（業餘人士）＋**ish**（像～）

＝amateur**ish** [ˌæməˋtɜɪʃ] 像業餘的；不熟悉的

child（小孩）＋**ish**（像～）＝child**ish** 孩子氣的，幼稚的

② outland（外國的）＋**ish**（像～）＝outland**ish** 具異國風的

cold（寒冷的）＋**ish**（有點）＝cold**ish** 有點冷的

-ive：構成「～的」、「做～的」等意思的形容詞。

act（行動）+**ive**（的）=act**ive** 活躍的

attract（吸引）+**ive**（的）=attract**ive** 吸引人的

detect（探測）+**ive**（做～的）=detect**ive** 偵探的　n. 偵探；警探

-ly：與名詞搭配構成「像～的」、「有～的」、「～的」等意思的形容詞。

ghost（幽靈）+**ly**（像）=ghost**ly** 像幽靈的，可怕的

leisure（空閒，悠閒）+**ly**（的）=leisure**ly** [ˋliʒəlɪ] 悠閒的，從容不迫的

state（威嚴）+**ly**（有）=state**ly** 有威嚴的，堂堂正正的

friend（朋友）+**ly**（像）=friend**ly** 友好的，友誼的

-ous：與名詞搭配構成具有「～的」、「充滿～的」等意思的形容詞。

auspice（預兆，吉兆）+**ous**（的）

=auspici**ous** [ɔˋspɪʃəs] 好預兆的，吉兆的

danger（危險）+**ous**（充滿～的）=danger**ous** 危險的

hazard（危險，冒險）+**ous**（的）=hazard**ous** [ˋhæzədəs] 危險的；冒險的

-some：構成「容易做～的」、「喜歡～的」、「帶來～的」等意思的形容詞。

fear（恐怖，害怕）+**some**（帶來）=fear**some** 可怕的，恐怖的

quarrel（吵架）+**some**（喜歡）=quarrel**some** 好爭論的，喜歡吵架的

以連字符號連接的形容詞字尾

1. **-free**：構成具有「沒有～的」意思的形容詞。

   caffeine-**free** 無咖啡因的

   sugar-**free** 無糖的

   fat-**free** 脫脂的

   duty-**free**＝customs-**free** 免關稅的，免稅的

   smoke-**free** 禁止吸菸的

2. **-friendly**：構成「～使用起來方便的」意思的形容詞。

   customer-**friendly** 方便顧客使用的

   visitor-**friendly** 方便訪客使用的

   user-**friendly**（系統）使用起來簡單的

3. **cross-over**：是「兩種以上的結合」的意思。比如在音樂中的古典音樂與大眾音樂的結合體，汽車裡的轎車與小卡車的結合。

   Cross-over Utility Vehicle（CUV）跨界休旅車

   cf. RV＝Recreational Vehicle 露營車

   SUV＝Sport Utility Vehicle 運動休旅車

3 構成動詞的主要字尾

-ate：構成「使成為～」（＝make）、「使～」等意思的動詞。

active（活動的）＋**ate**（使成為）＝activ**ate** 啟動

motive（動機，原因）＋**ate**（使成為）＝motiv**ate** 成為～的動機，激勵

habit（習慣）＋(u)＋**ate**（使成為）＝habitu**ate** [həˋbɪtʃʊˌet] 使習慣於

alien（外國人）＋**ate**（使）＝alien**ate** [ˋeljənˌet] 疏遠；遠離

-ate 的發音

動詞 [-et]	形容詞 [-ət,-ɪt]
elaborate [ɪˋlæbəret]	elaborate [ɪˋlæbərɪt]
v. 精心製作	a. 精心製作的，精巧的

More Tips

-ate 的變化

-ate 動詞字尾	-ation 名詞字尾	-atory / ative 形容詞字尾
regul**ate** 管制	regul**ation** 規則，規章	regul**atory** / regul**ative** 調整的，調節的
compens**ate** 賠償；補償	compens**ation** 賠償；補償	compens**atory** / compens**ative** 賠償的；補償的
concentr**ate** 集中	concentr**ation** 集中，結合	concentr**ative** 集中的，全心全力的

-e：與 th 結尾的名詞或形容詞相搭配，構成具有「做～」、「給～」等意思的動詞。

bath [bæθ]（洗澡）＋**e**（給）＝bath**e** [beð] 給～洗澡

breath [brɛθ]（呼吸）＋**e**（做）＝breath**e** [brið] 呼吸

loath [loθ]（不喜歡）＋**e**（做）＝loath**e** [loð] 厭惡

-en：與名詞或者形容詞相搭配成為具有「使變成～」、「成為～」（＝make）等意思的動詞。

sharp（鋒利的）＋**en**（成為）＝sharp**en** 削尖；使鋒利

dark（黑暗的）＋**en**（使變成）＝dark**en** 使變暗

length（長度）＋**en**（使變成）＝length**en** 使變長

-fy，-ify：構成「使～成為」（＝make）、「使～化」（＝become）等意思的動詞。

lique（＝liquid 液體）＋**fy**（化）＝lique**fy** 液化

glor（＝glory 光榮）＋**ify**（成為）＝glor**ify** 使光榮，讚揚

pac（＝peace 平穩）＋**ify**（成為）＝pac**ify** 使平穩，安慰

動詞字尾 -ify 的名詞字尾，大部分是 -ification

glor**ification** [ˌglorəfəˋkeʃən] 讚頌；美化；祝賀

rat**ification** [ˌrætəfəˋkəʃən] 批准；承認；認可

pac**ification** [ˌpæsəfəˋkeʃən] 和解，恢復和平

cf. liquefaction [ˌlɪkwɪˋfækʃən] 液化；溶解

-ize：構成具有「使～化」、「成為～」（＝make）等意思的動詞。

civil（文明的）＋**ize**（使～化）＝civil**ize** 使文明化

democrat（民主主義者）＋**ize**（使～化）

＝democrat**ize** [dɪˋmɑkrə͵taɪz] 使民主化

modern（現代的）＋**ize**（使～化）＝modern**ize** 使現代化

organic [ɔrˋgænɪk]（組織的，有機的）＋**ize**（成為）

＝organ**ize** 組織起來；使有機化

global（全球的）＋**ize**（使～化）＝global**ize** 使全球化

local（地方的）＋**ize**（使～化）＝local**ize** 使地方化；使局部化

glocal（同時考慮世界性與在地性的）＋**ize**（使～化）

＝glocal**ize**（事業等方面）同時考慮全球化與在地化

動詞字尾 -ize 的名詞字尾是 -ization

civil**ization** 文明；教化

democrat**ization** 民主化

modern**ization** 現代化

organ**ization** 組織化；機構

global**ization** 全球化

local**ization** 地方化，本地化；局部化

glocal**ization** 多國企業或者外國企業的在地化

4 構成「～人」的字尾

-ant 為字尾。

consult（請教）＋**ant**（人）＝consult**ant** 諮詢師，顧問

contest（競爭）＋**ant**（人）＝contest**ant** 競爭者

-ent 為字尾。

correspond（通信）＋**ent**（人）

＝correspond**ent** [ˌkɔrɪˋspɑndənt] 通信員，特派員

depend（依靠）＋**ent**（人）＝depend**ent** [dɪˋpɛndənt] 被撫養者

-er 為字尾。

own（所有）＋**er**（人）＝own**er** 所有者，業主

speak（演講）＋**er**（人）＝speak**er** 演講人

-or 為字尾。

collect（收集）＋**or**（人）＝collect**or** 徵收者

narrate（講述）＋**or**（人）＝narrat**or** [næˋretɚ] 解說員；敘述者

-ar 為字尾。

beg（乞求）+g+**ar**（人）=begg**ar** 乞丐

schol（=school 與學校有關的）+**ar**（人）=schol**ar** 學者；有學問的人

-ee 為字尾：表示 -or 、-er 的動作對象。

address（寄送）+**ee**（收到的人）=address**ee** [ˌædrɛˋsi] 收件人

比較 address**er** n. 發信人（=sender）

employ（雇傭）+**ee**（收到的人）=employ**ee** [ˌɛmplɔɪˋi] 雇員，員工

比較 employ**er** n. 雇主，雇用者

-ist 為字尾。

optim**ize**（樂觀）	optim**ism**（樂觀主義）	optim**ist**（樂觀主義者）
pessim**ize**（悲觀）	pessim**ism**（悲觀主義）	pessim**ist**（悲觀主義者）
tour（觀光，旅遊）	tour**ism**（觀光事業）	tour**ist**（觀光客）

-ian 為字尾。

civil（民間的）+**ian**（人）=civil**ian** 平民，百姓

logic（邏輯學）+**ian**（人）=logic**ian** 邏輯學者

-ard 為字尾：帶有「貶損、鄙視」的意思。

drunk（酒醉的）+**ard**（人）=drunk**ard** 酒鬼，醉漢

cow（怕）+**ard**（充滿～的人）=cow**ard** 膽小鬼，懦夫

-ess 為字尾：帶有「陰性」、「女性」的意思。

actor（男演員）+**ess**（女人）=actr**ess** 女演員

prince（王子）+**ess**（女人）=princ**ess** 公主；王妃

lion（獅子）+**ess**（雌性）=lion**ess** 母獅子

More Tips

「人的名詞」單字整理

acrobat 雜技演員
attendant 服務員，侍者
barbarian 野蠻人
celebrity 名人
commander 指揮者，司令官
florist 花店老闆，花匠
kidnapper 綁匪
mechanic 修理工，機修工
mortician 殯葬業者
participant 參與者，參加者
pedestrian 行人
shepherd 牧羊人
speaker 演講者
analyst 分析家，分析者
auctioneer 拍賣商
candidate 候選人；應徵者
chairman 主席，會長
contestant 競爭者
individual 個人
manager 管理者，經理
monarch 君主，帝王
mountaineer 登山愛好者，登山客
patron 資助人，贊助人；常客
refugee 難民，避難者
sorcerer 魔法師
vegetarian 素食者

03. 征服了字首，等於單字量倍增

字首，是對於字根產生修飾作用的構成要素，這樣的修飾可能具有「相反的」、「否定的」、「強調的」……等意義。理解字首的作用以後，就能很快記住英文單字加上字首後所構成的具有新字義的單字，這樣單字量自然而然就變成之前的兩倍囉！

ab-：分離，脫離；在遠處，很遠（＝away (from)）

ab（＝away 在遠處）＋duct（＝lead（強制）帶走）＝**ab**duct 綁架

ab（＝away 很遠）＋ject（＝thrown 丟棄的）
＝**ab**ject [ˋæbdʒɛkt] 悲慘的，可憐的

ad-：往～接近；給（＝to）／向～方向（＝toward）

ad（＝to 往）＋here（＝stick 黏住，粘貼）＝**ad**here 黏附；堅持

ad（＝to 給）＋monish（＝warn 警告）＝**ad**monish 給～訓誡；警告

注意 **ad-** 後接 c 時變成 **ac-**，接 f 時變成 **af-**，接 g 時變成 **ag-**，接 l 時變成 **al-**，接 n 時變成 **an-**，接 p 時變成 **ap-**，接 r 時變成 **ar-**，接 s 時變成 **as-**，接 t 時變成 **at-**。例如：
ac（＝to 往）＋custom（習慣化）＝**ac**custom 習慣
al（＝to 給）＋lot（劃分）＝**al**lot 劃分，分配
as（＝to 往）＋sort（分類）＝**as**sort 分類

an-：不是～的（＝not），沒有～的（＝without）

an（＝without 沒有）＋archy（＝rule 統治）
＝**an**archy [ˋænəkɪ] 無政府的狀態；無秩序

a（＝without 沒有）＋pathy（＝feeling 感覺，感情）
＝**a**pathy 不關心，冷淡

ante-：比～更早的，以前的（＝before）

ante（＝before 前面的）＋ced（＝go 去）＋ent（的）
＝**ante**cedent 先行的；前例；前輩

ante（=before 前面的）+meridian（正午）
=**ante**meridian [ˌæntɪməˋrɪdɪən] 上午的（=a.m.）

cf. **anti-**：敵對，反對（=against），對立（=opposite）

anti（=against 反對）+pathy（=feeling 感覺）
=**anti**pathy [ænˋtɪpəθɪ] 反感

ant（=opposite 對立的）+onym（=name 名）
=**ant**onym [ˋæntəˌnɪm] 反義詞

post-：以後，在～之後（=after）

post（=after 之後）+graduate（畢業生）=**post**graduate 研究生

auto-：自身的，自覺地（=self），自動的

auto（=self 自身的）+biography（傳記）=**auto**biography 自傳

auto（=self 自身的）+mobile（可移動的）=**auto**mobile 汽車

bene-：好的（=good），好地（=well）

bene（=good 好的）+diction（措辭）=**bene**diction 祝福

bene（=well 好地）+fit（=do 做）=**bene**fit 利益

cf. **mal-**：壞，否定的（=bad，ill），惡劣地（=badly）

mal（=bad 壞的）+adjustment（調整，調節）
=**mal**adjustment 失調；不能適應

mal（=bad 壞的）+function（機能）
=**mal**function 故障，功能失常

circum-：周圍環繞，四周（＝around）

circum（＝around 周圍）＋cise（＝cut 切斷）＝**circum**cise 環切；除去邪念

circum（＝around 周圍）＋scribe（＝write 寫）＝**circum**scribe 限制

com-：一起，共同，互相

com（＝together 一起）＋pact（＝fasten 綁緊）
＝**com**pact 緊湊的，周密的

注意 **com-** 在子音 l 前變成 **col-**，在 r 前變成 **cor-**，
b，h，l，m，p 以外的子音前變成 **con-**。
col（＝together 互相）＋lide（＝strike 撞擊）
＝**col**lide 衝撞
con（＝together 一樣的）＋cord（＝heart 心）
＝**con**cord 一致

counter-，contra-：反對，與～相反的（＝contrary，opposite）；對抗的（＝against），逆向的

counter（＝against 對抗的）＋plot（策略）
＝**counter**plot [ˈkaʊntəˌplɑt] 對抗策略；反計

contra（＝against 反對）＋conception（懷孕）
＝**contra**ception [ˌkɑntrəˈsɛpʃən] 避孕法

de-：向下（＝down）／分離，脫離（＝away，off）

de（＝down 向下）＋spise（＝look 看）＝**de**spise 輕視

de（＝away 在遠處）＋port（＝carry 運送）
＝**de**port 驅逐出境

dis-：否定，不（not）／相反的／分離的（＝apart）

dis（＝not 不）＋content（滿足）＝**dis**content 不滿；不滿足

dis（相反的）＋integrate（結合）＝**dis**integrate 使分開

dis（＝apart 分離的）＋perse（＝scatter 分散）＝**dis**perse 使疏散

ex-：（向）外（＝out）／超過，越過（＝beyond）

ex（＝out 向外出去的）＋odus（＝way 路）
＝**ex**odus [ˋɛksədəs] 大批的離開而移居國外

ex（＝beyond 以上的）＋cell（＝high 高處的）＋ent（存在）
＝**ex**cellent 優秀的，卓越的

extra-：向外面的（＝outside）；範圍外的（＝beyond）

extra（＝outside ～以外）＋curricular（課程的）
＝**extra**curricular 課外的

extra（＝beyond 範圍外的）＋ordinary（普通的）
＝**extra**ordinary 特別突出的，非凡的

fore-：之前的，在～前面（＝before）；預先（＝beforehand）

fore（＝before 之前的）＋word（話）＝**fore**word 前言，序

fore（＝beforehand 預先）＋cast（計算）＝**fore**cast 預測；（天氣）預報

fore（＝before 在～前面）＋runner（奔跑者）＝**fore**runner 先驅，先導

in-：否定，不是（＝not）／裡面（＝in）；向裡面（＝into）

in（＝not 不）＋animate（有生命的）
＝**in**animate [ɪnˋænəmɪt] 沒有生命的，死氣沉沉的

in（＝into 向裡面）＋flate（＝blow 使膨脹）
＝**in**flate 使膨脹

注意 **in-** 後面接子音 l 時變成 **il-**，接子音 r 變成 **ir-**，接子音 b，m，p，則變成 **im-**。
il（＝not 不）＋legal（合法的）＝**il**legal 非法的，不合法的
im（＝not 不）＋mobile（可移動的）＝**im**mobile 不能移動的

inter-：在～之間，中間（＝between，among）

inter（＝between 在～之間）＋view（＝see 見）＝**inter**view 會見，面談

inter（＝between 中間）＋sect（＝cut 切，割，削）＝**inter**sect 橫斷，相交

mis-：壞的（＝bad），錯誤的（＝wrong）

mis（＝bad 壞的）＋deed（行為）＝**mis**deed 罪行，犯罪

mis（＝wrong 錯誤的）＋step（步伐）＝**mis**step 失足

non-：不是～的，非～的，不～的

non（＝not 非）＋productive（多產的）
＝**non**productive 非多產的，無生產力的

non（＝not 不）＋aggression（侵略）＝**non**aggression 不侵略，不可侵略

ob-：反對～的（＝against）／向～方向（＝to，toward）／妨礙，阻止（＝in the way）

ob（＝against 反抗）＋stin（＝stand 站著）＋ate（的）
＝**ob**stinate 頑固的，固執的

out-：向外的，外面的（＝outside），在～之上的（＝more than，beyond）

out（＝outward 向外的）＋look（看）＝**out**look 前景；景色

out（＝more than 在～之上的）＋last（持續）
＝**out**last 比～長久／活的久

over-：很多（＝too much）；過分地（＝excessively）；在～上（over）

over（＝excessively 過分地）＋generous（大方的）
＝**over**generous 過分慷慨的

per-：穿過，貫通（=through），到處（=throughout）

per（=through 穿過）+for（=bore 鑽孔）+ate（行動）
=**per**forate 在～上面打孔

per（=throughout 到處）+vade（=go 走）=**per**vade 遍及，彌漫

pre-：提前，先，在前面的（=before）

pre（=before 先）+caution（謹慎）=**pre**caution 預防；警惕

pre（=before 提前）+mature（成熟的，熟的）
=**pre**mature [ˌpriməˈtjʊr] 早熟的

pro-：向前（=forward，forth），先，提前（=before）

pro（=forth 向前）+trude（=thrust 用力推）=**pro**trude 突出，伸出

pro（=forth 向前）+long（長的）=**pro**long 延長

pro（=forth 向前）+voke（=call 叫，喊）=**pro**voke 激怒

pro（=before 先）+cure（=run 跑）=**pro**cure 獲得

re-：再，又，重複（=again）／往後，早過去的（=back）

re（=again 重複）+iterate（反覆）=**re**iterate 反覆，重複

re（=back 向後）+pell（=drive 驅趕）+ent（～的）
=**re**pellent 驅除的；排斥的

se-：分離，分開的（＝apart）

se（＝apart 分開的）＋cede（＝go 出去）＝**se**cede 脫離

se（＝apart 分離的）＋clude（＝shut 關門）＝**se**clude 隔離

sub-：向下的，向下（＝under），下位，居次的（＝secondary）

sub（＝under 向下，向下的）＋mit（＝send 傳送）＝**sub**mit 服從；提出

sub（＝under 比～下等）＋ordin（＝order 級別）＋ate（的）
＝**sub**ordinate（級別）下級的　n. 下屬

注意 **sub-** 在子音 c 的前面變成 **suc-**，在子音 f 前面變成 **suf-**，在子音 g 的前面變成 **sug-**，在子音 m 前面變成 **sum-**，在子音 p 前面變成 **sup-**，在子音 r 前面變成 **sur-**，在子音 c、p、t，前面有些時候變成 **sus-**。
suc（＝under 向下）＋cinct（＝gird 佩帶）
＝**suc**cinct [sək'sɪŋkt] 簡潔的；緊身的
sup（＝under 向下）＋press（往下按）＝**sup**press 鎮壓
sus（＝under 從下面）＋tain（＝hold 抓）＝**sus**tain 支撐；維持

super-：在～的上面，往上（＝above，over）；超越（＝beyond）

super（＝over 在上面）＋vise（＝see 看）＝**super**vise 監督

super（＝beyond 超越）＋natural（自然的）＝**super**natural 超自然的

super（＝beyond 超越）＋star（星；明星）＝**super**star 超級巨星

syn-：一起；相同（＝together，with）；同時的

syn（＝together 相同的）＋onym（＝name 名字）
＝**syn**onym [ˋsɪnə,nɪm] 同義詞

注意 **syn-** 在子音 l 前面變成 **syl-**，在子音 m、p、b 前面變成 **sym-**，在子音 s 前面變成 **sys-**。
sym（＝together 一起）＋pathy（＝feeling 感覺）
＝**sym**pathy 同情；同感

tran(s)-：橫過（＝across），穿過（＝through），超過，超越（＝beyond）

trans（＝across 橫過）＋mit（＝send 傳送）＝**trans**mit 發送，傳輸

tran（＝beyond 超越）＋scend（＝climb 攀登）
＝**tran**scend [trænˋsɛnd] 超越，勝出

un-：反對，相反的，不（＝not）／不足的（＝lack of）

un（＝not 不）＋just（公正的）＝**un**just 不公平的

un（不）＋concern（關心）＝**un**concern 冷漠，不關心

un（不）＋fair（公正的）＝**un**fair 不公正的，不正當的

under-：在～下面，在～下（＝beneath，below），不充分的

under（＝beneath 下面）＋line（畫線）＝**under**line 在～畫底線；強調

under（＝insufficient 不充分的）＋work（工作）
＝**under**work 次要工作，雜事

up-：向上（＝up），向上的（＝upward）

up（向上）＋grade（分等級）＝**up**grade 升級

up（向上）＋root（根）＝**up**root 連根拔起，根除

up（向上）＋lift（舉起）＝**up**lift 舉起；促進

up（向上的）＋set（放置）＝**up**set 翻倒　a. 傾覆的　n. 混亂

with-：向後（＝back），對抗（＝against）

with（＝back 向後抓住）＋draw（拉）
＝**with**draw [wɪð'drɔ] 撤退；撤回，撤銷

with（＝against 對抗）＋stand（站起）＝**with**stand [wɪð'stænd] 抵擋

常見字首

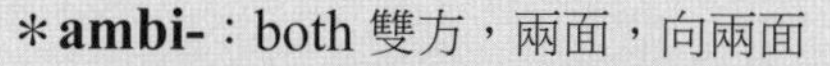
＊**ambi-**：both 雙方，兩面，向兩面
　→ **ambi**dextrous 左右逢源的，懷有二心的

＊**epi-**：toward，upon 朝向 → **epi**center（地震的）震央

＊**hetero-**：other，different 不同的
　→ **hetero**geneous 不同種類的，異類的

＊**homo-**：same 像～的 → **homo**geneous 同種的，均一的

＊**hyper-**：over，beyond 以上的，超越 → **hyper**sensitive 非常敏感的
　hyperacid 酸度過多的

＊**intra-**：within 在～裡 → **intra**mural 城市（建築，組織）內的；校內的

＊**macro-**：large 大的 → **macro**economics 總體經濟學

* **micro-**：small 小的 → **micro**scope 顯微鏡
  → **micro**economics 個體經濟學
* **proto-**：first 最初的，主要的 → **proto**type 原型，實物
* **pseudo-**：false 假的 → **pseudo**nym 假名，筆名
* **retro-**：back 後退，backward 向後的 → **retro**grade 後化的
* **uni-**：one 一個的，single 單一的 → **uni**fication 統一；一致

04. 分離、結合得出新的英文單字

在英文的基本單字或字根的前後接上詞綴，就能構成具有新字義的單字。同樣的，英文單字之間的相互搭配也能構成具有另外一種字義的新單字。因此，利用分離或結合就能有效地同時掌握兩個以上的英文單字！

1 兩個單字結合成一個新單字的情況

local a. 地方的，在地的；（病）局部的

→ **glocal** a. 同時考慮世界性與在地性的，全球在地化的
global 全世界的（＝worldwide）＋local 地方的

★衍生字★ **glocalization** n. 全球在地化
globalization（全球化）＋localization（地方化，在地化）

local color 地方特色，鄉土色彩
local bus 市內公車

比較 provincial a. 省的
capital n. 首都
metropolis n. 主要城市，大都市
suburbs＝outskirts n. 郊區，近郊

More Tips

動詞字尾 -ify（使～化）的名詞字尾是 -ification（～化）

uni**fy** v. 統一；使一體化	→ uni**fication** n. 統一；單一化
puri**fy** v. 使淨化	→ puri**fication** n. 淨化；精製
identi**fy** v. 視～為一致；確認	→ identi**fication** n. 識別，身份證明
speci**fy** v. 具體說明；特別指明	→ speci**fication** n. 規格，明細 pl. 規範

man n. 男人，人，人類　v. 配備人手

→ **chairman**　n. 主席，會長
椅子，主席位

→ **coachman**　n. 馬車夫
四輪大馬車，
教練，指導

→ **craftsman**　n. 工匠
技藝，製作

→ **fisherman**　n. 漁夫
魚，捕魚

→ **freshman**　n. 新生
新的，新鮮的

→ **gentleman**　n. 紳士
穩重的，文雅的

→ **policeman**　n. 警官
員警，維持治安

→ **repairman**　n. 修理工
修理

→ **salesman**　n. 銷售員
銷售，促銷

→ **spokesman**　n. 發言人
speak（說）
的過去式 spoke

→ **washerman**　n. 洗衣工
洗衣機

→ **weatherman**　n. 氣象員
天氣，氣象

→ **workman**　n. 工人
工作，勞動，
操作，作品

★衍生字★ 接詞綴 **-aholic** 時表示「～癡，～狂」等意思的英文單字：
work**aholic** n. 工作狂
book**aholic** n. 書癡，藏書狂
food**aholic** n. 嗜食者，老饕
card**aholic** n. 慣用信用卡購物的人
choc**aholic** n. 巧克力迷

同義詞 人：person → people
人，人類：a human being → human beings
人（集合用法）：mankind、humankind

door n. 門，出入口

→ **backdoor** a. 後門的；祕密的，不正當的

→ **next-door** a. 鄰居的

比較 **back door** 後門；祕密或不正當的手段

↔ **front door** （房子的）大門；（為達某目的）主要途徑

→ **indoor** a. 室內的

→ **outdoor** a. 室外的，野外的

★衍生字★ sliding door 拉門　　revolving door 旋轉門
滑動的

folding / accordion door 折疊門
折疊的　　手風琴

trapdoor 陷阱門，地板門；活動天窗
doorbell n. 門鈴

同義詞 門：gate 大門；出入口
gateway 出口處
portal（一棟建築物）大門；入口網站
entrance（入口）↔ exit（出口）

sun n. 太陽，陽光

→ **sunrise**　　→ **sunset**　　→ **sunlight**（＝sunshine）
太陽＋升起　　太陽＋落　　太陽＋光

n. 日出　　n. 日落　　n. 陽光，日光

★衍生字★ sunny a. 陽光充足的，照耀的；快樂的
windy a. 颳風的

比較 cloudy a. 陰天，多雲的
雲

rainy a. 下雨的，多雨的
雨

snowy a. 下雪的，多雪的，積雪的；純白的
雪

moon n. 月亮

→ **moonlight** n. 月光 a. 月光下的 → **moonshine** n. 月光
月＋光 月＋光

→ **honeymoon** n. 新婚旅行，蜜月
蜂蜜＋月 → 把甜蜜的新婚旅行比喻成月亮

★衍生字★ 1. new / waxing moon 新月 → half-moon 半月
→ full moon 滿月 → waning moon 殘月
→ blue moon 藍月（比喻「不常發生的事）
慣用句：once in a blue moon 千載難逢地，很罕見地
一次 很長時間

2. honeybee n. 蜜蜂 → honeycomb n. 蜂窩
蜜＋蜂 蜂＋梳子→蜂窩比喻成梳子

cf. hive n. 蜂窩；熱鬧場所

bonus wane v. 變小，（月亮）虧，缺
wax v. 變大，（月亮）漸滿，漸圓 n. 蠟狀物，蠟
my honey 夫人，丈夫，親愛的（＝darling） bear n. 熊
→ half-moon bear 半月熊
→ bear's gall 熊膽
boar n. 公豬 → wild boar 野豬
sow n. 母豬

back n. 背　a. 後面的，回去的　ad. 向後　v. 支持

→ **answerback** n. 應答 → **cashback** n. 現金折扣
回答＋回去的　現金＋回去的

→ **drawback** n. 缺點；不利條件
拉＋回去

→ **feedback** n. 反饋意見
餵養＋還給

★衍生字★ backup n. 備用（的人或設備）；備份（資料）

book n. 書，帳本　v. 預約（＝reserve）

→ **account book** 會計帳本　→ **address book** 地址名冊
會計，計算，說明　地址，演講

→ **housekeeping book** 家務管理本
家務管理，家事

→ **phone book** 電話簿
電話，打電話

比較 yellow pages 企業黃頁

★衍生字★ bookworm n. 書蟲，書呆子　bookkeeping n. 簿記，記帳工作

booth n.（有篷的）貨攤，售票亭，（公用）電話亭；投票間

→ **control booth** 控制室，控制臺　→ **phone booth** 公用電話亭
控制，支配　電話

→ **polling booth** 投票間　→ **projection booth** 放映室
投票，輿論調查　放射，影射，突出

card n. 卡，名片，紙牌

→ **cardboard** n. 紙板；模具
卡（製作）＋板子

→ **discard** v. 扔掉　n. 丟棄，廢棄
away 遠的＋卡 → 把卡撕掉並且扔在遠處

★衍生字★ business card 名片　credit card 信用卡
wedding card 婚帖　invitation card 邀請卡
index card 索引卡　ID card 身分證
identification [aɪˌdɛntəfəˋkeʃən] 識別，證實，核對

cast v. 拋；計算；分派（角色） n. 投擲；脫落物

→ **broadcast** v. 播送　n. 廣播
（消息）寬的＋拋

→ **forecast** v. 預測，預報
before 在前（預測）＋拋

→ **telecast** v. 做電視廣播　n. 電視廣播
far 遠的＋拋（傳播）

參考 put ~ in a cast：替～上石膏

change n. 變化，改變；零錢　v. 改變；兌換

→ **exchange** n. 交換　v. 調換
out 向外＋兌換

→ **interchange** n.（思想或資訊的）交換；交叉道路
inter 之間＋兌換　v. 相互交換（思想、資訊等）

chief n. 首領，領袖，酋長　a.（級別）最高的；主要的

→ **mischief** n. 損傷，傷害（＝harm＝damage）；搗蛋，惡作劇
bad 壞的＋跟首領搗蛋被修理（＝傷害）

→ **handkerchief** n. 手帕
手

→ **neckerchief** n. 圍巾
脖子

★衍生字★ fire chief 消防隊長　section chief 科長
chief executive officer (CEO) 執行長

coming a. 將來的，就要來的；大有前途的

→ **becoming** a. 合適的；有吸引力的

→ **forthcoming** a. 來臨的，即將來臨的
向前＋過來的

→ **homecoming** a. 回老家　n. 回家，回鄉；同窗會
（往）家＋回來的

→ **oncoming** a. 接近的，將來的

→ **upcoming** a. 即將來臨的，預定將要的

★衍生字★ misbecoming＝unbecoming a. 不適合的
bad 壞的　not（不）＋合適的

craft n. 技術，特殊技術；工藝；航空器

→ **campcraft** n. 露營術
露營地＋技術

→ **handicraft** n. 手工藝（品）

用手的＋技術

→ **kingcraft** n. 治國之術，權術

王（的統治）＋技術

→ **spacecraft** n. 太空船

宇宙＋航空器

→ **stagecraft** n. 編劇才能；演出技術

舞台＋技術

→ **statecraft** n. 管理國家的本領

國家＋技術

→ **witchcraft** n. 魔法，巫術，魔力

巫婆（使用的）＋技術

→ **aircraft** n. 航空器

飛行的＋航空器

culture n. 文化，修養；養殖，栽培

→ **agriculture** n. 農業

field 田地＋栽培

→ **apiculture** n. 養蜂

bee 蜂＋養殖

參考 AI＝Avian [ˋevɪən] Influenza 禽流感

due a. 應付的，正當的　n. pl. 使用費，會費

→ **overdue** a. 超過應付期限的，遲的

超過＋應付的

→ **undue** a. 沒有到應付期限的；過度的；不適當的

not 不＋支付期限的

→ **subdue** v. 征服，壓迫，使順從

往下＋應付的

fable n. 寓言；虛構的故事

→ **affable** [ˋæfəbḷ] a. 友善的，容易親近的

比較 novel n. 小說 | essay n. 散文
miscellany n. 雜文集 | play n. 劇本
poem n. 詩，韻文
poetry n. 詩（總稱）
→ verse n. 韻文
→ prose n. 散文
fiction n. 虛構，編造，小說
→ nonfiction n. 非小說類散文文學

faction n. 派別，小集團

→ **benefaction** [ˏbɛnəˋfækʃən] n. 慈善，善行，捐贈
good 好的行為

→ **malefaction** [ˏmæləˋfækʃən] n. 惡行，罪行
bad 壞的行為

bene＋fac＋tion
好 ＋ 做 ＋ 行為

male＋fac＋tion
壞／惡＋ 做 ＋ 行為

fall v. 落下，倒下，下跌 n. 秋天（＝autumn）

→ **befall** v.（不幸）降臨（在某人身上）

★衍生字★ rainfall n. 降雨，降雨量
雨＋落下

snowfall n. 降雪，降雪量
雪＋落下

downfall n. 落下；衰敗
向下＋掉下

deadfall n. 陷阱，夾子（像老鼠夾一樣，用來捕獵的那種）
使（掉下來的話）死掉的

waterfall n. 瀑布
水＋落下

比較 precipitation n. 降雪，降水，降雨量

fresh a. 新鮮的，新的；淡（水）

→ **afresh** ad. 重新（＝anew），再度
on 上面＋新規的，新的，再度的

→ **refresh** v. 恢復元氣，更新
again 重新＋變成新鮮的

★衍生字★ refreshment n. 恢復元氣 pl. 茶點

function n. 功能，作用；職責；（數學）函數 v. 行使職責

→ **malfunction** n. 功能失常；（機器）故障
惡劣＋功能

→ **dysfunction** n. 官能障礙
not 不＋功能

→ **defunct** a. 已廢止的，不復存在的
not 不能＋work 工作

比較 punct n. 刺
punctation n. 斑點（＝spot）
punctuation n. 標點
acupuncture n. 針灸
→ compunction n. 良心的譴責，後悔
→ expunction n. 消去，刪除

go v. 去，行動；參加；從事；處於

→ **ago** ad. 以前

→ **cargo** n. 船貨，貨物

→ **ego** n. 自滿，自我

→ **forgo** v. 作罷，放棄

→ **undergo** v. 經歷，經驗，遭受（手術等）（＝suffer）
under 在下面經歷，在首領下經歷＋去

gram n. 克（重量單位）；已寫下／畫下的事物

→ **kilogram** n. 千克，公斤

→ **diagram** n. 圖示；圖形

→ **epigram** n. 警句；諷刺詩

→ **telegram** n. 電報

比較 diameter n. 直徑
radius n. 半徑
vertex＝apex n. 頂點，最高點

graph n. 曲線圖，圖示 v. 以圖示顯示

→ **epigraph** n. 銘文，碑文

→ **phonograph** n. 留聲機

→ **radiograph** n. X 光片

→ **paragraph** n.（文章）節，段落

→ **photograph** n. 照片

→ **telegraph** n. 電報；電信

ground n. 土地；場所；立場；領域；理由

→ **aground** ad. 擱淺地；地面上
on 上面的＋土地 → 地面上 → 擱淺的

→ **background** n. 背景，後臺
後面的＋土地 → 土地後的背景

→ **battleground** n. 戰場
戰爭＋土地

→ **underground** a. 地下的
下面的＋土地

★衍生字★ burial [ˋbɛrɪəl] ground 墓地，埋葬地
playground n.（學校的）運動場

同義詞 理由：ground，cause，reason，motive（動機）
藉口：pretext，excuse

hale a. 強壯的，元氣旺盛的（＝robust＝vigorous）

→ **exhale** v. 呼出（空氣等）；發散（＝emit）
out 向外 ＋hale（＝breathe 呼吸）

→ **inhale** v. 吸入（空氣等），吸氣
into 向裡 ＋hale（＝breathe 呼吸）

★衍生字★ exhalation [ˏɛksəˋleʃən] n. 呼氣；發散
→ inhalation n. 吸氣

hand n. 手；雇員；手藝；協助；占有（＝possession）

→ **beforehand** a. 預先的

→ **secondhand** a. 間接的；二手的

★衍生字★ handle n. 手把　handbook n. 手冊；便箋
handcart n. 手推車　handkerchief n. 手帕
finger 手指 < **hand** 手 < **fist** 拳頭 < **arm** 手臂
< **forearm** 前臂

have v. 有；吃；得（病）

→ **behave** v. 表現，舉止

→ **misbehave** v.（使）行為不端
badly 壞地＋表現

★衍生字★ behavior [bɪˋhevjə] n. 行為（＝conduct）
have-not n. 窮人，貧窮國家

head n. 最前面；頭；頭腦；領袖；頂點 v. 向（～for）

→ **ahead** ad. 在前，向前，提前
on / to 往 / 向＋前面

→ **baldhead** n. 禿頭的人
光禿的＋頭

→ **overhead** a. 頭上的　pl. 管理費用，經常費用

★衍生字★ head＋hunter → headhunter n.（企業的）獵人頭者
頭，頭腦＋獵人

head＋quarters → headquarters n. 總部，本部，司令部
首領＋兵營，住處

bald [bɔld] a. 光禿的；單調的

hold v. 把握，拿著；占據（＝occupy）

→ **behold** v. 看，注視，望著（＝look / gaze / stare at）
be 完整＋hold 抓住

→ **withhold** v. 保留；抑制；使停止
back 回＋hold 拿著

★衍生字★ hold down 抑制（物價等）；壓下（＝press）；維持
holding n. 把握，持有 pl. 所有財產
holding company 控股公司
conglomerate n. 財閥，企業集團
subsidiary n. 子公司 a. 補助的

house n. 家，家庭；公司，倉庫 the House（英國）議院

→ **warehouse** n. 倉庫；量販店 v. 存入倉庫；把～儲藏在房內
產品；器皿＋倉庫；公司

★衍生字★ household n. 家族，一家人 a. 家族的，家用的
housekeeping n. 家務管理，家政，家庭費用
house arrest 軟禁在家
house brand 自有品牌
full house 滿員
a two-storied house 兩層樓房

illusion n. 幻覺，幻想，錯覺

→ **collusion** n. 共謀，勾結（＝conspiracy）
col < con (together) 一起＋幻覺劑（藥劑）→勾結，共謀

→ **delusion** n. 錯覺，欺瞞，錯誤的想法
away 遠處 ＋lusion（＝playing）使人產生幻覺

→ **disillusion** n. 醒悟，覺醒
not 反對＋幻想 → 醒悟

jury n. 陪審團，評判委員會

→ **injury** n. 傷害，損傷；（對權利等的）侵犯

→ **perjury** n. 偽證

★衍生字★ injury time 足球等的「傷停時間」

比較 extra time 延長加賽
penalty shootout 足球賽平手後的 PK 大賽
penalty kick 足球比賽中犯規的 12 碼罰球

keep v. 保留，維持，保存

→ **housekeep** v. 自立門戶

→ **safekeep** v. 保管，保護（＝safeguard）

→ **upkeep** n. 維持，保存；維修費

late a. 晚的，遲到的；遲鈍的

→ **dilate** [daɪˋlet] v. 擴大（＝enlarge）；膨脹（＝expand）

→ **elate** v. 使興高采烈，使得意

★衍生字★ dilatation n. 膨脹，擴大；擴張術
elation n. 興高采烈，歡欣鼓舞

lay v. 放置；鋪設；下蛋

→ **allay** [əˋle] v. 減輕，減少

→ **clay** n. 黏土；人體

→ **delay** v. 耽擱，延遲　n. 延遲，遲滯

→ **outlay** n. 支出；經費

比較 alloy [ˋælɔɪ] n. 合金 v. 使成合金

lead v. 領導，引導，領先　n. 鉛 [lɛd]

→ **cheerlead** v. 加油，使產生勇氣
激勵，歡呼，加油＋領導

→ **mislead** v. 誤導，騙
falsely 虛偽地，不實地＋引導

★衍生字★ leading a. 領導的，第一的
→ misleading a. 誤導的，令人誤解的
leader n. 指導者，領導者
→ cheerleader n. 啦啦隊隊長
leadership n. 領導能力，（總稱）領導人員或階層
black lead 石墨

lift v. 舉起；偷竊　n. 舉起；起重機；搭車

→ **airlift** n. 空運；空運物資　v. 空運
空氣，天

→ **auto lift** 汽車起重機
汽車

→ **bar lift** 纜車
條狀物

long a. 長的；乏味的　v. 渴望

→ **along** prep. 沿著　ad. 前往

→ **belong** v. 屬於，所屬

→ **prolong** v. 延長（空間）；拖延（時間等）

★衍生字★ daylong ad. 整天地
agelong a. 持續很久的，久遠的
belongings n. 所有物，財產
elongation [ɪ,lɔŋ`geʃən] n. 延長

lunch n. 午餐，便餐

→ **lunchbox** n. 餐盒；便當

→ **quick lunch** 速食

→ **brunch** [brʌntʃ] n. 早午餐（＝breakfast＋lunch）

★衍生字★ luncheon [`lʌntʃən] n. 午餐，正式的午餐餐會

比較 早餐：breakfast　　晚餐：supper＝dinner
終止＋禁食 → 終止禁食，吃早餐

moment n. 瞬間，時刻；重要

→ **comment** [`kɑmɛnt] n. 注釋，解釋；評論

→ **document** [`dɑkjəmənt] n. 文件，文檔

★衍生字★ momentary [`momən,tɛrɪ] a. 瞬間的，剎那間的
→ commentary [`kɑmən,tɛrɪ] n. 解釋；評論
→ documentary [,dɑkjə`mɛntərɪ] n. 紀錄片

most a. 最大的，大部分的　n. 最大限度；大多數人

→ **al<u>most</u>** ad. 幾乎，差一點

→ **fore<u>most</u>** a. 最先的；最重要的

→ **ut<u>most</u>** [ˋʌt͵most] a. 最大的；最高的

→ **after<u>most</u>** a. 最後的

pact n. 條約；約定

→ **impact** n. 衝突（＝collision）；衝擊；影響

→ **compact** n. 協定，合約；粉撲盒　a. 緊湊的；緊密的；小型的

→ **incompact** a. 不緊密的；不牢固的；鬆散的（＝loose）
not 不＋緊密的

比較 fact n. 事實，實際

pair n. 一雙，一套　v. 使成一對，結婚

→ **despair** [dɪˋspɛr] n. 絕望　v. 絕望

→ **impair** v. 減少（價值）；危害（健康）

→ **repair** v. 修理；補救　n. 修理；補救

pay v. 支付，給予（報酬）

→ **overpay** v. 給～過多報酬，多付（錢財）

→ **underpay** v. 少付～工資

★衍生字★ payment [ˋpemənt] n. 支付，報酬
→ overpayment n. 溢付
→ underpayment n. 繳付不足
payroll [ˋpe,rol] n. 薪水帳冊，工資明細

比較 報酬 pay：最普遍的用於工資的單字
工資 wages：以時間、天數、週等為單位或根據工作量來支付的薪水
salary：支付給從事腦力、專業工作等的人的固定薪資
fee：醫生、律師、藝術家等工作的人拿到的酬金
stipend [ˋstaɪpɛnd]：牧師等從事專門事業的人的定期生活津貼

pear [pɛr] n. 梨子

→ **appear** [əˋpɪr] v. 出現，露面

→ **disappear** v. 消失
not 相反→「出現」的反義詞

★衍生字★ appearance n. 出現；外觀
⟷ disappearance n. 消失；消滅
apparent [əˋpærənt] a. 顯然的，明白的
（＝clear＝plain）

比較 pair n. 一雙
pumpkin n. 南瓜
peach n. 桃子
kiwi n. 奇異果
watermelon n. 西瓜
水＋瓜
pare v. 削皮，切除（邊、角等）
persimmon [pɚˋsɪmən] n. 柿子
walnut [ˋwɔlnət] n. 胡桃
cucumber [ˋkjukəmbɚ] n. 小黃瓜
tangerine [ˋtændʒə,rin] n. 橘子

phone n. 電話，電話機　v. 打電話

→ **microphone** n. 麥克風（＝mike）
small 使小的聲音變大的＋電話機

→ **megaphone** n. 擴音器
large 使大聲音變得更大的＋電話機

同義詞　小的：small，little，tiny，thumbnail，diminutive
拇指＋手指甲 → 像大拇指指甲一樣大的 → 極小的

微不足道的：trivial，petty，insignificant
大的：big，large，great，grand
形容場所：spacious，vast，extensive，broad
形容體積：bulky，massive，voluminous [vəˋlumənəs]
巨大的：huge，enormous，mammoth，gigantic，prodigious，colossal，monstrous，stupendous，titanic

piece n. 碎片，小部分　v. 拼湊，修補

→ **apiece** ad. 每個，各自

→ **masterpiece** n. 傑作，代表作

★衍生字★ piecemeal a. 碎片　ad. 一點，一個
piecework n. 計件工作，零碎的工作

place n. 場所；位置；住所　v. 放置；下（訂單）

→ **birthplace** n. 出生地
出生＋場所

→ **deathplace** n. 死亡地
死亡＋場所

→ **dwelling place** 地址（＝address）
居住＋場所

→ **commonplace** n. 平凡的事物　a. 平凡的
普通的，平凡的＋環境

→ **displace** v. 移置，取代；免職
away 在遠地＋放置（任命）

★衍生字★ birth control 計畫生育，避孕
birth date 出生日期
place an order 訂購

pocket n. 口袋，錢，財力

→ **pickpocket** n. 扒手
拾取＋口袋 → 拾取口袋

→ **pocket money** 零用錢

★衍生字★ pocketbook n. 筆記本；錢袋
pocket edition 袖珍本；小型的東西

point n.（尖銳的）尖端，點；要點；分數 v. 指向，指出

→ **acupoint** [ˋækjʊ,pɔɪnt] n. 穴位

→ **appoint** [əˋpɔɪnt] v. 任命；指定（時期，場所）

→ **pinpoint** [ˋpɪn,pɔɪnt] v. 正確的表示（指出，敘述）

★衍生字★ appointment n. 任命；約會（＝engagement）

price n. 價格，價錢；代價 v. 定價；評價

→ **price break** 價格折扣

→ **price control** 物價控制

→ **priceless** a. 很貴重的；（口語）很有趣的

★衍生字★ cost price 成本價　　unit price 單價
retail price 零售價　　wholesale price 批發價
零售的，零售　　全體的，所有的＋銷售
asking price 喊價，標價

proof n. 證明，證據　a. 有耐力的 / N.-proof：防止～的

→ **airproof** a. 不透氣的
空氣＋防止

→ **ballproof** a. 防彈的（＝bulletproof）

→ **bombproof** a. 防砲彈的　n. 防空洞
炸彈＋有耐力的

★衍生字★ proof sheet 校樣
proofread v. 校正

right a. 對的；正當的；右邊的 n. 權利；右邊　ad. 正確地

→ **aright** ad. 正確地
on 在＋對的

→ **copyright** n. 版權，著作權
副本，複印＋權利

→ **outright** a. 直率的；徹底的
向外＋正確的表達

→ **upright** a. 直立的；正直的
向上＋正立的

比較 all right 好，良好的，優秀的
bright a. 明亮的；伶俐的；有望的
duty＝obligation n. 義務　　responsibility n. 責任

rise v. 發生；升起　n. 上漲，上升

→ **arise** v. 升起；出現
on 在＋發生

→ **sunrise** n. 日出
太陽＋上升

比較 comprise v. 包含；組成（＝consist of＝be made up of）

saving a. 節約的；救助的　n. 節約；救助
pl. 存款 / N.-saving：節省～的

→ **energysaving** a. 節約能源的
能源＋節約的

→ **laborsaving** a. 節省勞力的
勞動＋節約的

→ **lifesaving** a. 救命的　n.（水難）救生（術）
生命＋拯救的

→ **spacesaving** a. 節省空間的
空間＋節約的

→ **timesaving** a. 節省時間的
時間＋節約的

→ **savings account** 儲蓄帳戶

★衍生字★ daylight saving 節約日光
face-saving a. 保全面子的 n. 顧全面子
*Daylight Saving Time 日光節約時間（DST）
＝（英）summer time

scene n. 場面；景色；（事件）現場；佈景，
（戲劇）一場，舞臺

→ **obscene** [əb'sin] a. 淫穢的；令人厭惡的
toward 向著＋（壞的）場面

→ **love scene** 戀愛場面 ***scenic beauty** 風景秀麗
愛＋場面

scope n. 範圍，領域；機會；觀測器

→ **microscope** 顯微鏡
small 看微物的工具

→ **periscope** 潛望鏡
about 看附近的工具

→ **telescope** 望遠鏡
far 看遠處的工具

比較 binoculars [bɪˋnɑkjələs] n. 雙筒望遠鏡

set v. 放，置；使（人或事物處於某種狀態）；調整；出題

→ **assets** [ˋæsɛts] n. [pl.] 資產

→ **beset** v. 包圍；使苦惱

→ **upset** v. 推翻；翻倒 n. 翻倒；混亂 a. 傾覆的；心煩的

比較 capital n. 資本；首都；大寫字母
debt n. 債務，負債
income＝earnings n. 所得
fund n. 基金，資金
profit＝benefit n. 利益，好處
loss n. 損失
deficit n. 赤字；不足
salary＝pay n. 工資，報酬
dividend n. 紅利；股息
pension n. 養老金
annuity n. 年金
allowance n. 津貼，零用錢
tax n. 稅金
wages n. 薪水
bonus n. 獎金

★衍生字★ setup n. 計畫，組織；裝備；構成；安排（事務）
setting n. 安置；舞臺裝置；環境

sight n. 視力，視覺，見；判斷；視野　v. 發現

→ **eyesight** n. 視力，目力
眼＋視力

→ **foresight** n. 先見之明，遠見
before 預先（往前）＋見

→ **hindsight** [ˋhaɪnd͵saɪt] n. 後見之明
後面的＋判斷

→ **oversight** [ˋovə͵saɪt] n. 勘漏；失察；監督
從上＋（無法）見

★衍生字★ insight n. 洞察力；識破
sightseeing n. 觀光，旅遊

size n. 大小，尺寸，版　v. 根據大小排列

→ **bite-size** a.（食物）一口大小的；很小的

→ **downsize** v. 使小型化，縮小～規模

→ **economy-size** a. 經濟包的

solution n. 解決；溶解；溶液

→ **absolution** [͵æbsəˋluʃən] n. 免罪，饒恕，赦免

→ **dissolution** [͵dɪsəˋluʃən] n. 分解；融化；（契約的）解除

→ **resolution** [͵rɛzəˋluʃən] n. 決心；解決；決定

★衍生字★ solve v. 解決，解開
→ absolve v. 免罪，赦免
→ dissolve v. 溶解；失去（效力）
→ resolve v. 決心；解決；決定

spite n. 惡意，心術不良 prep. 不顧，不管

→ **despite** [dɪˋspaɪt] prep. 不顧，不管

→ **respite** n. 暫緩，暫息，（支付或執行的）暫緩

★衍生字★ in spite of：儘管～（＝notwithstanding＝nevertheless）

stand v. 站，站立；忍受 n. 停止；看臺，攤子；候車站

→ **bookstand** n. 書架，書攤

→ **cabstand** n. 計程車招呼站（＝taxi stand）

→ **understand** v. 理解，知道
under（知道）在下＋站立 → 理解

→ **withstand** v. 抵抗；禁得起
against 對抗＋站起 → 抵抗

stone n. 石，石頭

→ **cornerstone** n. 牆角石，基礎
角落，拐彎處＋石頭

→ **stepping-stone** n. 跳板，墊腳石
踩

比較 pebble 鵝卵石 < gravel 石礫 < stone 石頭 < rock 岩石

stop n. 停止；候車站 v. 停止，終止

→ **nonstop** a.不斷的；直達的，直行的 n. 直達（班機或車）
not 不＋停止

→ **bus stop** 公車站牌 → **the last stop** 終點站

think v. 想；想像（＝imagine）

→ **bethink** v. 想好；想起；思考→ **unthink** v. 不想；不思考

★衍生字★ groupthink(ing) n. 團體迷思
集團＋想法，思考

think tank 智囊團，智庫
想＋貯存槽 → 想法的貯存槽

way of thinking 思考方式

throw v. 扔；發射 n. 扔；投擲

→ **outthrow** [aʊt'θro] v. 拋出

→ **overthrow** v. 推翻，顛覆 n. 推翻，打倒

→ **upthrow** n. 向上投擲；（岩層的）隆起

walk n. 步行，行，散步

→ **crosswalk** n. 行人穿越道
交叉的，橫過

→ **boardwalk** n. 木板鋪成的路
板，甲板

比較 broad a. 寬的

★衍生字★ blackboard 黑板
黑色的＋板

whiteboard 白板
白色的＋板

billboard 廣告看板
海報傳單＋板

signboard 招牌
標記，信號＋板

scoreboard 記分板
分數，得分＋板

cutting board 砧板
切斷＋板

advertising board 廣告板
廣告

ironing board 燙衣板
熨平衣服

bulletin board 告示牌
告知，公告，速報＋板

ware n. 製品，器具；陶器

→ **chinaware** n. 瓷器
陶瓷

→ **artware** n. 工藝品，藝術品
藝術

→ **bakeware** n. 烤盤
烤

→ **bambooware** n. 竹製品
竹子

→ **brassware** n. 黃銅製品
黃銅

→ **earthenware** n. 土器，陶器
用土做的

→ **glassware** n. （盤子等）玻璃器具
玻璃

→ **flatware** n. 扁平的餐具
平的

→ **hardware** n. 五金器具，（電腦）硬碟
金屬性的（硬的）

→ **ironware** n. 鐵製品，金屬器具
鐵

→ **metalware** n. 金屬製品
金屬

→ **ovenware** n. 烤盤
烤箱，鍋

→ **tableware** n. 餐具
餐桌

→ **tinware** n. 錫製品
錫

★衍生字★ warehouse n. 倉庫；量販店，大型零售商店

wear v. 著，穿，戴

→ **swear** v. 發誓；詛咒

→ **forswear** v. 發誓拋棄；發誓否認

比較 innerwear n. 內衣（＝underwear） → outerwear n. 外衣；外套
內部的＋衣服　　外部的＋衣服

→ casual wear 休閒服裝
偶然的＋衣服

witch v. 迷惑；施巫術

→ **bewitch** v. 施魔法於；使著迷（＝charm＝fascinate）

★衍生字★ bewitching a. 迷人的（＝fascinating）
bewitchment n. 魅力

比較 watch v. 注視；小心留意 n. 警戒；手錶

worm n. 蟲子 v. 慢慢前進；探得～

→ **earthworm** n. 蚯蚓
土

→ **bookworm** n. 書呆子，書蟲
書

比較 leech n. 水蛭

2 相同的單字因接不同詞綴，變成新字義單字的情況

able a. 可以做到的，有能力的（＝competent）

→ **unable** a. 做不到的，無能的；不能勝任的
not 相反 →「可以做到」的反義 → 做不到的

→ **capable** a. 有能力的，有做某事能力的
（最高）可以做到的 → 有能力的

→ **incapable** a. 做不到的，不可能的；無能力的
not 相反 →「可以做到」的反義 → 做不到的

★衍生字★ ability n. 能力，才能

→ inability n. 無能，無力
not 無

→ notability n. 顯著
note 注目

capability n. 能力，才能；潛力
top 最高

→ incapability n. 無能，無資格
not 無

＊ governability n. 國家管理能力
（國家）統治+能力

比較 captain n. 隊長，船長，上校，上尉
caption n. 標題；說明；字幕
capacity n. 能力；容量；生產量；資格，地位

abate v. 減少（diminish＝lessen）；緩和

→ **debate** v. 討論（＝discuss）；辯論
n. 討論；考慮；爭論

★衍生字★ abatement [ə'betmənt] n. 減少；減輕；消除

同義詞 debate，discussion，controversy，argument

ally [ə'laɪ] v. 同盟，聯盟 n. 同盟國，友邦

→ **rally** v. 集結；重整旗鼓 n. 重新聚集；集會
re（＝again 又）

比較 allay [ə'le] v. 使緩和，平息

alter v. 換，變更（＝change＝modify）

→ **alternate** v. 輪流做，相互交替 a. 輪流的

→ **alternative** n. 兩者選一；選擇性 a. 兩者選一的

→ **alternative school** 另類學校

★衍生字★ alteration n. 更改，改造（＝modification）
alternation n. 交換，交替
alternately ad. 交替地，隔一個地，交換地
alternatively ad. 二者擇一地；選擇性地

band n. 捆綁；帶子；群夥，隊伍；樂隊

→ **contraband** n. 走私，違法交易 a.（進出口物品）禁運的
against 相反的，違法的 → 捆綁後偷偷進來

★衍生字★ bandage n. 繃帶 v. 纏繃帶

bat n. 球棒；擊球；蝙蝠　v. 用球棒打擊

→ **combat** v. 搏鬥　n. 戰鬥（＝fight），決鬥，鬥爭
together 互相＋用球棒擊打 → 搏鬥

★衍生字★ battle n. 戰役，戰鬥　combat police 武警

company n. 公司；同伴（們）；陪伴

→ **accompany** v.（人）陪伴，伴奏
ac < ad with（與，一起），by（旁邊）

★衍生字★ parent company 母公司
subsidiary company 子公司
holding company 控股公司
trading company 貿易公司
multinational [ˋmʌltɪˋnæʃənḷ] corporation 跨國公司

同義詞 公司：company，firm，concern，corporation

concern v. 關於；使擔心
n. 利害關係；關心，關注；公司

→ **discern** v. 區分，識別（＝distinguish）

★衍生字★ concerned a. 有關的；擔心的
concerning prep. 關於（＝about＝as to）
discernment [dɪˋsɝnmənt] n. 識別；眼力；洞察力

cosmos n. 宇宙（＝universe）；秩序；和諧
↔ chaos [ˋkeɑs] n. 混亂

→ **cosmopolis** [kɑzˋmɑpəlɪs] n. 國際都市
cosmopolitan ＋metropolis
國際的，世界的＋大都市，主要城市（經濟的）中心地

參考 **metropolitan** a. 主要城市的，大都會的

比較 megalo＋polis＝megalopolis n. 人口密集地區；巨大都市
great 大的＋city 都市

cosmetics n. 化妝品

counter v. 對抗 n. 計數器 a. 相反的

→ **encounter** v.（偶然地）遇到，遭遇（危險或困難等）

cure v. 治療；解決（問題等）

→ **procure** v. 獲得，得到（＝get＝obtain）
before 預先＋care 照料

→ **cure-all** n. 治百病的靈藥（＝panacea）
治療＋所有的

→ **cureless** a. 無法治癒的
治療＋不能

deplete [dɪˋplit] v. 耗盡（＝drain＝exhaust）

→ **replete** a. 充滿的；吃飽的

★衍生字★ depletion n. 耗盡；消耗 → repletion n. 充滿；飽滿

different a. 不同的，不一樣的

→ **indifferent** a. 不關心的；不重要的

★衍生字★ difference n. 差異 → indifference n. 不關心，冷淡

dog n. 狗 v. 跟蹤

→ **underdog** n. 失敗者

→ **dogged** a. 頑強的，下定決心的

★衍生字★ 獵犬：hunting dog 狗屋：kennel＝doghouse
警犬：police dog 小狗：puppy
軍犬：attack dog （狗）叫：bark n. 樹皮

fish n. 魚，魚類

→ **balloonfish** n. 河豚 → **goldfish** n. 金魚 → **starfish** n. 海星
氣球 金 星形的

★衍生字★ fishbowl n. 玻璃魚缸

fiance n. 未婚夫 ↔ fiancee n. 未婚妻

→ **defiance** [dɪˋfaɪəns] n. 反抗；蔑視；挑戰

★衍生字★ defy v. 反抗；蔑視

fit v. 恰當；適應　n.（病的）發作；（衣服）合身

→ **befit** v. 適合，恰當

→ **outfit** n. 全套裝備／服裝或道具；公司

foot n. 腳；步調；山腳　v. 支付

→ **afoot** ad. 步行地；在進行中

★衍生字★ footstep n. 腳步聲；步伐
foothold n. 立足處；基礎

fraction [ˋfrækʃən] n. 片段；小部分；分數

→ **infraction** n. 違反；侵害

比較 fracture [ˋfræktʃɚ] n. 骨折；破裂

fraud [frɔd] n. 敲詐；欺瞞；不當手段；騙子

→ **defraud** v. 騙取（財產或權利等）；欺騙（＝cheat）

→ **cyberfraud** n.（網路上的）欺騙行為

★衍生字★ fraudulent a. 詐欺的

fresh a. 新的；新鮮的

→ **afresh** ad. 重新，再度（＝anew, again）

★衍生字★ freshman n. 新生，大學一年級的學生

比較 flesh n. 肉，肉體，身體

get v. 得到，獲得

→ **beget** v.（父親）得到（孩子），產生 比較 bear v. 生（孩子）

→ **budget** n. 預算

fusion n. 熔解；融合

→ **confusion** n. 混亂；混淆 → **diffusion** n. 發散；傳播

比較 fusion food 融合料理
fission n.（生物）分裂；（物理上的核）分裂

generate v. 產生（結果或感情等）；發生

→ **degenerate** v. 退步；脫落 a. 墮落的；退化的
down 發生不如過去的結果 → 退步

★衍生字★ generator n. 發電機
generation [ˌdʒɛnəˈreʃən] n. 一代；發生；引發
→ degeneration [dɪˌdʒɛnəˈreʃən] n. 退步，退化

grab [græb] v. 抓取；奪取；匆忙地做

→ **grasp** v. 抓牢；趕著做～ → **grip** v. 抓緊，牢牢抓住

比較 snatch v. 搶奪 n. 搶奪；片刻

gross a. 總的；粗鄙的 n. 籮（12 打或 144 個）

→ **engross** v. 使全神貫注

比較 glass n. 玻璃；玻璃杯 → glasses n. 眼鏡 → sunglasses n. 墨鏡
grass n. 草地（＝lawn）
gross / net income 總／淨收入

grudge v. 不情願地給；嫉妒 n. 怨恨（＝spite）

→ **begrudge** [bɪˋgrʌdʒ] v. 不情願地給；妒忌

guile n. 狡猾；詭計；狡詐

→ **beguile** v. 騙，欺騙

同義詞 欺騙：cheat，deceive，defraud，hoax

half n. 一半　a. 一半的；不完全的　ad. 不完全地

→ **behalf** n. 利益；代表

★衍生字★ half-hearted a. 半信半疑的
halfway ad. 中途地；不充分地
first half 上半期，上半段，上半場
→ second half 下半期，後半段，下半場
on behalf of 代表～

heave [hiv] v.（使勁地）舉起；丟擲（重物）　n. 舉起；隆起

→ **upheave** v. 鼓起；抬（舉）起；（使）隆起

immunity n. 免疫；赦免

→ **impunity** n.（處罰、損失、傷害等的）免除

★衍生字★ immune [ɪ`mjun] a. 免疫的；被免除的（＝exempt）
immune system（抑制病菌的）免疫系統
with impunity 不受懲罰地；無恙地

important a. 重要的

→ **unimportant** a. 不重要的
not 不＋重要的

→ **self-important** a. 高傲的，妄自尊大的
自身的＋重要的

同義詞　重要的：important，significant，momentous，
cardinal，weighty，essential，staple，major，main，
key，critical（決定性的），
serious（重大的，嚴重的）
不重要的：unimportant，insignificant，
on the back-burner（擱置）

比較 uncritical a. 無批判力的
微不足道的：trifling，trivial，petty

imputable [ɪm`pjutəbl̩] a. 可歸咎的；可歸因的

→ **re<u>pu</u>table** a. 聲望佳的，值得尊敬的

★衍生字★ impute v. 歸罪於　imputation n. 歸因
repute v. 認為　n. 名譽（＝reputation）

同義詞　歸咎於：impute，ascribe，attribute

joy n. 歡樂，享受

→ **<u>en</u>joy** v. 欣賞，享受

★衍生字★ joy<u>ful</u> a. 高興的，快樂的 ↔ joy<u>less</u> a. 不快樂的，沉悶的
enjoyment n. 享有，享樂，快樂

killing a. 殺害的；破壞性的
n. 殺害，殺人；賺得一大筆錢；大成功

→ **painkilling** a. 止痛的
疼痛，痛＋殺害

→ **killing field** 大屠殺現場
殺害的＋現場

★衍生字★ mercy killing 安樂死（＝euthanasia）
仁慈，安樂

＊a killing smile 有魅力的微笑
a killing glance 有魅力的眼神
a killing disease 致命的疾病

＊kill time 消磨時間
I don't know how to kill time.
我不知道怎麼消磨時間。

let v. 讓（＝make），允許

→ **outlet** n. 出口；排出口；通路；（電器）插座
ex 向外＋讓

比較 bullet n. 槍彈，子彈
tablet n. 平板，書寫板
violet n. 紫羅蘭；紫色
millet n.（植物）粟
toilet n. 廁所；梳洗
wallet n. 皮夾

lighten v. 使發亮；減輕（重量、負擔等）

→ **enlighten** v. 啟蒙；教導
→ **enlightenment** n. 啟發，啟蒙；教化

★衍生字★ lighting [ˋlaɪtɪŋ] n. 照明
lightning [ˋlaɪntɪŋ] n. 閃電

lorn，lone a. 孤獨的，寂寞的

→ **forlorn** a. 被遺棄的；淒涼的（＝desolate）；絕望的
很久＋孤獨的，寂寞的

→ **lonesome** a. 寂寞的；孤獨的

→ **lone wolf**（口語）獨行俠，自我中心的人

比較 alone a. 一個人，孤獨的
lonely a. 孤獨的，寂寞的
loneliness n. 孤獨

lot v. 劃分；抽籤 n. 很多；抽籤；一份（＝share）；命運

→ **allot** v. 分配；指派（＝assign）

比較 plot n. 陰謀；計畫；情節 v. 密謀，陰謀
pilot n. 駕駛員；引導員 v. 駕駛；引導
slot n. 狹縫；投幣口 v. 開槽於

mirror n. 鏡子；寫照；典範

→ **rearview mirror** 汽車的後視鏡
後，後方＋看

比較 miracle n. 奇蹟

motion n. 運動；動作；意向；提議

→ **commotion** n. 騷動，喧鬧；動亂（＝upheaval＝disturbance）
together 一起做激烈的動作引起混亂

nose n. 鼻子 v. 嗅；用鼻子碰

→ **nose-dive** v. 垂直降落 ↔ skyrocket v. 急速上升

★衍生字★ hard-nosed a. 頑強的，倔強的
堅硬的＋鼻子

nosebleed n. 鼻血
鼻子＋血

bull nose 大鼻子
牛

hawk nose 鷹勾鼻
鷹

＊I have a bloody nose.
流鼻血

noxious a. 有毒的；有害的

→ **obnoxious** a. 不快的，討厭的

同義詞 有毒的，有害的：noxious，injurious，harmful，baneful，nocuous

無害的，無毒的：innoxious，innocuous，harmless
(in: not；in: not；-less: 沒有的 ↔ -ful 多的)

offer v. 提供；提案　n. 提供；提議；出價

→ **proffer** [ˋprɑfɚ] v. 提供；提案

★衍生字★ offering n. 提供，貢獻

opt v. 選擇（＝choose＝select＝make a choice）

→ **adopt** v. 採用；選擇；收養

★衍生字★ option n. 選項，選擇權 → adoption n. 採用；選擇；收養

own v. 擁有　a. 自身的　n. 自己

→ **owner** n. 所有者
→ **ownership** n. 所有權

★衍生字★ co-owner n. 共同所有者　friendship n. 友情
membership n. 會員身分　worship n. 禮拜；崇拜
relationship n. 關係；親戚關係
關係
partisanship [ˋpɑrtəzən͵ʃɪp] n. 黨派性；黨派偏見
黨人，遊擊兵

parent n. 父母親任一方　pl. 雙親

→ **transparent** a. 透明的；坦率的；顯然的

比較 opaque a. 不透明的；不傳導（光、熱、電等）的
patent [ˋpætn̩t] n. 特許，專利
patron n. 贊助人；常客

接字首 trans- 的單字通常具有 across（橫過）、through（通過）、beyond（超過）、change（變化）等意思

translate v. 翻譯　**trans**mute [træns`mjut] v. 使變化
transaction n.（業務等）處理；交易
transit n. 運輸（系統）；過境；變遷
transference n. 移動；轉移
tranquility [træŋ`kwɪlətɪ] n. 安靜，平靜，平穩

plan n. 計畫，構想　v. 計畫

→ **action plan** 實際計畫，行動計畫

→ **master plan** 總體計畫，綜合計畫

→ **installment plan** 分期，分期付款計畫

prize n. 獎（＝award），獎金，（運氣好而得到的）獎品

→ **apprize** v. 報價；評價（＝estimate＝appraise）

bonus win a prize 得獎　win first prize 得首獎

profit n. 利潤　v. 有利於

→ **for-profit** a. 營利的 ↔ **not-for-profit**＝**nonprofit** a. 非營利的

★衍生字★ profitable a. 有利可圖的
↔ unprofitable a. 無利益的（＝profitless）
gross profit 總利潤 ↔ net profit 淨利
gross：全部，全體的　net：純粹的，最終的

product n. 產品；產物；成果

→ **byproduct** n. 副產品

★衍生字★ productive a. 多產的 ↔ nonproductive a. 非多產的
not 非＋多產的

productivity n. 生產力 defective product 不良品

rocket n. 火箭；（慣用語）責備 v. 急衝；猛漲

→ **skyrocket** n. 衝天焰火 v.（物價）暴漲

★衍生字★ rocket launcher 火箭炮 rocket base 火箭基地

root n. 根；根源 v.（使）紮根，生根

→ **uproot** v. 連根拔起，根除

→ **arrowroot** n.（植）野葛
箭

rule v. 統治，控制 n. 規則，支配

→ **overrule** v. 推翻，否決，使無效

★衍生字★ ruler n. 統治者；尺（＝measure）

sage a. 賢明的，明智的　n. 聖人，年高德劭的人

→ **presage** n. 前兆，預兆，預感　v. 有～預兆，預言

severe a. 嚴厲的（＝strict＝rigid），嚴格的

→ **persevere** [ˌpɝsəˈvɪr] v. 堅持，不屈不撓

★衍生字★ perseverance [ˌpɝsəˈvɪrəns] n. 堅定不移

skirt n. 裙子　pl. 周邊　v. 圍繞

→ **outskirt** [ˈautˌskɝt] n. 外圍；郊區
外面的＋周邊

sleep v./n. 睡；睡覺；長眠

→ **asleep** a. 睡著的；長眠的（＝dead）；（手或腳）麻的

↔ **awake** a. 清醒

bonus My legs are asleep. 我的腿麻了。

stow v. 裝袋（物品）；貯藏；收藏

→ **bestow** v. 贈與，花費（時間等）

★衍生字★ bestowal [bɪˈstoəl] n. 贈予；授予

stream n. 流，流出；河流；動向 v. 流

→ **upstream** a. 逆流的，往上流的
往上

→ **bloodstream** n. 血流
血＋流

★衍生字★ jet stream 射流
streamline n. 流線型 a. 流線型的 v. 效率化
the stream of opinion 輿論的動向

strip v. 剝去，剝；脫去 n. 細長片；漫畫

→ **outstrip** v. 超過，勝過，超越

比較 comic strip 連載漫畫
cartoon n. 漫畫，卡通

sue v. 控告，提出訴訟

→ **ensue** v. 接著發生（＝follow）

同義詞 訴訟：suit，lawsuit，litigation，action，legal proceedings

time n. 時間；時候；時機；～倍；拍子 pl. 時代；時機

→ **overtime** n. 規定以外的時間；加班
（基準）以上的＋時間 → 規定以上的時間

→ **timetable** n. 時間表，計畫表 → **time killer** 消遣物

tray n. 碟子，盤子（=plate，dish）；文件盒

→ **betray** v. 出賣，騙（=deceive）→ **ash tray** 菸灰缸

★衍生字★ betrayal [bɪˋtreəl] n. 出賣

比較 revolt n. 造反 rebellion n. 叛變；反叛

trench n.（軍隊）壕溝；溝渠（=ditch=drain）v. 挖溝渠

→ **entrench** v. 以壕溝防護；侵犯（=infringe）

→ **retrench** v. 縮短；節約；刪除（=eliminate）

同義詞 ditch n. 溝渠 drain n. 排水管

比較 trench [trɛntʃ] coat 風衣，有防水功能的大衣

valid a. 正當的；有效的；有根據的

→ **invalid** a. 不正當的；無效的；虛弱的 n. 患者
not 不+正當的 → 不正當的

vow n. 誓言；鄭重宣誓 v. 發誓

→ **avow** v.（坦白地）承認（=admit）；自稱

同義詞 自白：avowal，confession，admission（承認），
acknowledgment（承認；表達感謝的表示）

volume n. 卷，（書的）冊；體積；大量；音量

→ **high-volume** a. 大量的

★衍生字★ volume control 音量調節

比較 fidelity n.（收音，錄音設備的）逼真度，精確；忠誠
→ high fidelity（音頻或影像的）高音質（＝hi-fi）

ware [wɛr] n. 產品；～器皿

→ **aware** a. 知道的，意識到的

→ **beware** v. 小心，謹防

★衍生字★ be aware of：知道～，意識到～

05. 能使單字字義改變的字首

接下來的內容與前面的內容不同，是講述字首與基本英文單字或者字根搭配，而構成新的英文單字的情況。先熟悉基本英文單字，再加上字首，就能有效的理解與掌握新構成的單字！

1 字首與單字的結合，變成一個新單字的情況

arm v.（使）武裝；裝備 n. 手臂 pl. 武器；軍火；軍備

→ **disarm** v. 解除武裝；裁軍
not 反對 →「使武裝」的反義詞 → 解除武裝

→ **forearm** v. 預先武裝；預做準備 n. 前臂（手腕到手肘）
before 預先＋武裝 → 預備／before 前面的＋arm 手臂 → 前臂

→ **rearm** v. 再武裝，重新武裝
again 重新＋武裝 → 重新武裝

→ **unarm** v. 解除武裝（＝disarm）

★衍生字★ 1. armament n. 軍備，軍事力量
→ disarmament n. 解除武裝，裁軍
→ rearmament n. 重新武裝

2. armada n. 艦隊
armistice n. 停戰，休戰
armor n. 裝甲，鐵甲
army n. 軍隊；陸軍
alarm n. 警報；驚慌

比較 navy n. 海軍 air force 空軍 Air Force One（美）總統專機，空軍一號

act v. 行動，舉止；扮演 n. 行動，行為；（戲劇）幕；法律

→ **coact** v. 一起共事，協力
together 一起行動

→ **counteract** v. 對抗
against 從事相反的行動

→ **enact** v. 制定法律
make＋法律 → 制定法律

→ **exact** v. 強求 a. 精確的
out 強制向外的行動

→ **interact** v. 相互作用
between 在兩者之間相互作用

→ **overact** v. 過火地表演；誇張
too much 過分的行動

→ **react** v. 起反作用；反應
back 往後，倒著行動

→ **transact** v. 處理；交易
through（事情）一直處理

★衍生字★ 1. action n. 活動，行動，動作；作用；措施
→ active a. 活動性的；活躍的；現行的
→ activity n. 活動，行動
→ actor n. 演員；行為者
→ actual a. 實際的，現實的
→ actually ad. 事實上；竟然

2. action n. 行動，行為
→ coaction n. 共同行動
→ counteraction n. 對抗；抵消
→ exaction n. 強求；勒索；苛求
→ interaction n. 相互作用；互動
→ overaction n. 過於誇張的演技
→ reaction n. 反作用；反應；反動
→ transaction n. 處理；交易；辦理
→ enactment n.（法律）制定；法規

同義詞 行動：action，act
行為：conduct，behavior，deed

比較 exploit [ˋɛksplɔɪt] n. 不尋常的行為；英勇行為
動作：motion
運動：movement
行動：act
守規矩：behave (oneself)，conduct oneself，carry oneself
交易：transaction，traffic，trade，business，dealings，deal，bargain
進行交易：transact，traffic，trade，do，transact business with

bear v. 生；忍受；負擔；用力壓　n. 熊

→ **forbear** v. 忍耐；克制；壓抑（感情）
for 極度地＋忍受著行動

→ **overbear** v. 克服；壓倒
over 超過極限＋壓

比較 forebear n. 祖先（＝ancestor＝forefather＝ascendant）
before 先＋出生 → 比我們先出生的人

★衍生字★ forbearance n. 忍耐；自制；（債務償還期的）展延

belief n. 信仰；信賴；信念

→ **disbelief** n. 不信
not 不＋相信

→ **misbelief** n. 錯誤的信仰／信念
false 錯誤的＋信仰

→ **unbelief** n. 無信仰
not 不＋信仰

★衍生字★ believe v. 相信 → disbelieve v. 不相信 → misbelieve v. 誤信

body n. 身體；主要部分；屍體；大量

→ **antibody** n. 抗體
against 為了對抗（病菌）侵入＋身體

→ **embody** v. 具體表現，具體化
make 製造＋身體 → 製造身體 → 具體表現

比較 antibiotics n. 抗生素

charge v. 裝載；控告；充電；索價　n. 費用；指控

→ **countercharge** n. 反攻；反訴　v. 反攻；反訴
against 對抗＋控訴 → 反訴

→ **discharge** v. 卸下；赦免；解雇　n. 發射；赦免
not 反對＋裝載 → 卸貨；赦免

→ **overcharge** v. 索價過高；充電過度
too much 太多＋負擔（索價、充電）

→ **recharge** v. 再充電；再控告　n. 再充電；再控告
again 再＋充電；控告 → 再充電；再控告

→ **surcharge** v. 超載　n. 過分的負擔（充電），額外費用
over 超過＋裝載 → 超載

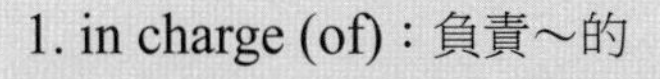
1. in charge (of)：負責～的

2. take / have charge of：擔任～；負責～

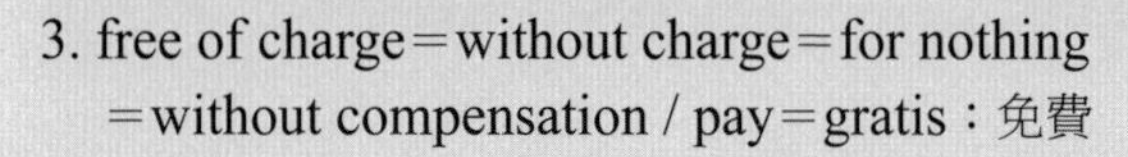
3. free of charge＝without charge＝for nothing
＝without compensation / pay＝gratis：免費

4. No charge!：不用錢！

close v. 關閉；結束　a. 近的；緊密的，密切的

→ **disclose** [dɪsˋkloz] v. 透露，揭露
反向的＋關 → 開

→ **enclose** v. 圍繞，裹住；裝入
in 向裡面＋（圍繞）關

★衍生字★ closure n. 終結，終了
→ disclosure n. 揭發，敗露
→ enclosure n. 圍繞著，圍住
closed a. 密封的；關閉的；非公開的；祕密的
closing n. 結束，終結；結算 ↔ opening n. 開始；空隙；空缺

conscious a. 有意識的，有意圖的

→ **subconscious** a. 潛意識的
under 在下面＋有意識的

→ **unconscious** a. 無意識的
not 無＋有意識的

content [ˈkɑntɛnt] n. pl. 內容；目錄 [kənˈtɛnt] a. 滿足的

→ **discontent** n. 不滿，不滿足 a. 有不滿的
not 不＋滿足

→ **malcontent** n. 不滿現狀的人 a. 不滿的
badly 壞地＋滿足的

同義詞
滿足：satisfaction，contentment，gratification
不滿：dissatisfaction，discontentment
自我滿足：self-satisfaction，contentment，gratification
滿足感：a feeling of satisfaction

cord n. 繩索；電線；（解剖）韌帶；弦（＝chord 琴弦；和弦）

→ **concord** n. 一致，和諧；協定 v. 一致
together 一起的＋cord 集結在一起的力量

→ **discord** n. 不一致（＝disagreement），不和；爭吵
not 不一樣的＋cord 集結在一起的力量

→ **record** n. 紀錄；唱片　v. 記錄；錄（音、影）
again（為了不忘記）重新＋（刻在）心裡 → 記錄

同義詞　繩索：string < cord < rope
頸椎：the spinal [ˋspaɪnḷ] cord
聲帶：the vocal cord

countable a. 可以數的，可以算的

→ **accountable** a. 可說明的；應負責任的
to 對於＋可數的 → 可以說明的

→ **uncountable＝countless** a. 不可數的
not 不＋可數的

courage n. 勇氣，膽量（＝bravery＝pluck）

→ **discourage** v. 使失去勇氣；打消
not 不＋勇氣 → 不給勇氣 → 使失去勇氣

→ **encourage** v. 鼓勵，激勵
make＋勇氣 → 賦予勇氣 → 鼓勵

★衍生字★ courageous [kəˋredʒəs] a. 有勇氣的
discouragement n. 氣餒；打消
encouragement n. 激勵，獎勵
discouraging a. 令人氣餒的
encouraging a. 鼓勵的

course n. 路線；過程；做法；課程；一道菜 v.（快速或大量）流動

→ **concourse** n. 合流，集合；中央廣場
together 一起＋流動 → 合流，群集

→ **discourse** n. 演講（＝speech）；談話（＝talk）
apart 分開地＋流動（講話）→ 演講

→ **intercourse** n. 交往；（物資或思想等的）交流；性交
between（人們）之間＋流動（相遇）→ 交往

→ **recourse** n. 依靠（＝dependence）
back（想依靠於誰）往後＋流動 → 依靠

credit n. 信用；名聲；賒賬；（學科的）學分 v. 信任

→ **accredit** v. 信任；歸功於；授權
ac＝ad (to) 對＋信用 → 信任，授權

→ **discredit** v. 不信任，懷疑 n. 失信，懷疑（＝disbelief）
not 不＋信任 → 疑心

★衍生字★ creditable a. 優秀的；可稱讚的（＝praiseworthy）
→ discreditable a. 有損信用的；不光彩的
not＋可稱讚的

dis- 表示「反對；不正（＝not 不，不是的）」與「分離（＝apart 分開地）」的意思。
「反對，否定」的意思請盡量參考前面的解釋

disrupt v. 使分裂，使瓦解；使中斷
disseminate v. 散布，傳播（思想）（＝diffuse）
dissimulate v. 掩飾（感情），假裝
dissipate v. 驅散，消散；趕走
distort v. 歪曲（事實）；扭曲（樣子）

【dis- 的變形 di-，dif-】
digress v.（話語或文字等）脫離主題
diminish v. 減少（＝reduce）；縮小（＝lessen）

disperse v.（使）分散；散播（新聞）（＝spread）
diversity n. 差異；區別；多樣性
difference n. 差別，差異，區別

criminate v. 證明～有罪；譴責；控告

→ **incriminate** v. 證明～有罪；控告（＝criminate）
in 向裡面

→ **discriminate** v. 區分，區別；差別對待
apart 分別的＋控告

→ **indiscriminate** a. 無區別的，不分青紅皂白的；亂糟糟的
not 不＋區別的 → 無區別

同義詞 罪：crime，offense，guilt，sin（道德上的罪），
transgression（宗教或道德上的罪）
懲罰：punishment，penalty

★衍生字★ crimination n. 負罪，控告，責備
→ incrimination n. 負罪，定罪
→ discrimination n. 區別，識別；歧視
→ indiscrimination n. 無差別，無分別

cry n. 哭泣聲；叫喊聲 v. 哭泣；叫喊

→ **decry** v. 譴責，責備（＝criticize＝reproach＝condemn）
down 向下＋喊 → 責備

→ **outcry** n. 疾呼；大喊；抗議
out 向外的＋喊 → 疾呼；大喊

dependence n. 依賴，依靠

→ **independence** n. 獨立，自立
not 不＋依賴 → 獨立，自立

→ **interdependence** n. 互相依賴
between 互相之間的＋依賴 → 互相依賴

cumber n. 阻礙（物）

→ **encumber** v. 阻礙；負擔（＝burden）
make＋障礙物 → 製作障礙物來阻礙

→ **disencumber** v. 從（妨礙，痛苦等）解放；擺脫
not 不＋妨礙 → 解放

比較 cucumber [ˋkjukəmbɚ] n. 小黃瓜

date n. 日期；約會 v. 註明日期

→ **antedate** v. 使～（日期）提早；發生於～之前
before 前面的＋註明日期

→ **predate** v. 居先於～，比～更早
before 前面的＋註明日期

→ **postdate** v. 在～填入事後日期；後於～
after 後的＋註明日期

→ **update** v. 更新 n. 最新情報；更新
提高日期

比較 candidate n. 候選人
validate [ˋvælə͵det] v. 使生效；確認
datebook n. 記事本
datemark n. 日期標注
data n. 資料；數據

diction n. 用語；發音（法）

→ **contradiction** n. 反駁；否認（＝denial）；矛盾
against 反對＋說話

→ **benediction** n. 祝福；祈禱

→ **malediction** n. 詛咒；壞話；誹謗

★衍生字★ prediction n. 預言
dictation n. 口述；聽寫

face n. 臉龐；外觀；正面；表面 v. 面向；正視

→ **deface** v. 損壞～的外觀／外貌
away 離去＋表面 → 使表面脫落而損傷

→ **efface** v. 抹掉（痕跡等）；擦掉（＝erase）
ef < ex (out) 向外＋表面 → 把表面的某物向外抹掉

→ **outface** v. 對視而使～不安；大膽地面對
out 向外＋正面看著 → 對視

→ **preface** v. 寫前言 n. 序文，前言（＝foreword＝introduction）
before（書的本文）前的＋表面 → 序文，前言

→ **surface** n. 表面；外表 a. 表面的
sur < super (over) 上面的＋表面 → 表面；外表

比較 superficial a. 表面的；膚淺的

★衍生字★ defacement n. 損壞外表
effacement n. 抹消，擦掉

firm v. 使堅固；使確定下來　a. 穩固的；堅定的　n. 公司

→ **affirm**　v. 斷言；聲稱（＝assert）；確定
af < ad(to)　對＋確定的說 → 斷言；聲稱

→ **confirm**　v. 確認；堅定（信心等）；批准
強調 completely　對～完全地＋確定 → 確定；承認

→ **infirm**　a. 虛弱的；不堅固的
not 不＋堅固的 → 虛弱的；不堅固的

★衍生字★　affirmation　n. 斷言；聲稱
confirmation　n. 確定；確認
affirmative　a. 肯定的
confirmative　a. 確定的；確認的
firmly　ad. 堅固地；穩固地
→ infirmly　ad. 虛弱地；優柔寡斷地
→ infirmity　n. 虛弱；缺點
infirmary　n. 醫院；醫務室

fill v. 裝滿，填滿　n. 充滿（的量）

→ **fulfill**　v. 履行，實現，完成
full 完全的＋裝滿 → 完成

→ **overfill**　v. 溢出
too much 太多＋裝滿

→ **refill**　v. 重新裝填；補充　n. 再裝滿；再供給之物
again 重新＋裝滿

→ **landfill**　n.（充滿垃圾的）掩埋場
地＋堆積的土 → 堆積的地 → 掩埋場

接字首 re- 的單字通常具有 again（重新；再）或 back（後退）等意思

assure v. 使確信 → **re**assure v. 使～重新恢復信心
construct v. 建造 → **re**construct v. 再建造
form v. 形成 → **re**form v. 革新；改革
new a. 新的 → **re**new v. 使更新；（合約等）展期

act v. 產生～作用 → **re**act v. 反作用；反應
call v. 呼叫 → **re**call v. 召回；回想
collect v. 收集 → **re**collect v. 回想，記起
place v. 放置 → **re**place v. 把～放回原處；代替
store v. 儲藏 → **re**store v. 恢復，復原

retaliate v. 報復，報仇
recompense v. 報答；補償
reimburse v. 償還；核銷
rescind v. 使無效，廢除
repudiate v. 拒絕；否認
repellent a. 驅除的；排斥的
recuperate v. 恢復（健康等）
rejuvenate v. 恢復青春
renovate v. 更新；翻新
reminisce v. 回憶，回想
reciprocal a. 互惠的
redundant a. 多餘的；累贅的

flammable a. 可燃的，容易著火的

→ **nonflammable** a. 防火的，不易燃燒的
not 不＋可燃的

→ **inflammable** a. 容易起火的；易怒的；一觸即發的
into 向裡＋可燃的

→ **uninflammable** a. 不易燃燒的，防火的
not（相反）＋容易起火的

force v. 強制；施加壓力

→ **counterforce** n. 反作用力，反對勢力
against 逆著＋勢力 → 對抗勢力，反對勢力

→ **enforce** v. 實施；強迫（＝impose）
in 裡面＋強迫實施

→ **reinforce** v. 強化，增強（＝reenforce）
again 重新＋強調加強

★衍生字★ enforcement [ɪnˋforsmənt] n. 執行；強制
reinforcement n. 增強，強化，加固 pl. 援軍

form n. 模樣，形態；體形；狀態 v. 塑造；構成，形成

→ **conform** v. 順應（風俗等）；順從（＝comply）
together 一起＋形成 → 順應

→ **deform** v. 使～變形；使成殘廢（＝cripple）
away 脫落＋樣子（變形）→（外形）變形

→ **inform** v. 告知，通知（＝notify）
in 裡面＋給（情報）→ 告知，通知

→ **perform** v. 完成任務，執行；表演，演出
completely 完全地＋形成 → 完成，執行

→ **reform** v. 革新；改革 n. 改善，改良；革新
again 重新＋成為（更好）→ 改善，改革

→ **transform** v. 使變形，使變化
change＋形態 → 變化形態 → 變形

→ **uniform** a. 一致的，相同的 n. 制服 v. 使均一化
one 一種＋形態 → 相像的，相同的

→ **multiform** a. 多種形態的，多樣的（＝manifold＝various）
many 多的＋形態 → 多種形態的，多樣的

→ **variform** [ˋvɛrɪˌfɔrm] a. 各式各樣的；多樣的
various 多樣的＋形態 → 各式各樣的；多樣的

★衍生字★ 1. formal a. 形式的；正式的；禮節上的
→ formally ad. 形式上地；正式地
→ format n. 模式；格式；版式
2. formation n. 形式；構成
→ conformation n. 外形；形態構造
→ deformation n. 殘廢；畸形
→ information n. 情報；資料
→ reformation n. 革新；改革
→ transformation n. 變化；轉化；（電子）變壓
3. information n. 資訊
→ informative a. 教育性的；有益的
→ informal a. 不正式的；不拘禮節的
→ informally ad. 非正式地
→ informant n. 情報提供者；密告者

front n. 前面；正面；前線；陣線 v.（建築物）朝向

→ **affront** [ə'frʌnt] v. 公開侮辱（＝insult）
to 給＋在面前挑釁

→ **confront** v. 面臨（＝face）
together 一起＋面臨

→ **forefront** n. 最前面；（輿論或流行等的）最前線
before 前面的＋前 → 最前面

fund n. 基金，資金 v. 提供～資金

→ **refund** v. 退還；償還
back 後退＋資金 → 償還（錢）

→ **underfund** v. 對～提供的資金不足
under 不足的＋投資

★衍生字★ fundamental a. 基本的；重要的

同義詞 基本的：fundamental，basic，elementary，essential

generous a. 慷慨的，大方的

→ **overgenerous** a. 過於慷慨的
too much 過於＋慷慨的，大方的

同義詞 慷慨的：generous，liberal，broad-minded，magnanimous [mægˋnænəməs]

going n. 離去，出發；進行情況

→ **easygoing** a. 隨和的；逍遙自在的
容易＋去

→ **foregoing** a. 先行的，前述的
before 前面＋去

graceful a. 優雅的（＝elegant）

→ **disgraceful** a. 可恥的，不名譽的
not 不＋優雅的

→ **ungraceful** a. 不優雅的，無禮貌的
not 不＋優雅的

graduate n. 畢業生　v. 畢業

→ **postgraduate** n. 研究生　a. 研究所的
after 在～之後＋畢業生 → 大學畢業以後的學生

→ **undergraduate** n. 在校大學生
under 下面＋畢業生 → 畢業生之下的學生

grow v. 長大，成長；栽培，種植

→ **outgrow** v. 長得比～快／高／大；長太大而不適於～
more than 比～快＋成長

→ **overgrow** v.（雜草等）長滿；長過快
too much 太多＋成長 → 長滿

★衍生字★ growth n. 成長；發展
growing pains （企業或公司在）發展時期的困難；（小孩或青少年的）生長痛

habit n. 習慣；習性

→ **cohabit** v.（未婚男女）同居
together 一起＋習慣

→ **inhabit** v. 居住於（＝live in＝dwell in）；棲息
in 裡面＋習慣

★衍生字★ inhabitation n. 居住（地）；棲息
inhabitant n. 居住者，居民；棲居的動物

比較 inhibit [ɪnˋhɪbɪt] v. 抑制；禁止
（＝forbid＝prohibit＝ban＝check）

just a. 正確的；正當的（＝lawful）；公平的 ad. 正好；一定；只有

→ **adjust** v. 調整；校準（機器）
to 朝向＋調整為正確的

→ **unjust** a. 不正確的；不公平的
not 不＋正當的；公平的 → 不正確的；不公平的

→ **readjust** v. 重新調整；重新校準
again 重新＋調整

★衍生字★ justify v. 證明～為正當
→ justice n. 正義；公平；正當性；司法
→ justification n. 正當化；正當的理由
adjustment n. 調整；調節
→ readjustment n. 再調節，再調整
→ maladjustment n. 失調；不適應環境
bad 壞的，不充分的＋調整；調節

join v. 結合；連接；參加；接鄰；和～一起做相同的事

→ **adjoin** v. 與～靠近；接鄰
to 往＋接鄰

→ **conjoin** v.（使）結合；（使）連接
together 一起＋結合

→ **disjoin** v.（使）分開，（使）分離（＝detach）
apart 分別地＋連接 →（使）分離，（使）分開

→ **enjoin** v. 命令；要求；禁止（＝forbid＝ban）
in 裡面＋（使做～的義務）連接 → 命令；要求

→ **rejoin** v. 使再結合；重逢；重新參加
again 重新＋（使）結合 → 重逢；重新參加

→ **subjoin** v. 增加，補充，添加（＝append）
under 下面＋（另外）結合 → 增加，補充

★衍生字★ joint n. 結合點；接合處；關節
adjacent a. 附近的；鄰近的（＝near）；接鄰的

同義詞 結合；連接：join，connect，combine，link，unite，associate
使合併：merge，affiliate，amalgamate
合併：merger，affiliation，amalgamation，
fusion，annexation（領土上的兼併）

labor v. 勞動；工作；努力　n. 勞動；辛勞

→ **collaborate** v. 協力，合作
together 一起＋labor 工作＋ate（＝make）做 → 協力，合作

→ **elaborate** v. 精心製作　a. 精心製作的；精巧的；精緻的
e < ex out 向外＋labor（精心）工作→ 精心製作

★衍生字★ laboratory n. 實驗室，研究室
collaboration n. 協力，合作；共同研究
→ elaboration n. 精心製作；詳盡的細節
laborious a. 費力的；勤勞的

lapse [læps] v. 失效；下降　n. 失誤，錯誤；流逝

→ **collapse** v. 倒塌；崩潰　n. 崩潰；失敗
together 一起＋下降 → 倒塌；崩潰

→ **elapse** v.（時間）流逝　n. 流逝
out 向外＋（時間）失效→ 流逝

→ **relapse** v. 故態復萌；復發　n. 故態復萌；復發
back 重新＋下降 → 回到不好的狀態

lateral a. 橫（向）的；側面的

→ **unilateral** a. 單方面的，片面的
one 一＋側面的

→ **bilateral** a. 雙方的，雙邊的
two 二＋側面的

→ **collateral** a. 並行的；附屬的；旁系的；有擔保的
together 一起＋在橫向的

More Tips

與字首 uni- 搭配的單字通常具有 one（一個的；一個；完全的）的意思

unique a.
唯一的；獨特的；出眾的

universal a.
普遍的；宇宙的

unicorn n. 獨角獸

unity n.
統一；單一；一致

unanimity n.
全體一致；一致同意

unisex n.
男女皆宜的；沒有男女區分的

line n. 線，繩；詩句；商品的種類　v. 劃線

→ **interline** v. 在行間書寫（或做記號）
between（行）之間＋劃線

→ **outline** n. 輪廓，概要
out 外面＋線

→ **skyline** n. 地平線，天際
天空（作為背景）＋線

→ **underline** n. 底線　v. 畫底線；強調（＝emphasize）
under 下面的＋線

★衍生字★ lineage n. 家系　linear a. 線的，直線的

mediate v. 調停　a. 間接的

→ **immediate** a. 直接的；立即的
im < in (not) 不＋間接的

→ **intermediate** v. 居間調解；干預　a. 中間的　n. 中間物
between 在～之間＋仲裁（調停）

比較 meditate [ˋmɛdə͵tet] v. 深思熟慮；計畫

look n. 看；外貌；眼神　v. 望著；看；看起來

→ **outlook**　n. 展望；景色；前景
out 向外望著的＋景色

→ **overlook**　v. 俯瞰；忽視
over 在上面＋看

★衍生字★　army look 軍裝
marine [mə'rin] look 海軍風格的服裝

比較 military uniform 軍服

meridian a. 子午線的；正午的；頂點的　n. 子午線；頂點

→ **antemeridian**　a. 上午的（A.M.）
before 以前＋正午

→ **postmeridian**　a. 下午的（P.M.）
after 以後的＋正午

mural n. 壁畫；壁飾　a. 牆上的

→ **extramural**　a. 城牆外的
outer 外面的＋牆壁的

→ **intermural**　a. 學校之間的；城市之間的；牆壁之間的
between 之間的＋牆壁的

→ **intramural**　a. 建築物內的；校內的
inner 裡面的，內側的＋牆壁的

比較 an intramural athletic meet(ing) 校內運動會

mount v. 爬上；騎在～之上；固定在～上　n. 山；底座

→ **amount** v. 總計達到；結果成為　n. 量
to 向＋爬上 → 所有加在一起結果為

→ **demount** v. 卸下，移除（＝detach＝remove）
off 分離＋固定在～上

→ **dismount** v.（使）下；下車；移除　n. 下車
not 相反＋乘 → 下，下車

→ **paramount** a. 至高無上的；最重要的
beyond 在～之上＋山 → 比山還要高的 → 最高的 → 極為重要的

→ **remount** v. 重登；重新鑲上（寶石）
again 重新＋登上 → 重登

→ **surmount** v. 克服（＝overcome）；超越；戰勝
above（踏在艱難之上）往上＋攀登 → 克服；戰勝

★衍生字★ mountaineer n. 登山家　v. 登山
mountain climbing＝mountaineering n. 登山
（mountain 山；climbing 攀登）

natural a. 自然的；天然的；天生的

→ **connatural** a. 天生的；相同性質的
together 一起＋先天的

→ **supernatural** a. 超自然的
above 在～之上的＋自然的 → 超自然的

→ **unnatural** a. 不自然的
not 不，無＋自然的 → 不自然的

比較 artificial a. 人造的，人工的；不自然的

numerable=countable a. 可以數的

→ **innumerable** ＝**uncountable** a. 無數的
not 不＋可以數的 ＝**countless**

比較 numerous a. 很多的

★衍生字★ accountable a. 對～有責任的（＝responsible）；可以解釋的
→ unaccountable a. 無法解釋的；沒有責任的
not 不＋可以說明的

ordinate [ɔrdn̩ˏet] n. 縱座標

→ **coordinate** a. 同等的 n. 同等的人（或物） v. 協調
together 一起＋擁有相同座標的 → 同等的

→ **incoordinate** a. 不同等的；不協調的
not 不＋同等的 → 不同等的；不配合的

→ **inordinate** a. 過度的；紊亂的，不規則的
not 沒有＋座標 → 紊亂的

→ **subordinate** a. 屬下的；次要的；下級的 n. 屬下 v. 把～列入下級
under（級別）在下的 → 屬下的；次要的

代表位數的字首整理

(1) 1（one）

- **mono-**：**mono**drama 獨角戲
  monopoly 壟斷
  monogamy 一夫一妻制
  monograph 專題論文
  monologue 獨白
  monotonous 單調的
- **uni-**：**uni**corn 獨角獸
  unique 唯一的
- **soli-**：**soli**tude 孤獨
  soliloquy 自言自語；獨白

(2) 2（two）

- **bi-**：**bi**cycle 自行車
  biweekly 雙週的
- **di-**：**di**atomic 雙原子的；隻價的
  dioxide 二氧化物
- **du-**：**du**plicate 複製的，**du**et 二重奏
  dual 雙的；二重的
- **twi-**：**twi**ce 兩次，兩回
  twinight （棒球）連續兩場比賽的

►**twi**light industry 夕陽工業
the **twi**light of life 暮年

(3) 3（three）

tri-：**tri**cycle 三輪車，**tri**ple 三重的，三倍的
tripod（相機的）三腳架

(4) 4（four）

- **quadru-**：**quadru**ped 四足動物
- **quadr(i)-**：**quadr**angle 四角形
- **tetra-**：**tetra**gon 四角形，**tetra**pod 四腳的

(5) 5（five）

penta-：**penta**gon 五角形
the Pentagon 美國國防部，五角大廈

(6) 6（six）

hexa-：**hexa**gon 六角形；六邊形，**hexa**hedron 六面體

(7) 7 (seven)	**hepta-**：**hepta**gon 七角形；七邊形
(8) 8 (eight)	**oct(a)-**：**octa**gon 八角形；八邊形，**oct**opus 章魚，八爪魚
(9) 9 (nine)	**nona-**：**nona**gon 九角形；九邊形
(10) 10 (ten)	**deca-**：**deca**de 十年間 **deca**gon 十邊形 **deci-**：**deci**mal 十的；十進位的，**deci**meter 十分之一米
(11) 100 (hundred)	**cent-**：**cent**ennial 一百周年紀念日 **hecto-**：**hecto**gram 一百克（100g）
(12) 1000 (thousand)	**milli-**：**milli**meter 千分之一米 **kilo-**：**kilo**gram 千克（1000 克） **kilo**watt 千瓦（1000 瓦）

pass v. 通過，經過；合格　n. 通過；合格

→ **compass** v. 包圍；達到　n. 指南針
together 一起＋通過

→ **repass** v. 再經過；重新通過
back 返回，again 重新＋通過

→ **overpass** v. 勝過；通過；忽視　n. 天橋
over 向上橫著＋通過

→ **surpass** v. 勝過；超越
over 在上面＋通過

→ **trespass** v. 侵入；冒犯；擅自進入　n. 違法侵入
across 違法的橫過＋通過

★衍生字★ passable a. 可以通行的；可以使用的

→ impassable a. 不能通行的；無法克服的

passage n. 通行；通過，經過；通道；（文章的）一段

plus a. 附加的；正的 n. 附加物；好處

→ **nonplus** n. 迷惑；困窘；僵局

not 不＋附加的 → 沒有附加的（所以）為難

→ **surplus** [ˋsɝpləs] n. 剩餘；盈餘 a. 過剩的，剩餘的

over 以上的＋正的 → 比正的更多的 → 剩餘；盈餘

pour v. 倒；湧入；（雨）傾盆而降 n. 傾瀉；湧流

→ **inpour** v. 流進；流入 n. 流入（物）

into 向裡＋倒

→ **outpour** v. 流出；瀉出 n. 流出物

out 向外＋倒

→ **downpour** [ˋdaʊn,por] n. 傾盆大雨，暴雨

向下＋湧流

power n. 力量；權力；（機器的）動力；功率

→ **empower** v. 授權予，使能夠（＝enable）

make＋力量，權力 → 賦予權力

→ **disempower** v. 削弱～的權力

相反＋賦予權力

prehensible [prɪˋhɛnsəbl̩] a. 能被掌握的；可以領悟的

→ **apprehensible** [,æprɪˋhɛnsəbl̩] a. 可以理解的

ap < ad (to) 對＋可以掌握的

→ **in**apprehensible a. 無法理解的

not 無＋可以理解的

→ **com**prehensible a. 可以理解的，易掌握的

completely 完全地＋可以掌握的

plant n. 植物；工廠 v. 種植；安置；注入

→ **im**plant v. 灌輸；移植，植入 n.（手術中）植入，移植

into 向裡面＋種 → 植入

→ **sup**plant [səˋplænt] v. 把～排擠掉，代替

in place of 代替的＋安置

press v. 壓，按 n. 壓力；媒體；印刷廠

→ **com**press v. 壓縮（＝condense）n.（外科）壓縮繃帶

together 一起＋壓 → 壓縮

→ **de**press v. 使沮喪，使消沉；使蕭條

down（心情）向下＋（很重的）向下壓 → 使沮喪，使消沉

→ **ex**press v. 表達 a. 明確的；特別指出的 n. 快遞；快車

out 向外＋壓出（想法）→ 表達

→ **im**press v. 留下深刻印象

in（心）裡＋按壓（感覺）→ 留下印象

→ **op**press v. 壓抑；壓迫

op < ob (against) 對著＋壓 → 壓抑

→ **re**press v.（欲望等）壓抑，壓制（＝subdue）

again 反覆的＋壓抑（欲望）→ 壓抑，壓制

→ **sup**press v. 鎮壓（叛亂等）；忍住（笑聲）；查禁

sup < sub (under)（腳）下面＋壓抑 → 鎮壓；忍住

★衍生字★ compression n. 壓縮 → depression n. 沮喪
→ expression n. 表達 → impression n. 印象
→ oppression n. 壓迫
→ repression n. 壓制，壓抑
→ suppression n. 鎮壓；忍住

同義詞 壓制：suppress，repress，restrain，control，hold in check

prove v. 證明，證實

→ **approve** v. 贊成；同意；批准
ap < ad 對＋證明 → 贊成；同意

→ **disapprove** v. 不贊成；不同意
not 反對＋贊成，承認 → 不贊成

→ **improve** v. 改善，改良
in 內部的＋（更好的）試驗 → 改善，改良

→ **reprove** v. 責備，責怪，譴責（＝condemn）
back 返回＋證明（過錯）→ 責備，責怪

★衍生字★ proof n. 證明，證據
→ disproof n. 反駁；反證
→ reproof n. 譴責，責備，責怪
approval n. 贊成；同意；批准
→ disapproval n. 不贊成，不同意
improvement n. 改善，改良；進步

put v. 放置；投入；施加（稅金、罰款等）

→ **input** n. 投入，輸入　v.（將資訊）輸入；錄入（電腦或其他電子設備）
into 向內＋放 → 投入，輸入

→ **output** n. 生產；產出；（機器的）輸出；排出物　v. 輸出
out 向外＋擺出 → 產出；輸出

quest n. 探索；研究；追求（＝pursuit） v. 跟蹤搜尋；搜尋

→ **bequest** n. 遺產，遺贈（＝legacy）
make＋quest → 讓（自己去）探求財物 → 遺贈

→ **conquest** n. 征服；（透過征服得到的）掠奪物；獲得
completely 完全地＋（戰勝）追擊 → 征服；獲得

→ **inquest** n. 審訊
into 向內＋探求 → 審訊

→ **request** n. 請求，要求 v. 申請，要求
again 又＋追求 → 請求，要求

★衍生字★ conquer v. 征服 inquire v. 問；調查 require v. 要求；需要

rate n. 比率；費率；速率 v. 評價

→ **overrate** v. 誇大評價；高估
too much 太過分的＋評價

→ **underrate** v. 低估；輕視
under 以下＋評價

比較 celebrate v. 祝賀，慶祝
separate v. 分開，分離，分散
accelerate v. 加速
acceptance rate 錄取率

sense n. 意思；感覺；判斷力 v. 感受；感到

→ **commonsense** a. 具有常識的
一般（都要知道的）＋判斷力

→ **nonsense** n. 沒有意思的話，廢話
not 不＋意思（的話）

★衍生字★ sensitive a. 敏感的；靈敏的

sensible a. 合情理的；明智的

→ hypersensitive a. 過分敏感的；過敏的

over、excessively 過分地＋敏感的

More Tips

與 hyper- 反義的字首 hypo- 通常有 under（下面），less（較少的）的意思

hypocrisy n. 偽善，虛偽（＝pretense）

hypothesis n. 假設，假定

under＋論題、論文 → 論題下列的（設定好的假設）→ 假設

sexuality n. 性欲；性行為；性特徵

→ **homosexuality** n. 同性戀

same 同種的＋性行為

→ **heterosexuality** n. 異性戀

other 不同種的＋性行為

★衍生字★ homogeneous a. 同種的；均一的

same 一樣的

heterogeneous a. 異種的；不同種類的

other 不同的

sentiment n. 感情，情緒；意見

→ **presentiment** n.（不祥的）預感

before 先前的＋感情

sort n. 種類（＝kind）v. 分類，區分

→ **assort** [ə`sɔrt] v. 分類（＝classify＝group）
as < ad (to) 根據＋分類

→ **consort** v. 一致，符合　n.（國王、女王的）配偶；合夥
together 一起一樣的＋分類 → 一致

→ **resort** v. 常去；訴諸於～（某種手段等）n. 度假勝地
again 一再＋出去→ 常去

比較 spouse n. 配偶

sphere n. 球體；範圍，領域；身分地位

→ **atmosphere** n. 大氣；空氣；氣氛
vapor（空氣中的）水蒸氣＋領域 → 大氣

→ **hemisphere** n. 半球
半＋球體 → 半球

→ **aerosphere** n. 大氣層
air 空氣＋領域 → 大氣層

→ **stratosphere** n. 同溫層
coverlet 被單，蓋子＋領域 → 蓋住空氣的領域

→ **biosphere** n. 生物圈
life 生命＋領域 → 生物圈

比較 the Eastern / Western Hemisphere 東／西半球

stall v.（引擎等）熄火；使動彈不得　n. 畜欄；攤位；牧師職位

→ **forestall** [for`stɔl] v. 先發制人
before 預先＋使動彈不得 → 防止

→ **install** [ɪn`stɔl] v. 安裝，使就職
裡面＋牧師職位

★衍生字★ installation n. 安裝；裝置；就職　fingerstall n. 護指套
bookstall n. 書攤

start v. 出發；開始；出來　n. 出發；著手；驚動

→ **restart** v. 重新開始　n. 再啟動
again 重新＋開始

→ **upstart** n. 暴發戶

★衍生字★ from start to finish 自始至終，徹頭徹尾　with a start 驚訝的

statement n. 聲明，陳述

→ **overstatement** [ˋovəˌstetmənt] n. 誇張陳述
too much 過分的膨脹＋聲明

→ **understatement** [ˋʌndəˌstetmənt] n. 保守的陳述
under 向下低估＋陳述

sure a. 確定的，一定的，確信的　ad. 的確；當然

→ **assure** v. 擔保；使確信
as < ad (to) 對～確定的 → 擔保；使確信

→ **reassure** v. 使安心，使～恢復信心
again 重新，再次＋確信 → 使安心

→ **ensure** v. 保證，確保（＝make sure）
make＋確實的 → 使～確定的 → 保證

→ **insure** v. 保證，使安全；給～保險
in < en (make) ＋確實的 → 使～確定的 → 保證

★衍生字★ assurance n. 保證（＝guarantee）；自信
insurance n. 保險；保險費（＝premium）

take v. 抓；獲得；帶走；感受

→ **mistake** v. 誤解 n. 錯誤，失誤
wrongly 錯誤地＋理解 → 誤解

→ **intake** n. 吸收，攝取
into 向裡面＋接受 → 吸收，攝取

→ **overtake** v. 趕上，超越；（暴風雨等）襲擊
across 橫過＋抓 → 趕上，超越

→ **undertake** v. 承擔（事情）；採取
under 在下面＋（事情）抓住 → 承擔（事情）；採取

★衍生字★ takedown a. 可拆卸的
undertaking n. 事業；企業；許諾

tension n. 緊張；繃緊；張力

→ **hypertension** n. 高血壓
over 過分地＋張力 → 高血壓

→ **hypotension** n. 低血壓
less 較少地＋張力 → 低血壓

★衍生字★ high / low blood pressure 高／低血壓
terminable a. 有期限的
→ interminable a. 無限的，無窮的（＝endless）
與有期限的相反

text n. 正文，本文 v. 給～發訊息

→ **context** n. 文脈；（事件的）來龍去脈
together（前後）一起連接的＋正文

→ **pretext** [ˋpritɛkst] n. 藉口，託辭
before 預先（編好的）＋正文

★衍生字★ textbook n. 教科書
hypertext n. 超文本（可連結其他文字檔案的文本）

thesis n. 論題；（學位或畢業的）論文

→ **hypothesis** [haɪˋpɑθəsɪs] n. 假設；前提
less 比～小的＋論題

→ **synthesis** [ˋsɪnθəsɪs] n. 綜合；合成
together 一起＋論題 → 把～放在一起 → 綜合；合成

★衍生字★ hypothesize [haɪˋpɑθəˏsaɪz] v. 假設
synthesize [ˋsɪnθəˏsaɪz] v. 綜合；合成

與字首 syn- / sym- 搭配的單字通常具有「with、together（一起，共同）、同時」等意思

syndrome n. 症候群
synonym n. 同義詞
synopsis n. 大綱，概要
syntax n. 語法
syllable n. 音節
syllogism n. 推論法
symbiosis n. 共生
symbol n. 象徵；符號
symmetry n. 對稱；勻稱
sympathy n. 同情；贊同
symphony n. 交響樂
symposium n. 宴會；討論會
symptom n. 症狀；徵兆
system n. 體系；系統
synergy n. 協同，合力
synchronize v. 同時發生

treat v. 視為；治療；款待　n. 宴請，款待

→ **entreat** v. 懇求，祈求
into 向內＋（懇求）待遇 → 懇求，祈求

→ **maltreat** v. 虐待；粗暴對待
badly 很壞地＋對待

→ **retreat** v. 撤退；後退（＝recede）n. 撤退；隱退
back 向後＋treat → 撤退；後退

比較 re-treat v. 再處理

trust n. 信賴；信託；商業信貸；託管　v. 信賴；託管

→ **distrust** n. 不信任，懷疑　v. 不信任
not 不＋信賴 → 不信任，懷疑

→ **entrust** v. 委託，委任，託付
put in 放進＋託付 → 委託，委任，託付

★衍生字★ 委任：entrust，commit，authorize，empower，commission

view n. 觀點；概觀；景色；視野　v. 看待；觀看

→ **interview** n. 會見，面談　v. 會見
between 之間＋互相看

→ **overview** n. 概括，概要
over 從上往下，大概的看

→ **preview** n. 預覽；預告片；試映
before 預先＋看

→ **purview** n. 視界；範圍；權限
before 向前看的範圍

→ **review** n. 再檢查；複習；評論
again 重新＋看

★衍生字★ a bird-eye view 鳥瞰圖

vocation n. 職業；天職

→ **avocation** n. 副業；愛好（＝hobby＝taste）
away 離開＋職業 → 與職業無關、因興趣做的事 → 副業；愛好

→ **convocation** n. 召集；集會
together 一起＋voc（＝call 召喚）＋ation 集合

比較 vacation n. 度假；假期（＝holidays）v. 去度假

value n. 價值；價格 v. 評價；看重

→ **overvalue** v. 誇大評價 → **undervalue** v. 低估
too much 過分地＋評價 under 太低地＋評價

★衍生字★ ambivalence n. 矛盾心理
two 兩面、雙重、二

void a. 空的；缺乏的（＝lacking）；無效的 v. 使無效

→ **avoid** v. 避免；迴避；使無效（＝annul）
away from 遠離＋使完全變空，然後迴避、避免

→ **devoid** a. 沒有～的，缺乏的（＝lacking）
completely 完全地＋空的 → 沒有～的

★衍生字★ avoidance [əˋvɔɪdəns] n. 避免，躲避

vacant a. 空的

tax avoidance 避稅

→ tax evasion 逃稅

迴避，逃避

water n. 水；水域（pl.） v. 給～澆水；流口水

→ **backwater** n. 逆流的水；落後封閉的地方

往後＋水 → 水往後流 → 逆流

→ **underwater** a. 水中的；水面下的

下面的＋水 → 水中的

★衍生字★ water ballet [ˋbæle] 水上芭蕾

word n. 話；單字；諾言；消息（＝news）；暗號

→ **afterword** n. 後記

after（書的）後面＋（說的）話

→ **foreword** n. 前言，序文（＝preface）

before（書的）前面＋（說的）話

★衍生字★ alarm word 警報，暗號 wordbook n. 辭彙表；詞典

work v. 工作；操作；造成；計算

→ **overwork** v. 過度工作；過度勞累

too much 太多地＋被使喚工作

→ **underwork** v. 對～付出的勞力不夠

under（比別人）之下＋工作

More Tips

表示範圍、數量的字首總整理

˙half（$\frac{1}{2}$）
- **demi-**：**demi**lune 半月
- **hemi-**：**hemi**sphere 半球
- **semi-**：**semi**circle 半圓
  semipro 半職業選手

˙many / much（多的）
- **poly-**：**poly**gon 多角形，多邊形
  polygamy 一夫多妻制
  polytheism 多神教
- **multi-**：**multi**tude 許多；群眾
  multiply 增加；繁殖

˙all（全部）
- **pan-**：**pan-**Asiatic 全亞洲的
  panacea 萬靈丹
  all cure（治療）

  panorama 全景，全景圖
  all view

  pandemonium 地獄；大混亂
  all demon
  惡魔

  pandemic（疾病）全國流行的
- **omni-**：**omni**potent 無所不能的
  omnipresent 處處可見的
  all 所有存在的
  omnibus
  公共汽車　a. 綜合性的
  *omnibus album：合輯

2 字首與單字的結合，改變單字字義的情況

abridged [ə'brɪdʒd] a. 省略的，刪減的	**unabridged** a. 沒有省略的，完整的 not 不＋刪減的
adequate ['ædəkwɪt] a. 適當的；充分的	**inadequate** a. 不適當的；不充分的 not 不＋適當的；充分的（＝sufficient）
adjustment [ə'dʒʌstmənt] n. 調整；調節（設備）	**maladjustment** n. 失調；不適應 bad 不充分的＋調整；調節
adroit [ə'drɔɪt] a. 靈巧的；熟練的	**maladroit** a. 不靈巧的；笨拙的 bad 生硬的＋靈巧的
advantage [əd'væntɪdʒ] n. 優勢	**disadvantage** n. 劣勢，障礙 not 不＋優勢
aggression [ə'grɛʃən] n. 侵略；侵犯	**nonaggression** n. 不侵略；不侵犯 not 不＋侵略
animate ['ænəmɪt] a. 有生命的，活著的	**inanimate** a. 沒有生命的，死的 not 不＋有生命的
approve [ə'pruv] v. 贊成；承認 衍 approval n. 贊成；承認 → disapproval n. 不贊成；不承認	**disapprove** v. 不贊成；不承認 not 否定＋贊成

apt [æpt] a. 恰當的；容易~的	**adapt** v. 使適應 to 適應於 衍 adaptability n. 適應性 比 adept a. 熟練的；精通的 （=proficient）n. 熟練者 adopt v. 採取，採用；收養 adoption n. 採取，採用；收養
arm [ɑrm] n. 手臂；哺乳動物的前肢 pl. 武器 衍 forehead n. 前額（=brow） forefinger n. 食指 比 thumb n. 拇指	**forearm** n. 前臂 before 前面的+手臂
ascend [əˋsɛnd] v. 攀登；上升 up 向上+scend（=climb 爬） 衍 ascent n. 上升；向上，上坡 ascendant n. 祖先，祖宗 （=ancestor）	**descend** v. 下降；來自於 down 向下+climb 爬 → 下降 衍 descent n. 下降；下坡；血統 descendant n. 子孫 （=offspring）
authorized [ˋɔθə͵raɪzd] a. 被允許的；授予許可權的	**unauthorized** a. 未被允許的；無許可權的 not 不+被允許的；授予許可權的
becoming [bɪˋkʌmɪŋ] a. 合適的，適當的	**unbecoming** a. 不合適的 not 不+合適的
behave [bɪˋhev] v. 行為，舉止	**misbehave** v. 行為失禮 badly 壞地+行為
biased [ˋbaɪəst] a. 偏見的；有偏見的 （=prejudiced） *bias=prejudice n. 偏見，成見	**unbiased** a. 沒有偏見的；公平的 無+有偏見的

bid [bɪd] v. 命令，吩咐；投標 衍 bidding n. 投標；命令	**forbid** v. 禁止（＝prohibit） for 反對＋命令 衍 forbidden a. 禁止的 比 morbid a. 病的；病態的；恐怖的
biography [baɪˋɑgrəfɪ] n. 傳記 比 autocracy n. 威權政治 self＋rule 統治	**autobiography** n. 自傳 self 自身的＋傳記 比 autograph n.（有名人士的）親筆簽名 self＋writing → 用自己名字寫的 比 autonym n. 原名，本名 self 自身的＋name 名字 assumed name 化名 比 pseudonym n. 假名 false 假的＋名字 anonym n. 匿名者；假名
blaze [blez] v. 燃燒	**ablaze** ad. 著火；閃耀 on 向上＋著火
bode [bod] v. 預兆；預視 比 code n. 暗號；代碼；編碼	**forebode** v. 預兆；預言（＝foretell） before 預先＋徵兆 比 abode n. 住所，住處
brush [brʌʃ] n. 灌木叢；刷子；毛筆 v. 刷	**underbrush** n.（大樹下的）矮樹叢 under 下面的、矮小的＋灌木叢
burden [ˋbɝdn̩] n. 負荷；負擔 v. 使有負擔，煩擾	**overburden** v. 使負擔過重；使過於勞累 too much 過分的＋負荷；負擔
burst [bɝst] n. 爆炸；破裂；突然發生 v. 破裂；爆炸	**outburst** n. 爆發，噴出 out 向外＋破裂；爆炸

calculable [ˋkælkjəlebl̩] a. 可以計算的	**incalculable** a. 不可計算的，無數的；不可預料的 not 相反＋可計算的
cap [kæp] n. 帽子；蓋子 v. 蓋上蓋子	**uncap** v. 打開蓋子（帽子） not 相反＋蓋上蓋子 比 handicap n. 不利的條件，障礙
caution [ˋkɔʃən] n. 小心，慎重；警告	**precaution** n. 預防措施，事前對策 before 預先＋小心
center [ˋsɛntɚ] n. 中心，中央 v. 使集中	**epicenter** n.（地震的）震央；核心 between 在～之間＋中心（地）
centric [ˋsɛntrɪk] a. 中心的，中央的	**eccentric** a. 脫離中心的；古怪的（＝odd＝strange＝erratic） n. 怪人，怪東西 out 脫離＋中心的 → 古怪的
chant [tʃænt] v. 唱歌 n. 歌曲	**enchant** v. 使入迷；施魔法 into 進入＋唱歌進行誘惑
chase [tʃes] v. 追趕；追蹤	**purchase** v. 買；獲得　n. 購買；購買的東西 往前更加＋追趕 → 想要獲得
claim [klem] v. 要求；主張	**proclaim** v. 宣布；聲明 forth 向前走出＋主張
combatant [ˋkɑmbətənt] n. 戰士，鬥士	**noncombatant** n. 非戰鬥人員，一般市民 非＋戰鬥員

communication [kə,mjunə'keʃən] n. 通訊；溝通	**telecommunication** n. 長途通訊；電信 far 遠距離＋通訊

More Tips

與字首 non- 搭配的單字通常具有不，非，無等意思

- nonaggression n. 不侵略
  不 侵略，侵害
- nonconfidence n. 不信任
  不 信任；自信
- nonfiction n. 非小說
  非 小說，虛構
- nonproductive a. 非多產的
  非 多產的
- nonviolence n. 非暴力
  非 暴力，暴行
- nonsense n. 胡說 a. 無意義的
  無 感覺；意思

commute [kə'mjut] v. 通勤	**telecommute** v. 遠距辦公 far 遠距離＋通勤 **telecommuting** n. 遠距辦公
conference ['kɑnfərəns] n. 會議，會談	**teleconference** n. 遠距會議 far 遠距離＋會議
compass ['kʌmpəs] v. 包圍 n. 羅盤	**encompass** v. 圍繞，達成（＝accomplish ＝achieve＝attain） in 向內＋圍繞
conceive [kən'siv] v. 想像；考慮	**preconceive** v. 事先想好；預想 before 預先＋考慮 → 預想
concern [kən'sɝn] n. 關心；顧慮；擔心	**unconcern** n. 不關心（＝indifference） not 無＋關心

conduct [ˋkandʌkt]
n. 行為（＝**deed**），品行

misconduct
n. 不正當行為，違法行為（＝**misdeed**）
bad 壞的＋行為
同 錯誤：mistake＝slip（小錯）＝blunder（大錯）＝error（失誤）＝fault（過失，缺點）

confess [kənˋfɛs]
v. 坦白，承認
衍 confession n. 坦白，告白

profess
v. 公開表示；假裝；教授
pro 向前＋承認，說
衍 professor n. 教授
associate professor 副教授
副～，同事，聯想
profession n. 表白；職業
professional a. 職業的，專業的
assistant professor 助理教授
輔助的，助手

與字首 pro- 搭配的單字通常具有「forth（向前）、before（預先）、in place of（代替）」等意思

prodigal
a. 浪費的；放蕩的

prodigious
a. 巨大的；驚人的

proficient
a. 精通的，熟練的

prominent
a. 顯著的，突出的

prosperous
a. 繁榮的，富足的

prudent
a. 慎重的；節約的

propensity
n.（壞的）傾向

proponent
n. 支持者；提案者

proscribe v. 禁止

prosecute v. 執行；起訴

provoke v. 激怒；挑起

profess v. 表示；假裝

procrastinate
v. 延遲，耽擱

prognosticate
v. 預言，預測

Root word	Derived word
confident [ˋkɑnfədənt] a. 確信的；有自信的	**overconfident** a. 過於自信的，自負的 too much 過分的＋有自信的
consequential [ˏkɑnsəˋkwɛnʃəl] a. 隨之發生的；做為結果的	**inconsequential** a. 不重要的；瑣碎的 not 不＋隨之發生的 → 與結果無關的
construe [kənˋstru] v. 解釋（＝interpret）	**misconstrue** v. 誤解 wrongly 錯誤地＋解釋
consumption [kənˋsʌmpʃən] n. 消費	**overconsumption** n. 過度耗費 too much 過分的＋消費
controvertible [ˏkɑntrəˋvɝtəbḷ] a. 有辯論餘地的	**incontrovertible** a. 沒有辯論餘地的，明白的 not 不＋有辯論餘地的
credit [ˋkrɛdɪt] n. 信用；信譽；賒帳	**discredit** n. 不信任，不名譽 v. 懷疑 not 不＋信用；信譽
critical [ˋkrɪtɪkḷ] a. 批評的；關鍵的；重要的	**hypercritical** a. 苛評的；吹毛求疵的 excessively 過分地＋批評的
crowd [kraʊd] v. 聚集；擠滿 n. 群眾	**overcrowd** v. 容納過多的人，使過度擁擠 too much 太多地＋聚集
curricular [kəˋrɪkjələ˞] a. 課程的	**extracurricular** a. 課程外的，課外的 beyond 範圍外的＋課程
custom [ˋkʌstəm] n. 習慣 v. 習慣 比 customs n. 關稅；海關 costume n. 服裝	**accustom** v. 使習慣 to 對＋產生習慣 比 customs procedure 通關程序 accustomed a. 習慣的（＝familiar）

deceive [dɪ`siv] v. 欺騙，欺騙某人做某事 衍 deception n. 欺騙；詭計 （＝fraud [frɔd]＝trickery）	**undeceive** v. 使不受欺騙，使醒悟 not 不＋欺騙某人做某事
developed [dɪ`vɛləpt] a. 已開發的；先進的	**underdeveloped** a. 不發達的；低度開發的 insufficiently 不充分地＋發達的
dextrous [`dɛkstrəs] a. 敏捷的；靈巧的	**ambidextrous** a. 雙手靈巧的 both 兩者＋靈巧的
dispensable [dɪ`spɛnsəbl̩] a. 不必要的	**indispensable** a. 不可缺少的，必須的 not 不＋沒有也可以的 → 不可缺少的
disputable [`dɪspjʊtəbl̩] a. 有辯論餘地的	**indisputable** a. 沒有辯論餘地的；明白的 not 無＋有辯論餘地的 → 沒有辯論餘地的
divide [də`vaɪd] v. 劃分，分離	**subdivide** v. 再分，細分 small 小的＋重新劃分

More Tips

與字首 sub- 搭配的單字通常具有「under（向下）、secondary（副，下級的）、in place of（代替）」等意思

summon v. 召集；號召

subjugate v. 征服

subservient a. 恭順的

substantial a. 實質性的

surreptitious a. 隱祕的，祕密的

suffrage n. 選舉權；投票權

supplement n. 補充 v. 補充

supplicate v. 請求，懇求

suffocate v. 使窒息

subsidiary a. 輔助的，附帶的

succinct a. 簡潔的；緊身的

susceptible a. 易受影響的；容易感動的

suggestion n. 提案；暗示；建議

sustenance n. 生計；維持；營養品

do [du] v. 做，實行	**outdo** v. 勝過，超越 （比別人）向外＋做 → 突出
dominant [ˋdɑmənənt] a. 統治的，支配的	**predominant** a. 出眾的，卓越的，占支配地位的 before 比～在前＋支配的
dose [dos] n.（藥的）服用量	**overdose** n. 藥劑過量 v. 服藥過多 too much 過分的＋服用
draw [drɔ] v. 拉，畫畫 衍 drawing n. 圖畫；製圖；抽籤 drawback n. 弱點，缺點，障礙；退還的錢；退稅	**withdraw** v. 縮回；撤回；撤銷；提款 back 向後（後退）＋拉
duly [ˋdjulɪ] ad. 適當地；正式地；充分地	**unduly** ad. 過度地，不適當地 not 不＋適當地
durable [ˋdjurəbḷ] a. 持久的，耐久的 衍 durables n. 耐久材料	**nondurable** a. 非耐久性 非＋耐久材料 衍 nondurables n. 非耐久材料，消耗品
embargo [ɪmˋbɑrgo] v. 禁止（出入港口），禁運	**disembargo** v. 解除禁運 not 相反＋禁止 → 解除禁止
entangle [ɪnˋtæŋgḷ] v. 使糾結；引起糾紛	**disentangle** v. 解開糾結；解決糾紛 not 相反＋使糾結 → 解開糾結
estimate [ˋɛstəˏmet] v. 評估 n. 評估；報價	**overestimate** v. 評價過高；估計過高 n. 誇大評價 too much 過分的＋評估

fabricate [ˋfæbrɪˏket] v. 製造；偽造；組裝	**prefabricate** v. 提前做；預先構思 before 提前＋製作
fallible [ˋfæləbḷ] a. 可能犯錯的	**infallible** a. 絕不犯錯的；絕對可靠的 not 不＋可能犯錯的
familiar [fəˋmɪljɚ] a. 熟悉的；常見的；親近的	**unfamiliar** a. 不熟悉的；生疏的 not 不＋熟悉的
famous [ˋfeməs] a. 出名的	**infamous** a. 惡名遠播的；很壞的 not 不＋出名的 → 很壞的 → 惡名遠播的
father [ˋfɑðɚ] n. 父親	**forefather** n. 祖先，祖宗 before 前面的＋父親 → 爺爺 → 祖先
fiction [ˋfɪkʃən] n. 虛構；編造；小說	**nonfiction** n. 非小說 非＋小說
film [fɪlm] n. 底片；薄膜；影片	**microfilm** n. 縮影膠片（文件或書籍等） very small 很小的＋膠捲
fortune [ˋfɔrtʃən] n. 運氣（＝**hap**）	**misfortune** n. 不幸運，不幸（＝**mishap**） bad 壞的＋運氣
function [ˋfʌŋkʃən] n. 功能；（盛大的）宴會；（數學）函數	**malfunction** n. 故障 bad 壞的＋不良的＋功能
gag [gæg] n. 箝制言論；塞口物 v. 壓制的言論	**ungag** v. 去掉塞口物；從壓制的言論中解脫 相反＋箝制言論
generate [ˋdʒɛnəˏret] v. 產生，引起 衍 generation n. 產生；一代人 generation gap 代溝	**degenerate** v. 衰敗；退化 down 向下（壞的）＋發生 衍 degeneration n. 退步，退化，惡化 比 cogeneration n. 廢熱發電

genial [ˋdʒinjəl] a. 親切的，慈祥的；和暖的	**congenial** a. 性格相似的；舒適的 together 一起＋親切的 比 congenital a.（病等）天生的，先天性的（＝inborn＝innate）
habilitate [həˋbɪlə͵tet] v. 獲得任職資格	**rehabilitate** v. 使復（權）位 again 再次＋獲得任職資格
infection [ɪnˋfɛkʃən] n. 感染；傳染	**disinfection** n. 消毒 相反＋感染
integrate [ˋɪntə͵gret] v. 使成一體	**disintegrate** v. 崩潰，瓦解 not 不＋成一體 → 瓦解
intend [ɪnˋtɛnd] v. 意指；打算 衍 intent＝intention n. 意志，意向；目的；意義	**superintend** v. 監督，管理 over 在上＋注意
iterate [ˋɪtə͵ret] v. 重複 衍 iteration＝reiteration＝repetition n. 反覆，重複	**reiterate** v. 重複做，反覆做 again 再次＋重複（＝repeat）
last [læst] v. 維持，持續	**outlast** v. 比～長久（維持） more than 比～長久（維持）
law [lɔ] n. 法，法律	**outlaw** v. 宣布違法；禁止 n. 歹徒，罪犯 out 向外＋法 → 超出法定範圍 → 宣布違法
legal [ˋligl̩] a. 法律上的；合法的 ＝**lawful** ＝**licit**	**illegal** a. 違法的；不合規定的 ＝**unlawful** ＝**illicit** not 不＋合法的 → 違法的

legible [ˋlɛdʒəbl̩]
a.（字跡等）清晰的，易讀的

illegible
a. 難以辨認的
il<not 不＋清晰的

---

liberal [ˋlɪbərəl]
a. 開明的；慷慨的

illiberal
a. 狹隘的；吝嗇的
il<not 不＋開明的；慷慨的

---

lie [laɪ]
n. 謊話
v. 說謊

belie
v. 掩飾；顯示～為假
do 做＋謊話 → 掩飾

---

lingual [ˋlɪŋgwəl]
a. 語言的；舌頭的

bilingual
a. 能說兩種語言的，雙語的
二＋語言的

---

little [ˋlɪtl̩]
a. 小的；年輕的；瑣碎的

belittle
v. 使渺小；輕視（＝depreciate）
make＋小的

---

live [lɪv] v. 活著；生活
[laɪv] a. 活的；實況轉播的

outlive
v. 比～長命
more than 比～長＋活著

---

locution [loˋkjuʃən]
n. 說話風格；慣用語
比 location n.（選定的）位置，外景拍攝地點

circumlocution
n. 婉轉的說辭
around 繞一圈＋說話的風格

---

lucky [ˋlʌkɪ]
a. 幸運的
衍 lucky charm 幸運符，護身符（＝amulet [ˋæmjəlɪt]）

unlucky
a. 不幸的，不吉利的
not 不＋幸運的
比 plucky a. 有勇氣的，堅決的

---

mass [mæs]
n. 塊；大量
v. 聚集起來

amass
v. 積聚；堆積（＝pile up）
on 上面＋聚集起來

---

mature [məˋtjur]
a. 成熟的；熟的；慎重的

premature
a. 未成熟的；太早的
pre 在～之前＋成熟

meditate [ˋmɛdə͵tet] v. 考慮；沉思 比 mediate v. 調停 衍 meditation n. 沉思，冥想	**premeditate** v. 預先考慮 before（比正常）快＋考慮
mine [maɪn] n. 礦山 v. 採礦，挖礦井	**undermine** v. 在下面挖礦井；損壞（健康等） under 在下面＋挖礦井
missive [ˋmɪsɪv] n. 信件；公文	**submissive** a. 服從的，順從的 under（在～之下）＋公文 → 服從的
mobile [ˋmobɪl] n. 行動電話（＝cellular phone） a. 可移動的（＝movable）	**automobile** n. 汽車 self 自己＋行動裝置 **immobile** a. 穩定的 im<in not ＋可以移動的（＝immovable）
monition [moˋnɪʃən] n. 忠告；警告	**premonition** n. 預兆；前兆 before （事情發生）之前的＋警告

與字首 pre- 搭配的單字通常具有「before（預先，在之前，在前面的）」等意思

precedent n. 先例，前例
precipice n. 懸崖；危機
preferment n. 升職
prestigious a. 有名望的
preposterous a. 反常的；荒謬的
precept n. 戒律；規則
predicament n. 困境
precocious a. 早熟的
preempt v. 先占；先取得
pretentious a. 矯飾的；炫耀的

monthly [ˋmʌnθlɪ] a. 每個月的，每月一次的 n. 月刊 pl. 月經（＝menses）	**bimonthly** a. 兩月一次的；隔月的 n. 雙月刊 二＋每月一次的
mortal [ˋmɔrtḷ] a. 必死的；致命的	**immortal** a. 不死的；不滅的 not 不＋必死的
mount [maʊnt] n. 山；可騎乘的東西；裝配 v. 爬上	**paramount** a. 最高的；最重要的 n. 最高統治者 by 在旁邊＋爬上 → 爬上旁邊更高的山 → 最高的；最重要的
mutable [ˋmjutəbḷ] a. 容易變的 （＝**changeable**） （＝**alterable**） 比 exchangeable ＝interchangeable a. 可交換的	**immutable** a. 不變的 （＝**unchangeable**） （＝**unalterable**） not 不＋容易變的
navigate [ˋnævə͵get] v. 航行；操縱 衍 navigation n. 航海；導航；航行術	**circumnavigate** v. 環航 around 周圍＋航行 → 環航
nerve [nɝv] n. 神經；勇氣	**unnerve** v. 使失去勇氣 相反＋鼓起勇氣
noble [ˋnobḷ] a. 高貴的；高尚的	**ignoble** a. 卑鄙的；貧賤的 ig < in not 不＋高尚的 → 卑鄙的；貧賤的
normal [ˋnɔrmḷ] a. 正常的；普通的；正規的	**abnormal** a. 不正常的；異常的 （＝unusual） ab < an not 不＋正常的 → 不正常的；異常的
novation [noˋveʃən] n.（合約等的）更新（＝renewal）	**innovation** n. 革新，改革 in 把裡面＋更新（換成新的）

nutrition [nju`trɪʃən] n. 營養；營養物	**malnutrition** n. 營養失調，營養不良 bad 壞的、insufficient 不充分的＋營養
ominous [`ɑmɪnəs] a. 不吉利的	**ignominious** a. 不光彩的，可恥的 （＝**disgraceful**） （＝**dishonorable**） not 不＋榮譽的
opportune [ˌɑpə`tjun] a. 時間恰當的，適宜的 （＝**timely**）	**inopportune** a. 不適合的 （＝**untimely**） not 不＋時間恰當的
ordinary [`ɔrdn̩ˌɛrɪ] a. 普通的，平凡的	**extraordinary** a. 異常的；特別的；非凡的 beyond 超越＋普通的，平凡的
partial [`pɑrʃəl] a. 一部分的；不公平的	**impartial** a. 公正的（＝fair），不偏不倚的 not 不＋不公平的
partisan [`pɑrtəzn̩] a. 黨派的　n. 黨人 衍 party n. 一行；隨行人員；政黨；派對 partition n. 分割；分割線；隔離物	**bipartisan** a. 兩個政黨的 two 兩個＋黨派的
passionate [`pæʃənɪt] a. 熱烈的，激情的	**dispassionate** a. 冷靜的；公平的 not 不＋熱烈的 → 冷靜的；公平的
photograph [`fotəˌgræf] n. 照片	**telephotograph** n. 電傳照片 far 遠距離的＋照片
phrase [frez] n. 片語；詞組	**paraphrase** n. 改寫，解釋 beside 旁邊＋說

與字首 para- 或 par 搭配的單字通常具有

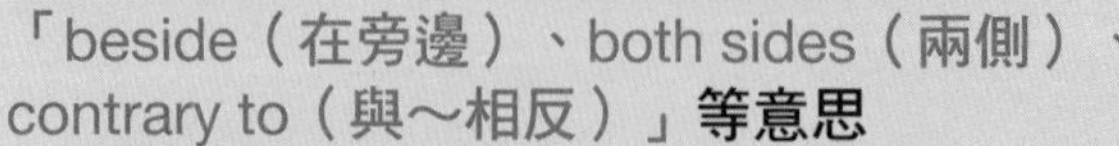

「beside（在旁邊）、both sides（兩側）、contrary to（與～相反）」等意思

parabola n. 拋物線
paradigm n. 典範，模範，典型
paragon n. 模範
parasite n. 寄生蟲
paramount a. 最高的；最重要的
parachute n. 降落傘
paradox n. 自相矛盾的人事物
parallelism n. 平行；類似
parody n. 模仿諷刺的作品
paralyze v. 使麻痺

personal [ˋpɝsn̩l] a. 個人的，私人的	**im**personal a. 非個人的；客觀的 not 不＋個人的
pervious [ˋpɝvɪəs] a. 通過的	**im**pervious a. 不能滲透的；無動於衷的 not ＋通過的
plasma [ˋplæzmə] n. 血漿；等離子體 參 PDP：Plasma Display Panel 等離子顯示板，電漿顯示器	**proto**plasm n. 原生質 first 首先的＋離子體
precedented [ˌprɛˋsədəntɪd] a. 有先例的	**un**precedented a. 沒有前例的，空前的 not＋沒有前例的
privileged [ˋprɪvɪlɪdʒd] a. 有特權的	**under**privileged a. 弱勢的，下層社會的 under 不充分的＋有特權的
qualify [ˋkwɑləˌfaɪ] v. 使具有資格 衍 qualification n. 資格（賦予），許可證（＝license）	**dis**qualify v. 剝奪資格 not 相反＋使具有資格 衍 disqualification n. 取消資格；無資格

quenchable [ˋkwɛntʃəbl̩] a. 可以抑制的 **quench** v. 抑制	**unquenchable** a. 無法抑制的 not 無＋可以抑制的 （＝**quenchless**） 沒有～的
questionable [ˋkwɛstʃənəbl̩] a. 可疑的	**unquestionable** a. 毫無疑問的，確實的 not 無＋可疑的
rage [redʒ] n. 憤怒，盛怒；狂熱 比 average n. 平均 a. 平均的；普通的 beverage n. 飲料（＝drink） coverage n. 適用範圍，補償範圍 garage n. 車庫，修車廠 storage n. 儲藏，倉庫，記憶體 shortage n. 不足，缺乏	**outrage** n. 暴行；侮辱；嚴重的不法行為 v. 激怒，對～施以暴行 beyond 超出＋憤怒 → 暴行；侮辱
real [ˋriəl] a. 真的；現實的；完全的	**unreal** a. 不真實的，虛構的；經過加工的 not 不＋真的；現實的
relevant [ˋrɛləvənt] a. 有關的；關係重大的；恰當的（＝**pertinent**）	**irrelevant** a. 無關的；不恰當的 （＝**impertinent**） ir<in not 無，不＋有關的 比 irreverent [ɪˋrɛvərənt] a. 不尊敬的 *reverent a. 尊敬的

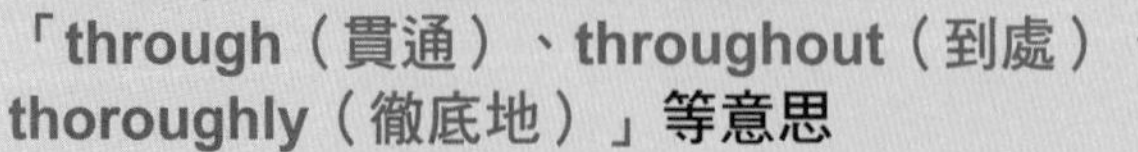

與字首 per- 相搭配的單字通常具有「through（貫通）、throughout（到處）、thoroughly（徹底地）」等意思

perceive v. 察覺；理解
persecute v. 迫害
perpetrate v. 犯（罪）
perfidious a. 背信的
pernicious a. 有害的
perforate a. 有孔的
v. 打孔，貫通
permeate v. 滲透；彌漫
pervade v. 遍及；滲透
peremptory a. 斷然的
perfunctory a. 敷衍的
perpetual a. 永久的；永恆的

reliable [rɪˋlaɪəbḷ] a. 可靠的，可信賴的	**un**reliable a. 不可靠的 not 無＋可靠的
render [ˋrɛndɚ] v. 給；表現；使得	**sur**render v. 交出；投降 n. 投降；放棄 sur<super over 在上面（管事的人）＋交出（所有的）→ 投降
repair [rɪˋpɛr] n. 修理，修補	**dis**repair n. 荒廢；破損 not 不＋修理 → 荒廢的狀態
resident [ˋrɛzədənt] n. 居住者	**non**resident n. 暫住者；不住在工作所在地點的人 not 非，不＋居住者
resolute [ˋrɛzəˏlut] a. 決心的；堅決的 （＝**determined**）	**ir**resolute a. 猶豫不決的 （＝**un**determined） ir<in not 無＋決心的
respond [rɪˋspɑnd] v. 回答；相應於 衍 responsibility n. 責任 ↔ irresponsibility n. 無責任感	**cor**respond v. 協調；通信 together 互相＋回答 → 協調；通信 衍 correspondent n. 特派員，通信員

rest [rɛst] n. 安寧；休息；剩餘部分 v. 休息	**unrest** n. 不安；擔心 not 不＋安心 → 不安；擔心 比 interest n. 興趣；（金融）利息 forest n. 樹林；森林
ride [raɪd] v. 騎；乘 比 bride n. 新娘 ↔ bridegroom n. 新郎 rider n. 乘坐的人，乘客；騎手；附件	**override** v. 踐踏；無視，不顧 over 上面＋騎 → 踐踏；無視
run [rʌn] v. 跑；運行	**overrun** v. 侵略；（害蟲、雜草）氾濫 n. 生產過剩 在上面踐踏著跑 → 侵略；氾濫
sail [sel] v. 航海；航行；輕快移動 同 船，船舶：ship，vessel，boat，craft（小型船），yacht（遊艇） ferry n. 小船，渡船 *car ferry 汽車渡船 → 用於車輛輪渡的船	**assail** v. 攻擊；質問 to 向＋輕快移動 → 攻擊；質問
satisfy [ˋsætɪs,faɪ] v. 使滿足 衍 satisfaction n. 滿足 satisfactory a. 滿意的	**dissatisfy** v. 使不滿 not＋使滿足 衍 dissatisfaction n. 不滿足 衍 dissatisfactory a. 不夠滿意的
science [ˋsaɪəns] n. 科學，學問	**prescience** n. 預知；先見 before 向前（瞻望）＋科學
script [skrɪpt] n. 手稿，手跡；劇本	**postscript** n.（信件的）附筆 after 之後＋寫的（書信的）附筆
score [skor] n. 得分；分數 v. 記錄；得分	**underscore** v. 畫底線於；強調 under 在下面＋畫線 → 強調

scramble [ˋskræmbḷ] v. 倉促行動；勉強湊成；攀爬	**un** **scramble** v. 使恢復原狀；解讀密碼 相反＋勉強湊成 → 恢復原狀
scrupulous [ˋskrupjələs] a. 小心謹慎的；認真做事的	**unscrupulous** a. 無道德的，無恥的 not 不＋認真做事的 → 無道德的

左邊的單字與 un- 搭配是表現「相反，否定，不是，無法，不」等意思

這樣的單字記憶方法效果非常好！

acceptable（可以接受的）→ **un**acceptable（無法接受的）

authorized（經授權認可的）

→ **un**authorized（未經認可的；無許可的）

comfortable（舒適的）→ **un**comfortable（不舒服的）

conscious（有意識的）→ **un**conscious（無意識的；不知道的）

familiar（熟悉的）→ **un**familiar（生疏的）

friendly（親切的；親近的）→ **un**friendly（不親切的）

just（公平的）→ **un**just（不公平的）

happy（幸福的）→ **un**happy（不幸的，不快樂的）

known（知名的）→ **un**known（不知名的，未知的）

like（一樣的，像的）→ **un**like（不同的，不相似的）

limited（有限的）→ **un**limited（無限的；無約束的）

lucky（幸運的）→ **un**lucky（不幸的，不吉利的）

natural（自然的）→ **un**natural（不自然的）

necessary（必要的）→ **un**necessary（不必要的）

pleasant（愉快的）→ **un**pleasant（不愉快的）

real（真實的）→ **un**real（不真實的）

safe（安全的）→ **un**safe（不安全的，危險的）

selfish（自私的）→ **un**selfish（不自私的）
skilled（熟練的）→ **un**skilled（不熟練的，生疏的）
stable（穩定的）→ **un**stable（不穩定的）
steady（使穩定）→ **un**steady（使不穩定）
tie（捆綁）→ **un**tie（解開；解決）
timely（及時的）→ **un**timely（不及時的）
usually（通常）→ **un**usually（罕見的）
wary（機警的）→ **un**wary（粗心的）
willing（自願的）→ **un**willing（勉強的）

see [si] v. 看；注意；理解 比 addressee n.（信件的）收件人，收信人	**foresee** v. 預見，預知 before 前面＋瞻望 同 預見：foresee，prognosticate，forecast 期待：expect，anticipate，look forward to，count on，reckon on
selfish [ˋsɛlfɪʃ] a. 自私的；為所欲為的	**unselfish** a. 不自私的；慷慨的 not 不＋自私的
seminate [ˋsɛmənet] v. 播（種）	**disseminate** v. 散播（種子或思想等） dis 往每個方向＋播種
sequent [ˋsikwənt] a. 接續而來的	**subsequent** a. 接著發生的；隨後的 under 在下面＋接續而來的
shackle [ˋʃækl̩] n. 手銬；約束	**unshackle** v. 釋放；使變成自由之身 相反＋手銬；拘束
shadow [ˋʃædo] n. 影子	**overshadow** v. 使～失色，使～產生陰影，使～變暗 over 上面＋陰影 → 使～失色

siege [sidʒ] n. 圍攻	**besiege** v. 包圍；圍攻 make＋圍攻 → 圍攻
similar [ˋsɪmələ˞] a. 相似的，類似的	**dissimilar** a. 不相似的，不同的 not 不＋相似的
simulate [ˋsɪmjə͵let] v. 模仿；假裝 衍 simulation n. 假裝；模仿；模擬實驗 同 假裝：pretense，feint，affectation，simulation 假裝：pretend，feign，affect，simulate 偽裝：disguise，camouflage，masquerade	**dissimulate** v. 掩飾（感情、動機等） 全然地＋模仿 衍 dissimulation n. 裝糊塗；虛偽
spread [sprɛd] v. 傳播；展開；伸展	**overspread** v. 鋪滿 在上＋展開 → 鋪在上面
supply [səˋplaɪ] n. 供給 v. 供給	**oversupply** n. 供給過多 v. 過度供給 too much 過多的＋供給
symmetry [ˋsɪmɪtrɪ] n. 對稱；勻稱	**asymmetry** n. 不對稱；不勻稱 not 不＋對稱
tail [tel] n. 尾巴；衣角	**entail** v. 使產生～結果，導致使（某人）必須～ make＋尾巴 → 尾隨
tangible [ˋtændʒəbl̩] a. 可以（用手）摸到的，有形的；明確的	**intangible** a. 無法（用手）摸到的，無形的；不明確的（＝vague）

tax [tæks] n. 稅，稅款 v. 對～徵稅	**overtax** v. 徵稅過多 too much 太多的＋徵稅
tell [tɛl] v. 告訴；斷定	**foretell** v. 預言 before 預先＋告訴 同 預言：foretell，forecast，predict，prophesy
timely [ˋtaɪmlɪ] a. 及時的；適時的	**untimely** a. 不合時宜的；不到時候的 not 不＋及時的
token [ˋtokən] n. 標記；憑證；紀念品	**foretoken** n. 預警；預示 before 預先＋標記 同 預兆：foretoken＝omen＝sign＝presage
tolerable [ˋtɑlərəbl̩] a. 可容忍的 （＝**bearable**）	**intolerable** a. 無法容忍的 （＝**unbearable**） not 不＋可容忍的
troth [trɔθ] n. 忠實；承諾；訂婚	**betroth** v. 許配 do 做＋訂婚 → 許配
turn [tɝn] v. 轉動，旋轉；翻轉 n. 旋轉；變化；轉換；順序 衍 turnaround n. 180 度轉變；轉身；（經濟或經營的成果）回升 turnover n. 總營業額；離職率 *economic turnaround 經濟復甦 *a monthly turnover 月營業額	**upturn** v. 使向上；翻轉 n. 推翻；大混亂；好轉 up（從下面）往上＋翻轉 → 推翻
type [taɪp] n. 類型；形狀；樣式	**prototype** n. 原型 first 最先的＋類型 衍 protocol n. 議定書；協議；（外交）禮儀；（電腦）通信協議

與 -ing 搭配的重要單字

belong**ing**s n. 所有物，財產

cover**ing** n. 覆蓋；蓋子

fight**ing** n. 戰鬥，搏鬥 a. 戰鬥的

meet**ing** n. 集會；會面

park**ing** n. 停車

sleep**ing** n. 睡眠 a. 睡覺的

surround**ing**s n. 環境；周圍；近鄰

chatt**ing** n. 聊天；雜談

earn**ing** n. 賺錢 pl. 收入

fish**ing** n. 釣魚；捕魚

paint**ing** n. 圖畫；畫畫

sav**ing** n. 節約 pl. 存款

stock**ing** n.（長的）襪子

talk**ing** n. 談話；談論

understand [ˌʌndəˋstænd] v. 理解 衍 understanding n. 理解	**misunderstand** v. 誤解 wrongly 錯誤地＋理解 衍 misunderstanding n. 誤解
vile [vaɪl] a. 卑鄙的；惡劣的	**revile** v. 辱罵；斥責 強調，很＋卑鄙的 → （所以）罵人 比 reveille n. 起床號，起床鼓
voice [vɔɪs] n. 聲音；發言權；意見 參 change of voice 變聲	**invoice** n.（貨物的）發票；發貨單
vincible [ˋvɪnsəbl̩] a. 可征服的 （＝**conquerable**）	**invincible** a. 無法征服的，無敵的 （＝**unconquerable**） not 相反的＋可征服的
violence [ˋvaɪələns] n. 暴力，暴行	**nonviolence** n. 非暴力 not 非＋暴力
vulnerable [ˋvʌlnərəbl̩] a. 易受傷的，易受攻擊的	**invulnerable** a. 不會受傷害的，刀槍不入的 （＝immortal） not 相反＋易受攻擊的
wary [ˋwɛrɪ] a. 小心的；惟恐的	**unwary** a. 粗心的；不謹慎的 not 不＋小心的
wave [wev] n. 浪潮；波動；（情緒）高漲	**microwave** n. 微波；微波爐 very small 很小的＋電磁波
weigh [we] v. 稱重 衍 weight n. 體重；重量；負擔；重要性 比 height n. 身高（＝stature）；高度	**overweigh** v. 比～更重；比～更重要 more than 比＋更重 → 更重要

whelm [hwɛlm] v. 壓倒；淹沒	**overwhelm** v. 壓倒；淹沒；使不知所措 over 在上面＋壓倒；淹沒
wholesome [ˋholsəm] a. 健康的；有利於健康的	**unwholesome** a. 有害健康的；不健康的 un 不＋有利於健康的
willing [ˋwɪlɪŋ] a. 樂意的；自願的	**unwilling** a. 不願意的；勉強的 not 不＋樂意的
wit [wɪt] n. 智慧，才智，智力	**outwit** v. 以智取勝；瞞騙 better than 比～更好的＋用智慧戰勝 → 瞞騙
world [wɝld] n.（生物的）社會；世界	**underworld** n. 下層社會；黑社會；黃泉 下面的，地下的＋世界
worthy [ˋwɝðɪ] a. 有價值的；優秀的	**unworthy** a. 沒有價值的；不值得的 not 不＋有價值的
write [raɪt] v. 寫字（或書信等）；寫作	**underwrite** v. 在下面寫；署名 在下面＋寫字

與字首 ultra- 搭配的單字通常具有「超～的、極、超過」等意思

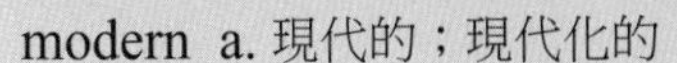

modern a. 現代的；現代化的
→ **ultra**modern a. 超現代化的；超尖端的

sonic a. 聲音的；音波的
→ **ultra**sonic a. 超音波的

sound n. 聲音；聲波
→ **ultra**sound n. 超聲波

left a. 左邊的；左翼的，左派的
→ **ultra**left a. 極左的 ↔ right a. 右邊的；右翼的，右派的
→ **ultra**right a. 極右的

violet n. 紫羅蘭；紫色
→ **ultra**violet n. 紫外線 a. 紫外線的

記憶英文單字，最重要的就是學習方法

想要又快又持久地掌握英文單字，最有效的方法就是去理解構成英文單字的基本組成要素：字首、字根、字尾。

scend climb：攀登，爬	
ascend a<ad to 往 + scend（= climb）攀登 → 往上攀登	v. 攀登；上升（= rise）；登上（地位等）
descend down 向下 + scend（= climb）攀登；上升 → 下降；下去	v. 下降；下傾；下去；為～的後裔
condescend completely 完全地 +（自身）下降 → 貶低自己；屈尊	v. 貶低自己；屈尊
transcend through（通過）+ scend（= climb）攀登；上升 → 超越；勝過	v. 超越（經驗或理解的範圍）；勝過

透過上面這種記憶方法，大家會發現透過字首、字根、字尾來學習和記憶，比死記硬背式的記憶方法更有效率，而且記單字的速度更快，擴充辭彙數量的效果也更強。

各位讀者要是能透過這本書所提到的利用字首、字根、字尾來學習和記憶英文單字的方法，那麼記憶英文單字的過程將會變得更有趣且更迅速。

Part 02

英文單字的科學構成要素(2)

現在快開始學
英文單字
吧！

Project 02

最簡單、有效掌握英文單字的祕訣(2)

征服字根
就能征服另一半的英文單字！

英文單字中的字根（root），就是除了字首與字尾之外的其他部分。理解並掌握字根的意思，就能以這些詞義為線索去導出衍生字的基本字義。再與之前掌握的詞綴意思搭配起來，就能知曉新的衍生字的意義，這樣就能有效掌握英文單字了。

am　love：愛；戀愛；愛好

＊am＝ami＝amic

amateur love 喜歡才去做的人→ 業餘愛好者 反 professional n. 職業選手，專家 a. 職業的，專業的	n. 業餘愛好者，非專家
amorous love 太喜歡戀愛的 ＊be amorous of：迷戀於 （＝be in love with）	a. 好色的；多情的；戀愛的
amiable love 對待愛人一樣親切的	a. 親切的，和藹可親的（＝affable）
amicable love 對待愛人一樣友善的，友好的	a. 友善的，友好的（＝friendly）
amour love（和配偶以外的人）戀愛 → 風流韻事	n. 風流韻事 （＝love affair）；姦情；風流
paramour by 與（配偶以外的人）love （戀愛的對象）→情婦	n.（已婚者的）情婦 （＝mistress（女）＝lover（男））

同義詞　親切地：amiably，sweetly，affectionately，tenderly，gently

親切的，和藹可親的：amiable，sweet，affectionate，tender，gentle

anim　mind, spirit, life：情緒；精神；生命

animate life 生命＋ate（＝make）製造 → 使有生命	v. 使有生命；使生氣勃勃 a. 有生命力的；活著的
inanimate not 不＋animate 有生命的 → 沒有生命的	a. 沒有生命的（＝lifeless）； 沒有活力的，死氣沉沉的
reanimate again 再次＋animate 使有生命 → 使復活	v. 使復活；使恢復生氣（＝revive）

★衍生字★ 1. animation n. 生氣，活力；動畫片

→ inanimation n. 沒有生命；不活潑
not 無

→ reanimation n. 甦醒；復活
again 重新＋生氣；精神

2. equanimity n. 平穩；鎮定，冷靜（＝calmness）
equal 同等的（沒有起伏）＋mind 心 → 平穩；鎮定

→ magnanimity n. 寬宏大量；慷慨
great 大的＋mind 心 → 寬宏大量

→ unanimity n. 全體一致；一致同意
one（全體）一個＋mind 心的 → 全體一致

→ animosity n. 仇恨，憎惡（＝hatred＝enmity)
（壞的）心 → 充滿仇恨，怨恨

ann (u)　year：年　＊ann（u）＝enn（i）

annual a year 一年＋al 的 → 每年的	a. 每年的，一年一次的；一年生的 n. 年刊
biannual twice 兩次＋annual 每年的 → 一年兩次的	a. 每年兩次的，半年一次的
semiannual half 半＋annual 每年的 → 半年一次的，一年兩次的	a. 每年兩次的，半年一次的； 半年生的
biennial two 二＋ennial 每年的 → 兩年一次的，持續兩年的 比較 biennale 雙年展	a. 兩年一次的，隔年的；維持兩年的 n. 兩年生植物
perennial through 持續＋ennial 每年的 → 四季不斷的，長期的，永久的	a. 四季不斷的；長期的；永久的 n. 多年生植物
centennial hundred 一百＋ennial 每年的 → 每一百年的，一百年的	a. 每一百年的；一百年的； 一百週年紀念的

★衍生字★ 1. annuity [ə'njuətɪ] n. 年金，養老金（＝pension）
2. anniversary [ˌænə'vɜsərɪ] n. 紀念日，週年紀念
3. annals n. 編年史；年表；年鑑

同義詞 永久的：perennial，perpetual，enduring，lasting

astro star：星；天體 outer space：太空

astrobiology star 天體＋生物學 → 天體生物學	n. 天體生物學
astrochemistry star 天體＋化學 → 天體化學	n. 天體化學
astrodome star 天體＋圓的天花板	n. 天體觀測窗
astrology star 星＋（o）logy（＝science）學問 → 用星星占卜的學問 → 占星術（學）	n. 占星術，占星學
astronaut outer space 太空（航行的）＋naut （＝sailor）船員 → 太空人	n. 太空人
astronomy star 星＋nomy（＝law，science） 學問 → 研究星體的學問	n. 天文學
astronomer （有關研究）star 星或天體的學者	n. 天文學家

比較 cosmologist [kɑzˋmɑlədʒɪst] n. 宇宙論者
cosmos n. 宇宙（＝universe）

cede go：走；進行；出發 ＊cede＝ceed＝cess

accede ac<ad to 給＋go（擁有相同的想法）走 → 同意	v. 同意（＝agree＝assent），加入
antecede before 先＋go 走 → 比～先行；領先	v. 比～先行；領先
concede together 一起＋go 走 → 退讓，認可	v. 退讓（＝yield）；（勉強）承認
intercede between（為了解決問題而進入）之間＋go 走 → 仲裁	v. 仲裁；調解（＝mediate）
precede before 在～之前＋go 走 → 領先（於），先於	v. 領先（於），處在～之前；（地位）高於～
recede back 向後（後退）＋go 走 → 後退；撤退	v. 後退；撤退；變模糊；撤回
retrocede backward 向後面（後退）＋go 走 → 交還；退卻	v. 交還；退卻
secede apart 分離著＋go 走→ 脫離；退黨	v. 脫離；退黨；分離

★衍生字★ 1. antecedent [ˌæntəˋsidənt] a. 之前的（＝previous）；先行的
n. 前例；前身
pl. 祖先

2. precedent [ˋprɛsədənt] n. 前例；慣例；判例
precedence n. 優先；領先；優先權
＊without precedent 史無前例地
unprecedented 史無前例的
follow a precedent 按照前例（＝follow suit）

3. preceding [priˋsidɪŋ] a. 在前的，前述的

-cede 的名詞形式是 -cession
（antecede、precede 除外）

ac**cession** 接近；到達；加盟；同意
→ con**cession** 讓步；特許權；營業場所
→ inter**cession** 仲裁；調解
→ re**cession** 經濟蕭條；退回
→ retro**cession** 退卻；後退
→ se**cession** 脫離；退出；分離
＊antecedence n. 領先；先行；先前
precedence n. 領先；居前

ceed go：走；進行；出發 ＊ceed＝cede＝cess

ex<u>ceed</u> beyond 超越＋go 進行 → 超過；勝過	v. 超過（限度、程度）；勝過；超越
pro<u>ceed</u> forth 向前＋go 進行 → 前進；開始	v. 前進；開始；發生

succeed

v. 繼承；繼～之後；繼任；成功

suc<sub under 在下（跟隨）＋
go 走 → 繼承；繼任
under 在～之下（認真做事）＋
go 進行 → 成功

★衍生字★ 1. exceeding a. 非常的，極度的
→ exceedingly ad. 非常地，極度地

2. proceeding n. 進行 pl. 訴訟程序
→ proceeds n. 銷售額，收益
→ process n. 進程，過程

3. succeed v. 成功
→ success n. 成功
→ successful a. 成功的
→ successfully ad. 成功地

4. succeed v. 繼任；繼承
→ succession n. 連續；繼承；繼任
→ successive a. 繼承的；連續的；繼續的
→ successively ad. 接連地；繼續地
→ successor n. 繼承人，接任者

cess going：去；進行

access

n. 接近；出口；入口；（資料的）獲取；使用

ac<ad to 往＋going（靠近）去
→ 接近；出入

excess beyond 超過＋going 去 → 過度；超過	n. 過度；超過；過剩（＝surplus） pl. 暴飲暴食；暴行
process before 向前＋going 進行（過程） → 過程，程序，進程	n. 過程，進程；訴訟程序 v. 加工
recess back 向後＋going 去（休息） → 休息；休會	n. 休息；休會；（山崖等的）凹陷處
success under 在下面＋going（事情） 進行很好 → 成功	n. 成功 比 accomplishment 成就 （＝achievement）

★衍生字★ 1. accessible [æk`sɛsəbḷ] a.（人或場所等）易接近的，易進入的
2. procession n.（人或車輛的）行列；（行列）行進
比 march 遊行；行軍　parade 閱兵；遊行

同義詞 休息：recess，rest，respite，relaxation
＊休息 10 分鐘：ten minutes' recess

ceive　take；seize：抓住；持有＊ceive＝cip＝cept

conceive together 一起（想法）＋take 持有 → 想像；持有（想法）	v. 想像；持有（想法）；懷孕

deceive away（偷偷的）分離開＋take 持有 → 欺騙，欺瞞	v. 欺騙，欺瞞（＝cheat＝take in）
perceive through（穿透）＋take 持有 → 察覺；理解	v. 察覺；感知；理解 （＝understand）
receive back 向後＋take 抓住 → 收到；接收	v. 收到；接收；遭受 （＝experience）

★衍生字★ 1. conceit [kən`sit] n. 自滿，自負

→ conception n. 概念，構想；懷孕

→ deceit n. 欺騙

→ deception n. 欺騙；詭計（＝fraud）

→ receipt n. 發票，收據

→ reception n. 歡迎會；接待；接待處

→ perception n. 感知，認知

2. anticipate [æn`tɪsə,pet] v. 預想；期待

before 預先（前面的事情）＋cip（＝take）持有＋ate（＝make, do）著 → 預想；期待

emancipate v. 解放（約束或限制）；使自由

out 向外＋man（＝hand）手＋cip（＝take）抓住＋ate（＝make, do）著 → 解放；使自由

participate [pɑr`tɪsə,pet] v. 參加；分享

part 一部分＋cip（＝take）持有＋ate（＝make, do）著 → 參加；分享

3. anticipation n. 預想；期待

→ emancipation n. 解放

→ participation n. 參加

cept take；seize：抓住；持有；接受

accept ac<ad to 對＋take 接受 → 接受；認可	v. 接受；認可
concept together（通常）一起＋take 接受（想法）→ 概念	n. 概念（＝generalized idea）
contracept against 相反＋take 持有（孩子） → 防止持有孩子 →（使）避孕	v.（使）避孕 （＝prevent conception）
except out 向外＋take 抓住（拉出來） → 除外；不計	v. 除外（＝exclude）；不計
intercept between 在之間＋take 抓住 → 中途阻止；截獲	v. 中途阻止；截獲
percept thoroughly 徹底地（知曉）＋take 接受（的）→ 知覺	n. 認知（的對象）
precept before 預先（以教育的方式）＋take 使接受（的）→ 訓誡	n. 箴言；戒律；訓誡

★衍生字★ conception n. 概念；構想；懷孕
→ contraception n. 避孕
→ exception n. 例外
→ interception n. 中途阻止；截獲
→ perception n. 感知

cide kill：殺害；毀掉

ecocide environment 環境＋kill 殺害	n. 破壞環境；生態滅絕
herbicide grass 草＋kill 殺害 → 除草劑	n. 除草劑
homicide man 人＋kill 殺害 → 殺人	n. 兇殺（行為或罪）
insecticide insect 蟲子＋kill 殺害 → 殺蟲劑	n. 殺蟲劑
magnicide big 重要的（人）＋kill 殺害 → 殺害重要的人	n. （知名政治人物的）暗殺 比 assassination n. 暗殺
parasiticide parasite 寄生蟲＋kill 殺害 → 驅蟲劑	n. 驅蟲劑（＝insectifuge）
suicide of oneself 自己的＋kill 殺害 → 自殺 *commit suicide 自殺	n. 自殺（行為）

★衍生字★ infanticide [ɪn`fæntə,saɪd] n. 殺嬰
patricide [`pætrɪ,saɪd] n. 弒父
matricide [`metrə,saɪd] n. 弒母

circu(l) round：圓的；圍繞（一圈的）＊circu(l)＝circle

circuit round 轉一圈＋it（＝go）去 → 環行；繞行	n. 巡迴；電路；環行 v. 環行；繞行
circular round 圓的（形狀）＋ar 的 → 圓的，圓形的	a. 圓的，圓形的；迴圈的 n. 公告，通知
circulate round 圍繞一圈＋ate（＝make）製造 → 循環；傳播（消息）	v.（血液、空氣）循環；傳播（消息）
circle round 圓的，圍繞 → 圓；迴圈	n. 圓；迴圈；圈；範圍；集團，圈子 v. 環繞
encircle make 製造＋circle 迴圈 → 圍繞	v. 圍繞，環繞，繞行一周

★衍生字★ circulation n. 迴圈；流通；發行量

同義詞 圍繞：encircle，enclose，surround，besiege（包圍）

cite　call：呼叫；號召　rouse：喚醒（感情等）

cite call 呼叫 → 引用；傳喚 比較 site n. 位址；工地；（案發）現場；遺址	v. 引用；（法庭）傳喚
excite out 向外（感情）＋call 呼叫 → 使興奮；使激動	v. 使興奮；使激動，激起（感情）
incite in（心）裡的（感情）＋rouse 喚醒 → 刺激；激勵	v. 刺激；激勵；激起（感情）
recite again 重複的＋call 呼叫 → 背誦；朗讀	v. 背誦；朗讀

★衍生字★ 1. citation [saɪˋteʃən] n. 引用；傳票
→ incitation n. 刺激；激勵；煽動
→ recitation n. 背誦；朗誦

2. excitement n. 興奮；刺激；（內心的）激動
→ incitement n. 刺激；煽動

同義詞 遺址：site，remains，ruins，relics
＊historic sites 歷史古蹟
興奮：be / get / grow excited
＝be stimulated / aroused

claim　cry：叫，喊

claim	cry 喊著滿足要求，聲稱 → 要求，請求	v. 要求，請求 n. 要求，請求；（賠償的）要求
acclaim	ac<ad toward 向＋cry 喊 → 歡呼	v. 歡呼，喝采 n. 喝采，歡呼
declaim	強調 loudly 大聲地＋cry 喊 → 朗讀；演講	v.（慷慨激昂地）演講；朗讀
disclaim	not（權利）不要＋cry 喊 → 放棄；放棄權利	v. 放棄權利；拒絕承認；放棄
exclaim	out 向外＋cry 喊 → 喊，叫，大聲說話	v. 叫，喊，大聲說話
proclaim	forth 向前（表達意見或主張）＋cry 喊 → 宣告，宣布	v. 宣告，宣布；讚揚
reclaim	again 重新（變得好）＋cry 喊 → 改正；回收利用	v. 使悔改；開拓；回收利用

★衍生字★ acclamation n. 歡呼，喝采
→ declamation n. 朗讀
→ disclamation n. 否認；放棄
→ exclamation n. 叫喊
→ proclamation n. 宣言
→ reclamation n. 改造；開墾

clude shut，close：關上，關閉

conclude 強調 completely 完全地（結束後）＋shut 關 → 結束；下結論	v. 結束；下結論；締結（條約等）
exclude out 向外（不能進入）＋shut 關 → 排除在外，除外	v. 排除在外（＝shut out），除外；驅逐（除名）
include in 裡（放入）＋shut 關 → 包含，含有	v. 包含，含有
occlude oc<ob against 逆著（動的方向）＋shut 關 → 堵住，隔離	v. 堵住（通道、孔等）；使閉塞；（牙齒）咬合
preclude before 預先（拔出）＋shut 關 → 排除，除外	v. 排除；杜絕，防止（＝prevent），使不可能
seclude apart 分離後＋shut 關 → 從～分離；隔離	v. 使分離（separate）；使隔離（screen）

包含：include，contain，comprise，cover
comprehend，embrace（擁抱；包括，包含）

比較（意思）暗示：imply＝implicate＝connote

-clude 的變化規則為
→ -clude → -clusion → -clusive → -clusively

con**clude** v. 結束 → con**clusion** n. 結束；結論
→ con**clusive** a. 決定性的 → con**clusively** ad. 決定性地
ex**clude** v. 除外 → ex**clusion** n. 除外，排除
→ ex**clusive** a. 獨占的 → ex**clusively** ad. 排外地；專有地
in**clude** v. 包含 → in**clusion** n. 包含，含有
→ in**clusive** a. 包含的 → in**clusively** ad. 在內地；包含地
oc**clude** v. 堵住；隔離 → oc**clusion** n. 閉塞，封閉
→ oc**clusive** a. 閉塞的 → oc**clusively** ad. 閉塞地
pre**clude** v. 排除 → pre**clusion** n. 排除，除外
→ pre**clusive** a. 除外的 → pre**clusively** ad. 排除地，除外地
se**clude** v. 分離 → se**clusion** n. 隔離；隱退
→ se**clusive** a. 喜隱居的 → se**clusively** ad. 隱遁地

* come to / arrive at / reach a conclusion 達成結論

the exclusion of professional women 排除職業女性

the social inclusion of less-privileged group 中下階層的社會參與

a policy of seclusion 閉關自守政策

cracy government：政治 rule：統治；控制

aristocracy best 最上階層＋government 政治 → 貴族	n. 貴族；上層社會
autocracy self 統治者自己＋government 政治 → 專制威權	n. 威權政治，專制政治
bureaucracy 官僚機構＋government 政治	n. 官僚（體系）
democracy （根據）people 國民（的意思）＋government 政治 → 民主政治	n. 民主；民主政治；（美國）民主黨（D-）
meritocracy merit 實力（根據它來受評價的）＋rule 控制 → 能力主義社會	n. 精英領導（制度）；英才教育
mobocracy mob 暴徒＋government 政治 → 暴民政治	n. 暴民政治
plutocracy wealth 錢財＋government 政治 → 富豪政治	n. 財閥政治
technocracy art＝technology 技術（中心的）＋rule 控制 → 技術統治論	n. 專家政治論，技術統治論

theocracy n. 神權政治

god 神（的代理者）+ government 政治 → 神權政治

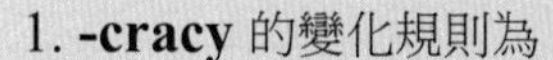
1. **-cracy** 的變化規則為
   -cracy（政治）→ **-crat**（主義者）
   → **-cratic**，**-cratical**（主義的）

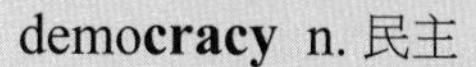
   demo**cracy** n. 民主
   → demo**crat** n. 民主主義者
   → demo**cratic** a. 民主主義的

2. aristo**crat** 貴族
   → auto**crat** 威權君主，專制君主
   → bureau**crat** 官僚主義者
   → demo**crat** 民主主義者
   → merito**crat** 菁英
   → mobo**crat** 暴民政治家
   → pluto**crat** 金錢主義者，富豪
   → techno**crat** 技術專家出身的高級官員
   → theo**crat** 神權政治家

3. **-cracy** = **-archy**：rule，government
   有政府、統治的意思
   mon**archy** n. 君主政體，君主制
   alone 君主擁有絕對許可權的 + rule 統治
   an**archy** n. 無政府；無秩序；混亂（= disorder）
   without 無 + 政府

cline　bend＝lean：傾斜；彎曲；屈服

decline　v. 傾斜；衰落；拒絕
n. 下傾；衰落；下降

down 向下＋lean 彎曲
→ 傾斜；衰落；拒絕

incline　v. 使～傾向於，傾向；屈身

into 向裡＋（內心）lean 彎曲
→ 使～傾向於（我的觀點）

★衍生字★ 1. declination n. 偏差；傾斜；拒絕
→ inclination n. 傾向；愛好
→ disinclination n. 不情願；厭煩

2. clinch v. 敲彎；擁抱；咬緊
n.（拳擊）用臂鉗住
clench v. 咬牙；緊握（拳頭）
n. 牢牢的抓住

同義詞　拒絕：decline，refuse，reject，rebuff，deny，turn down

同意：agree，accept，assent，consent，
approve，accede，acquiesce

傾向：inclination，disposition，propensity
比較 tendency（傾向，趨勢）

crimin crime：罪；犯罪

criminate crime 罪＋ate（＝make）製造 → 製造罪 → 使負罪	v. 使負罪；責備
discriminate apart 分別地＋crime 罪＋ate 製造 → 分別區分定罪 → 區別	v. 區別，識別（＝distinguish）；歧視
incriminate in 在裡面的（誰）＋crime 罪＋ate 製造 → 使～負罪	v. 使（某人）看似有罪；（事件等）牽連
recriminate back 返回＋criminate 使負罪 → 反責;反控訴	v. 反責；反控訴

★衍生字★ 1. crimination n. 控訴；責備
→ discrimination n. 區別；歧視
→ incrimination n. 負罪
→ recrimination n. 反責；反控訴

2. criminal n. 犯人，罪犯 a. 犯罪的，刑事的
→ criminally ad. 犯罪地；刑法上地

cur　run：跑；流（＝flow）

concur together 一起（同時）＋run 跑 → 同時發生	v. 同意；協力；同時發生
incur into 向裡＋run （壞的事情）跑 → 招致	v. 招致（憤怒、譴責、損失等）
occur oc<ob against 與～撞擊（引起事情）＋run 跑 →（事情）發生	v. 發生（事情）；出現； 使人想到（＋ to）
recur back 後退，往後＋run 跑 → 再來，重新想起	v. 再發生；（想法）重新想起；復發

★衍生字★ 1. concurrence [kən'kɝəns] n. 同時發生
→ incurrence n. 蒙受（損失）；惹起（麻煩）
→ occurrence n. 發生；事件；存在
→ recurrence n. 復發

2. current a. 現在的，今天的；流通的
n. 水流；電流
→ concurrent a. 同時發生的
→ excurrent a. 流出的
→ incurrent a.（水）流入的
→ occurrent a. 現在發生的；偶然的
→ recurrent a. 一再發生的；週期性循環的

3. currency n. 貨幣；流通，通用
→ currently ad. 目前，現在

dic　say：說　proclaim：宣言

abdicate away 在遠處（要丟棄）＋say 說 → 退位；放棄	v. 正式放棄（王位或權利等）；退出
dedicate down 向下（生涯，事件）＋say 說 → 奉獻，貢獻	v. 奉獻（生涯、事業等），致力，貢獻
indicate into 向裡面（指）＋say 說 → 指出，顯示	v. 指出，顯示
predicate before 在前面（斷定）＋say 說 → 斷言	v. 斷言（＝affirm）；意味 n. 述語
vindicate claim 要求是（正當的）＋say 說 → 主張；證明	v. 主張；證明～清白，辯護

★衍生字★ abdication n. 拋棄；棄權；退位
→ dedication n. 獻身，致力，貢獻
→ indication n. 指示，暗示
→ predication n. 斷言，斷定；敘述
→ vindication n. 辯護；辨明，證明無罪

dict say，speak：說 ＊dic＝dict

diction say 說＋ion 情況 → 用語，言語	n. 用語，言語，說話方式
addiction to 對～（傳達）＋diction 言語 → 傳達對某事物的衝動和需求 → 上癮，入迷	n. 上癮，入迷
benediction good（給～）好的＋diction 言語 → 祝福；祝禱	n. 祝福；祝禱；感恩的祈禱
contradiction against 反對＋diction 言語 → 否定，反駁	n. 否定，反駁；矛盾
interdiction between 在～之間＋diction 言語 （不要做）→ 禁止，阻止	n. 禁止，阻止
jurisdiction （根據）law 法律＋diction 言語 → 司法，裁判	n. 司法權；管轄權
malediction bad（給～）壞的＋diction 言語 → 詛咒，壞話	n. 詛咒，壞話，咒罵
prediction before 預先（展望）未來＋diction 言語 → 預言，預測	n. 預言，預測

valediction

n. 告別，告辭；告別詞

farewell 再見＋diction 言語
→ 告別，告辭

★衍生字★ 1. addict v. 使成癮 n. 中毒者
→ contradict v. 否認；矛盾
→ interdict v. 禁止，阻止，妨礙
→ predict v. 預言，預測
2. dictate v. 使聽寫；命令
→ dictation n. 口述；聽寫；命令
*take dictation 聽寫
3. indict v. 起訴
→ indictment n. 起訴書
*be under indictment 被起訴
4. dictionary n. 辭典
*consult / refer to / look up a dictionary 查辭典

同義詞 1. 預言：prediction，prophecy，
forecast（預測，預報）
預言：predict，prophesy，foretell，
forecast（預測，預報）

2. 矛盾：contradiction，inconsistency，conflict
矛盾：be contradictory to，be inconsistent with，
conflict with

duce　lead：引向；領導

conduce together 一起（好的）＋lead 引向 → 導致（好的結果）	v. 導致（好的結果）；貢獻
deduce down 向下（結論）＋lead 引向 → 推論	v. 推論，演繹；追溯～的起源
induce into 向裡＋lead 引向 → 勸誘；說服	v. 勸誘；說服；引起
introduce into（為了告訴）向裡＋lead 引向 → 介紹；引進	v. 介紹；引進；推出（新產品）
produce forth 向前（物品）＋lead 引向 → 生產	v. 生產，製造 n. 農產品
reduce back 向後（變小的）＋lead 引向 → 減少；縮小	v. 減少；縮小；降低
seduce apart 分別地（分開地）＋lead 引向 → 煽動；引誘	v. 煽動；引誘；（壞的）誘惑

★衍生字★ inducement n. 誘導；誘因　introduction n. 介紹

同義詞　誘惑：seduce，tempt，lure，allure，entice，attract

duct　lead：引向；領導；領先

abduct away（強制）遠離＋lead 引向 → 綁架	v. 綁架
conduct together 一起＋lead 引向 → 引導；指揮	v. 引導；指揮；施行 n. 行為；引導
deduct down（金額）減低＋lead 引向 → 扣除，減除	v. 扣除，減除
induct into 向裡（有禮貌地）＋lead 引向 → 引導	v. 引導（到位置）；歸納出～；（美）徵召～入伍
product forth 向前（物品）＋lead 引向 → 產品	n. 產品，生產品；成果

-duct 的名詞形是 -duction

ab**duction** 綁架
→ con**duction** 傳導
→ de**duction** 推論；扣除；演繹法
→ in**duction**（電子）感應；引導（位置）；歸納法
→ pro**duction** 製造，生產；（電影）攝製；（戲劇）演出

abductor n. 誘拐者
conductor n. 領導者；指揮者
inductee n.（美）被徵召的士兵

equ(i) equal：相同的 equally：相等地

equal	v. 相同，同等；比得上 equally ad. 相等地；平等地
equate equal 相同的＋ate（＝make）製作 → 使相等	v. 視為平等；使相等
adequate to（與～的條件（充分的）相等）→ 適當的	a. 適當的；充分的；合適的
equation equal 相同的＋ation 狀態 → 相等；平衡	n. 相等；平衡；（數學中的）等式
equilibrium equal 相同的＋librium（＝balance）均衡 → 平衡	n. 平衡，均衡
equivocal equal 相同的＋vocal 聲音 → 模稜兩可的	a. 模稜兩可的（＝ambiguous），曖昧的

★衍生字★ 1. equivalent a. 同等價值的；對等的；相等的
2. equitable a. 公平的；正當的
equator n. 赤道
3. equality n. 相同；平等；相等
↔ inequality n. 不同；不平等
(in = not)

fect make：製造，造出 ＊fect＝fac(t)＝fic

affect to 給～（影響）＋make 製造 → 影響	v. 影響；使染上（疾病）；使感動
defect away 遠處（另外去）＋make 製造 → 叛逃	v. 叛逃，變節 n. 缺點，不足之處
effect out 向外（結果）＋make 製造 → 招致；達到	v. 招致；達到 n. 結果；效果
infect into 向裡（病菌）＋make 製造 → 散播病菌，使感染	v. 使感染；污染
perfect completely 完全地＋make 製造 → 完成；完美	v. 完成；使完美 a. 完美的；全然的

★衍生字★ 1. affection n. 影響；情感；疾病
→ defection n. 背信，背叛
→ infection n. 感染；傳染；污染
→ perfection n. 完成；完美

2. defective a. 有缺點的 n. 身心障礙者
→ effective a. 有效的

3. affectation n. 做作；假裝

fic　make：製造，造出　＊fect＝fac(t)＝fic

deficient down 不夠的＋make 製造＋(i)ent 的 → 不足的	a. 不足的，不充分的 同 insufficient，inadequate
efficient out 向外（效率）＋make 製造＋(i)ent 的 → 有效的；有效率的	a. 有效的，有效果的；有效率的；能幹的
magnificent great 大的；偉大的＋make 製造＋(i)ent 的 → 華麗的；優秀的	a. 華麗的；高尚的；宏偉的；極好的
proficient forth 向前（快速）＋make 製造＋(i)ent 的 → 熟練的；精通的	a. 熟練的；精通的
sufficient under 下面（很多）＋make 製造＋(i)ent 的 → 充分的	a. 充分的 同 enough，adequate
artificial art 技術（性的）＋make 製造＋ial 的 → 人工的，人為的	a. 人工的，人造的，人為的

beneficial good 好的，有利的＋make 製造＋ial 的 → 有益的	a. 有益的，有利的 同 favorable，advantageous
superficial over（表面）上＋make 製造＋ial 的 → 表面上的；膚淺的	a. 表面（上）的；膚淺的；外表的；淺薄的

★衍生字★ 1. deficiency n. 不足，缺乏
→ efficiency n. 效能；效率
→ proficiency n. 精通；熟練
→ sufficiency n. 充分，充足
＊AIDS：Acquired Immune Deficiency Syndrome
2. deficit n. 赤字，虧損
3. magnificence n. 華麗，富麗堂皇

同義詞 華麗的：magnificent，grand，imposing
熟練的：proficient，skilled，experienced，adept，expert，skillful，versed

More Tips

-fact-＝-fect-＝-fic- 都具有 make（製造，造出）的意思

bene**fact**ion n. 善行，慈善
→ ef**fect** n. 結果；效果
→ ef**fic**ient a. 有效率的；有效果的

fer　bear：帶走；產生　bring：帶來

confer together（為了）一同（商討）＋bring 帶來 → 協商	v. 協商；授予；賦予（＝grant）
defer down（為了拖延）向下＋bear 帶走 → 延期	v. 延期，推遲；聽從（＋to）
differ apart 各個（不同的想法）＋bear 帶走 → 不一致	v. 不一致，與～不同
infer into 向裡（想法）＋bring 帶來 → 推論	v. 推論，推斷；意味著～
prefer before（在多個裡）先＋bear 產生在心中 → 更喜歡	v. 更喜歡；寧願
refer back（把原因）轉向＋bear 帶走 → 推論	v. 將～歸因（於）；談及；參考
suffer under 在下面（忍受著）＋bear 帶走 → 忍受；遭受	v. 忍受；遭受
transfer across 橫穿＋bear 帶走 → 遷移；轉學；轉乘	v. 遷移；轉學；轉換；轉乘 n. 轉車，轉乘

★衍生字★ differential a. 差別的
→ preferential a. 優先的；特惠的
＊differential duties 差別關稅
preferential right 優先權
differential rate 差別運價
preferential treatment 優惠待遇

1. **-fer** 的名詞形是 **-ference**

con**ference** 會議；討論；協商
→ de**ference** 尊敬；服從
→ dif**ference** 差異，差別
→ in**ference** 推論，推斷
→ inter**ference** 干涉；妨礙
→ pre**ference** 偏愛；優先選擇
→ re**ference** 參考；涉及；關聯
→ trans**ference** 轉移，轉讓
＊suf**ferance** 忍耐；容忍

2. **interfere** v. 妨礙；干涉，干預；（理解上的）牴觸

＊You should not interfere in other's private concerns.
你不應干涉別人的私事。

fact　make：製造，造出　fect＝fac(t)＝fic

benefaction
n. 善行，施捨

good 好的（事情）＋make 製造＋tion 行為 → 善行，施捨

malefaction bad 壞的（事情）＋make 製造＋tion 行為 → 罪行	n. 罪行
manufacture hand 手（做的）＋make 製造＋ure 物品 → 製造；產品	n. 製造；製造業 pl. 產品 v. 生產

★衍生字★ 1. fact n. 事實；實際；真相
→ factual a. 實際的；事實的
2. artifact n. 人造物品；工藝品，藝術品
3. factory n. 工廠（＝plant）
4. facility n. 便利，方便
pl. 設備，設施

flate blow：吹氣；喘氣

deflate down 向下（使空氣排除）＋blow 吹氣 → 排氣；緊縮	v. 排氣（空氣，氣體）；緊縮（通貨）
inflate into 向裡（空氣）＋blow 吹氣 → 充氣；使膨脹	v. 充氣（空氣，氣體）；膨脹（通貨）
reflate again 再次（空氣）＋blow 吹氣 → 再膨脹	v.（使通貨）再膨脹

★衍生字★ deflation n. 通貨緊縮
→ inflation n. 通貨膨脹
→ reflation n. 通貨再膨脹

同義詞 奉承：flatter，fawn upon，curry favor with
膨脹：inflate，expand，swell＝distend，
increase（增加）

1. agflation（農業通貨膨脹）：
agriculture（農業）＋inflation（通貨膨脹）
→ 因農作物價格上漲的物價上漲

hyperinflation（惡性通貨膨脹）：
短時間發生的嚴重物價上漲

2. flatter v. 奉承，使高興
→ flattery n. 阿諛（＝adulation）
＊You are flattering me. 你是在奉承我。

flect bend：彎曲；屈服

deflect away（方向）到遠處（偏出）＋bend 彎曲 → 偏斜；偏轉	v. 偏斜；偏轉
inflect into 向裡＋bend 彎曲 →（向裡）彎曲	v.（向裡）彎曲；使變音

reflect	v. 反射；反映；反省； 深思（＝ponder）
back（光，聲音，想法等）向後＋ bend 彎曲 → 反射	

★衍生字★ 1. flexible [ˋflɛksəbḷ] a. 有彈性的，柔韌的
→ inflexible a. 不可彎曲的；不屈不撓的；頑固的
(in = not)

2. flexibility n. 彈性；靈活性
→ inflexibility n. 頑固；缺乏靈活性
(in = not)

flexible time（彈性工時）
→ 可選擇勞動時間
flexicurity：以 flexibility（彈性）＋security（安全）為信條，
同時保障勞動市場的彈性及安全，並提高勞動者的社會保障。

同義詞 柔韌的：flexible，pliant，pliable，supple
不屈的：inflexible，rigid，stiff，firm（堅硬的）

flu　flow：流；流出　＊flu＝flux

fluent	a.（言語）流利的，流暢的； （液體）流動性的
flow（言語等）像流水一樣＋ent 的 → 流利的，流暢的	
affluent	a. 豐富的（＝abundant）； 富有的（＝wealthy＝rich）
af<ad to 往～裡（溢出）＋fluent 流 動的 → 豐富的	

confluent together 共同（聚集到一起）+ fluent 流動的 → 匯流的	a. 匯流的，匯合的
effluent ef<ex out 向外＋fluent 流動的 → 流出的	a. 流出的 n. 流出物
influent into 向裡＋fluent 流動的 → 流入的	a. 流入的 n. 支流

★衍生字★ 1. fluid a. 有流動性的；流動的
n. 流體
flush v.（水）奔湧出；（臉）發紅
superfluous a. 過剩的；多餘的
2. inflow n. 流入 ↔ outflow n. 流出
3. flux n. 流動，波動
→ influx n. 流出；漲潮
→ efflux n. 流出；流出物

found　pour：灌注　bottom：底部

found bottom 基礎；底部；使有基礎 → 使有根據	v. 創建，創設；使有根據
profound forward 向前＋bottom 底部 → 比底部還要深的 →深奧的	a. 深奧的；深切的

confound together 一起（混淆）＋pour 灌注 → 混淆	v. 混淆（＝confuse）；弄錯
dumbfound dumb 不能說話（的程度）＋pour 灌注 →（所以）嚇到說不出話	v. 使人驚愕失聲，使驚呆

★衍生字★ 1. founder n. 創建者，創始人
→ foundation n. 基礎，根基；地基
2. profoundly ad. 深奧地；深切地

同義詞 混淆：confuse / confound A with B
confound / scramble / mix A and B
＊mix up public and private affairs 公私不分

front forehead：（物品的）前部；額頭

front	a. 前面的 v. 面對；對立 n. 前面；前方；正面；前線；戰場；外表
forefront before 前方的＋forehead 前部 → 最前方，最前列	n. 最前方，最前列，（活動等的）中心
affront af<ad to 給＋forehead 面前（侮辱） → 公開侮辱	v.（公開地）侮辱；冒犯 n. 公開侮辱

confront together 一起＋forehead 面前 → 面對	v. 面對（＝face）；對抗

★衍生字★ frontier [frʌnˋtɪr] n. 國境，邊境
a. 位在國境的
confrontation n. 對抗；（法庭上的）對質

同義詞 侮辱：affront，insult，contempt，indignity

fuse　pour：灌注；倒入

circumfuse around 圍繞（在周圍）＋ pour 倒入 → 從四面澆灌	v.（光、液體、氣體等） 從四面澆灌（圍繞）
confuse together 一起（混淆的）＋ pour 倒入 → 混淆；使混亂	v. 混淆；使糊塗；使混亂
diffuse dif<dis away 到遠處（使散發）＋ pour 灌注 → 擴散；散播	v. 擴散，瀰漫；散播
effuse ef<ex out 向外（倒出）＋pour 灌注 → 散發	v.（液體、光、香味等）散發，洩出
infuse in 向裡（倒出）＋pour 灌注 → 注入；灌輸	v. 注入（思想或感情等）；灌輸

interfuse

between 往中間（滲透）＋pour 灌注
→ 使滲透

v. 使滲透，使浸透

perfuse

throughout 穿遍＋pour 灌注
→ 到處都有 → 布滿

v. 使布滿，使充滿

profuse

forth 向前（溢出的）＋pour 灌注
→ 非常豐富的

a. 非常豐富的；過多的；
（稱讚語氣）不吝嗇的；十分慷慨的

refuse

back（不喜歡）向後（返回）
＋pour 灌注 → 拒絕；辭退

v. 拒絕，謝絕；辭退

suffuse

suf<sub under 向下（充滿的）
＋pour 灌注 → 充滿

v.（光、色、液體等）充滿，彌漫

transfuse

across 越過＋pour 灌注
→ 灌輸；傾注

v. 灌輸；輸血；傾注（思想）

★衍生字★ refuse v. 拒絕
→ refusal n. 拒絕，否決，辭退

同義詞 浪費：waste，extravagance，dissipation，squandering
節約：economy，frugality，husbandry，thrift

-fuse 的名詞形式是 -fusion

fusion 熔解，熔化；融合
→ circum**fusion** 四散；圍繞
→ con**fusion** 混淆；混亂；困惑
→ dif**fusion** 擴散，傳播
→ ef**fusion**（感情等）流出
→ in**fusion** 注入
→ inter**fusion** 混入，混合
→ per**fusion** 灌注
→ pro**fusion** 多量，豐富
→ suf**fusion** 充滿，瀰漫
→ trans**fusion** 灌輸；輸血；傾注

gest　carry：運送，運載

congest together 一起（塞滿）＋carry 運送 → 使充滿	v. 使充滿；使擠滿；使壅塞
digest apart（食物）分離地＋carry 運載 → 消化	v. 消化；理解；做摘要 n. 摘要
egest e<ex out（身體）外（消化物）＋ carry 運送 → 排泄	v. 排泄；（從體內）排除（毒素等）

ingest into（食物）向內＋carry 運載 → 吸取	v. 吸取（營養等）（＝absorb）
suggest sug<sub under（想法）從下面（掏出）＋carry 運送 → 建議	v. 建議，提議；暗示；使聯想

-gest 的名詞形是 -gestion

congestion 壅塞；擁擠；充血
→ **digestion** 消化；理解
→ **egestion** 排泄
→ **ingestion** 吸取（＝intake）
→ **suggestion** 建議，提議；暗示

grade　step：階段　go：去

grade	n. 成績等級；年級 v. 劃分等級；評分
degrade down 向下＋go（地位、品質）去 → 降級	v.（地位、品質等）降級
retrograde backward 退步，逆行＋go 去 → 倒退；逆行	v. 倒退；逆行；退化

upgrade	
upward 向上＋go（地位、品質）去 → 升級	v. 升級；（地位、品質）向上 n. 升級；上坡

★衍生字★ 1. gradation n. 逐漸變化；層次
→ degradation n. 降級，降格，退化
→ retrogradation n. 倒退，退行

2. graduate v. 畢業；逐漸變化
n. 畢業生
undergraduate n. 大學在校生，大學生
a. 大學生的

3. gradual a. 逐漸的；平緩的
→ gradually ad. 逐漸地；平緩地

graphy　writing：筆跡　*graph = write：寫

biography	n. 傳記
（對）life 生涯＋writing 筆跡 → 傳記	
autobiography	n. 自傳
self 自身的＋biography 傳記 → 自傳	
geography	n. 地理學；地理
（對）earth 地球＋writing 筆跡 → 地理學	

photography （對拍攝）照片＋writing 筆跡 → 攝影術	n. 攝影術；攝影
telegraphy （為了送到）far 遠處＋writing 筆跡 → 電信；電信技術	n. 電信；電信技術

-graphy（對～進行書寫的記錄）
→-grapher（對～進行記錄的人）

biography 傳記 → biographer 傳記作者
geography 地理學 → geographer 地理學者
photography 攝影術 → photographer 攝影師

grat(i/e) pleasing：愉快的 thank：感謝

gratify pleasing 愉快的＋ify（＝make） 製造 → 使滿足；使高興	v. 使滿足；使高興
grateful thank 感謝＋ful 充滿的 → 感謝的，感激的	a. 感謝的，感激的；愉快的
gratitude thank 感謝＋tude 的表示 → 感謝，謝意	n. 感謝，謝意（＝thankfulness）

ingratitude not 不+gratitude 感謝 → 忘恩負義	n. 忘恩負義
gratuity thank 感謝（的）+ity 物品 → 小費	n. 小費；（退休時的）慰勞金
gratuitous pleasing 愉快的（所以無理由）+ ous 給的 → 免費的；無報酬的	a. 免費的（=free）； 無報酬的，無償的

★衍生字★ 1. gratification n. 滿足
2. gratis a. 免費的
ad. 無償地（=free of charge）
3. congratulation n. 祝賀 → congratulate v. 祝賀

gress go：去；進行

aggress ag<ad to 給+go 去（打架） → 攻擊；侵略	v. 攻擊；侵略；挑釁
congress together 共同+go 去（集合） → 集合，集會	n. 正式會議；（美）國會；議會
digress di<dis apart 分別地+go 去 → 離題；偏離	v. 離題；偏離

egress e <ex out 向外＋go 去 → 外出	n. 外出；出口
ingress in 向裡＋go（進）去 → 進入	n. 進入；入口處
progress forward 向前＋go 去 → 前進；發展	v. 前進；發展 n. 進行；前進；進展
regress back 向後（返回）＋go 去 → 回去；退步	v. 回去；退步 n. 退回；回歸；後退；逆行
retrogress backward 向後＋go（撤）去 → 倒退；退步	v. 倒退；退步；衰退
transgress beyond（範圍，界限）超過＋go 去 → 超過；違反	v. 超過（範圍、界限等）；違反

同義詞　違反：violate，infringe，break，offend，contravene，infract

More Tips

-gress 的變化規則為
-gress → -gression → -gressive

1. ag**gress** v. 攻擊 → ag**gression** n. 攻擊
   → ag**gressive** a. 有攻擊性的
   di**gress** v. 離題 → di**gression** n. 離題；脫軌
   → di**gressive** a. 離題的
   e**gress** v. 外出 → e**gression** n. 外出
   → eg**gressive** a. 外出的
   in**gress** v. 進入 → in**gression** n. 進入
   → in**gressive** a. 進入的
   pro**gress** v. 前進 → pro**gression** n. 進行；發展
   → pro**gressive** a. 前進的
   re**gress** v. 退回 → re**gression** n. 回歸；退步
   → re**gressive** a. 回歸的
   retro**gress** v. 退步 → retro**gression** n. 退步；退化
   → retro**gressive** a. 退步的
   trans**gress** v. 超過（限度）→ trans**gression** n. 違反
   → trans**gressive** a. 違反規定的

2. ag**gression** 侵略；攻擊；侵害
   di**gression** 離題；脫軌
   e**gression** 外出
   in**gression** 進入
   pro**gression** 進行；前進；級數
   re**gression** 回歸；退步
   retro**gression** 倒退；退化
   trans**gression** 違反；犯罪

3. ag**gressive** 侵略性的；攻擊性的
   di**gressive** 離題的；枝節的
   pro**gressive** 先進的；進步的
   re**gressive** 後退的；退步的
   retro**gressive** 後退的；倒退的；衰退的
   trans**gressive** 違反規定的

greg　flock：群；聚集

aggregate ag<ad to 給＋flock 群（集）＋ate（＝make）製造 → 聚集，集合	v. 聚集，集合 a. 總計的 n. 總數
congregate together 一起＋flock 群＋make 製造 → 聚集	v. 聚集，集合 a. 聚集在一起的
segregate apart 分別地＋flock 群＋make 製造 → 分離；隔離	v. 分離；隔離
desegregate not 反對＋segregate（種族）隔離 → 廢止種族隔離	v. 廢止（學校等的）種族隔離

同義詞　社交的：social，sociable，gregarious，outgoing（外向的）

-gregate 的名詞形是 -gregation

1. ag**gregation** 集合；集合體
   con**gregation** 集會；集合；（宗教）集會；（教會的）信眾們
   se**gregation** 分離，隔離
   dese**gregation** 廢止種族隔離
2. **greg**arious a.（動物）群居的；（植物）叢生的；社交性的

here　stick：黏住，黏貼

adhere ag<ad to 與＋stick 黏住 → 黏住，黏貼	v. 黏附，黏貼；遵守；堅持
cohere ag<ad together 一起＋stick 黏住 → 黏合，凝聚	v. 黏合；凝聚；（理論等）前後一致
inhere in（從開始）裡面＋stick 黏在一起 → 天生	v. 天生即存在於～

★衍生字★ 1. adhere v. 黏附
→ adherence n. 黏著；忠實；堅守
→ adherent a. 黏著的　n. 擁護者
→ adhesion n. 黏貼，附著
→ adhesive a. 黏著的　n. 黏著劑

2. cohere v. 黏貼；一致
→ coherence n. 一致性

3. inhere v. 生來即存在於～
→ inherence n. 固有，天生
→ inherent a. 固有的，天生的

4. adherent a. 附著的，帶黏性的
coherent a. 黏在一起的；一致的
inherent a. 天賦的，固有的

hibit　have：持有；抓緊

exhibit out 外面＋have 持有 → 把擁有的給外面看 → 展示	v. 展示，陳列 n. 展出，展覽；陳列品
inhibit in（不讓）在裡面＋have 抓緊 → 抑制；禁止	v. 抑制；約束；禁止
prohibit before（不讓）預先＋have 抓緊 → 禁止	v. 禁止；妨礙；使不可能

★衍生字★ exhibition n. 展示，陳列
inhibition n. 抑制（感情等），禁止
prohibition n. 禁止

比較 inhabit v. 居住 (dwell)

→ inhabitant n. 居住者 (dweller)

→ inhabitation n. 地址 (dwelling＝address)；居住；棲息

同義詞 展覽會：exhibition，show（規模較小），
exposition＝expo（規模較大）
禁止：prohibit，inhibit，forbid，ban，interdict，
embargo（禁止船舶進出；禁運）

journ　day：天，一天

adjourn to 往＋day 日子（改）→ 延期	v. 使延期；休會 似 postpone，suspend
sojourn so<sub under 在下面＋day 幾天（住）→ 逗留	v. 逗留，停留 n. 逗留
journal day 記錄每日的事情 → 日誌；雜誌	n. 日誌；期刊；報紙 同 periodical
journey day 出外一段日子 → 旅行	n. 旅行；旅程

★衍生字★ 1. adjournment n.（會議的）延期；休會
2. journeywork n. 無聊的工作，短工

同義詞　旅行：journey（主要指陸地上的）
tour（觀光）
travel（長時間或遠距離）
trip（比較短的或團體的）
voyage（主要指在海上的）
excursion（短程旅行）
cruise（巡遊、乘船的長期旅行）
expedition（探險、探險隊）
outing（一天以內的短途郊遊）
旅行計畫（日程）：itinerary

junct　join：結合；連接

junction join 結合，連接＋ion 結果 → 結合；連接點	n. 結合；連接點；交叉點
adjunction to 與（添加的）＋junction 結合 → 附加；添加物（＝addition）	n. 附加；添加（物）
conjunction together 一起＋junction 結合 → 結合；連接；接合起來	n. 結合；連接；連接詞
disjunction not 不＋junction 結合 → 分離；分裂	n. 分離（＝separation）；分裂
injunction into 向裡＋junction （命令）結合 → 命令；禁令	n. 命令；禁令；指令

★衍生字★ 1. juncture n. 結合；接合處；重要關頭
*a critical juncture 關鍵時刻

2. subjunctive a. 假設語法的

jure　swear：宣誓；發誓

abjure away 遠離（丟去）＋swear 發誓 → 公開放棄	v. 公開放棄（主張、信仰、權利等）
adjure to 對（嚴格）＋swear 使發誓 → 嚴命	v. 嚴令；要求（某人去做～） （＝command＝urge）
conjure together 一同（魔法）＋swear 發誓 → 變魔術	v. 變魔術；用咒語召喚（神靈等）
injure into 向裡（傷害的）＋swear 發誓 → 損害	v. 傷害；損害（感情、名聲等）
perjure wrongly（與事實不同）假地＋ swear 發誓 → 作偽證	v. 做偽證（＝forswear）

★衍生字★ 1. injury n. 傷害（＝harm）；負傷（＝wound）；損害（＝damage）

→ injurious a. 有害的；傷害的（＝harmful）

2. perjury n. 偽證罪；偽證

lect choose：選擇，挑選 ＊lect＝lig

collect col<com 一起＋choose 挑選 → 收集；徵收	v. 收集；搜集；徵收 a. 受方付款的
elect e<ex 向外＋choose 挑選 → 選舉，選拔	v. 選舉，選拔 a. 選定的，當選的
intellect among 在～之中（正確的）＋choose 挑選 → 智能	n. 智商；智力；才華
neglect not 不＋choose 選擇 → 不選擇 → 忽視	v. 忽視；疏忽 n. 忽視；疏忽；忽略
select apart 分別地（好的）＋choose 挑選 → 挑選	v. 挑選，選擇 a. 精選的

★衍生字★ 1. dialect n. 方言
prelect v. 公開演講

2. lecture n. 講課；演講；訓斥
v. 講課；訓斥

3. election n. 選舉
selection n. 選拔；選擇
pl. 精選品

4. negligent [ˋnɛglɪdʒənt] a. 疏忽的；忽略的（＝neglectful）

negligible a. 無關緊要的

lig choose：選擇，挑選 ＊lig＝leg

單字	字源	字義
diligent	di<dis apart 分別地（認真的）＋choose 挑選＋ent 的 → 勤勉的	a. 勤勉的，勤勞的；用功的（＝elaborate）
intelligent	among 在多個當中（對的）＋choose 挑選＋ent 的 → 聰明的	a. 明智的；聰明的；有理性的
negligent	not 不（認真）＋choose 挑選＋ent 的 → 疏忽的；隨便的	a. 疏忽的；隨便的；不注意的（＝heedless）
eligible	e<ex out 向外＋choose 選擇＋ible 的 → 適合的，合適的	a. 適合的，合適的，適當的；有資格的
elegant	e<ex out 向外＋choose 挑選（帥）＋ant 的 → 有品味的，優雅的	a. 有品味的，優雅的，雅致的

★衍生字★ diligence [ˋdɪlədʒəns] n. 勤勉

intelligence n. 才華；智力；聰明；情報

negligence n. 疏忽，過失，粗心

elegance n. 優雅，雅致

同義詞　有～的資格：be eligible for＝be qualified for / to
＝be entitled to＝have a right for

logy　science：學問，～學　speech：講話

archaeology ancient 古代的＋science 學問 → 考古學	n. 考古學
astrology star 星（占卜的）＋science 學問 → 占星學	n. 占星術；占星學
biology life 生物（有關）＋science 學問 → 生物學	n. 生物學；生態學（＝ecology）
climatology climate 氣候（有關）＋science 學問 → 氣候學	n. 氣候學
chronology time 時代（有關）＋science 學問 → 年代學	n. 年代學；（事件的）年表
ecology house 房子（與周圍環境有關） ＋science 學問 → 生態學	n. 生態學
etymology true（語言的）源始（意思有關）＋ science 學問 → 語源學	n. 語源學；（語言的）起源

futuro<u>logy</u> n. 未來學

future 未來（有關）+science 學問 → 未來學

geo<u>logy</u> n. 地質學

earth 陸地（有關）+science 學問 → 地質學

psycho<u>logy</u> n. 心理學

spirit 精神（有關）+science 學問 → 心理學

socio<u>logy</u> n. 社會學

society 社會（有關）+science 學問 → 社會學

techno<u>logy</u> n. 工學；科學技術

art 特殊技術（有關）+science 學問 → 科技

theo<u>logy</u> n. 神學

god 神，上帝（有關）+science 學問 → 神學

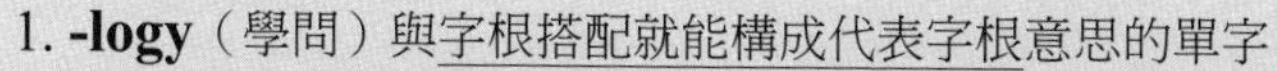

1. **-logy**（學問）與字根搭配就能構成代表字根意思的單字
   → **-logy**（～學）
   → **-logist**（～學家）
   → -logical（～學的）

   theology n. 神學
   → theologist n. 神學家
   → theological a. 神學的

2. anthropology n. 人類學

biotechnology n. 生命科學，生物技術

life 生命，生物，人＋技術科學

ethnomusicology n. 民族音樂學，人種音樂學

nation 國家，民族＋音樂學

loqu(y/e) speaking：談話

colloquy col<com together 互相＋ speaking 談話 → 談話，會話	n. 談話，會話（＝conversation）
obloquy against（情緒）使相反的＋ speaking（壞）話 → 大罵，辱罵	n. 大罵，辱罵；譴責； 恥辱（＝disgrace）
soliloquy alone 自己＋speaking 談話 → 自言自語，獨白	n. 自言自語；獨白
eloquence e<ex out 向外＋speaking 說話 → 雄辯	n. 雄辯，口才
grandiloquence great 很大聲的＋speaking 說話 → 大言不慚	n. 大言不慚；誇張之言 （＝magniloquence）

log (ue)＝talk

monolog(ue) n. 獨白
single＋talk 自言自語

dialog(ue) n. 對話
across＋talk 橫向說的話

prolog(ue) n. 序言，前言
before＋talk 在前面說的話

epilog(ue) n. 閉幕詞
after＋talk 在後面說的話

lude play：玩；演奏

allude al<ad to 對＋play（說著）玩 → 提到	v. 間接提到；提及 （＝refer＝mention）
collude col<com together 一起＋play （編故事）玩 → 勾結	v. 勾結；共謀（＝conspire）
delude away 在～遠處＋play 玩（使迷惑） → 迷惑	v. 迷惑；欺騙 （＝mislead＝deceive）
elude e<ex out 在外面＋play（偷偷的）玩 → 躲避，迴避	v.（巧妙的）躲避，迴避；欺騙
interlude between 之間＋play 演奏 → 演奏之間的演奏 → 插曲	n. 插曲，間奏；幕間（＝interval）

prelude before 前＋play 演奏 → 最初的演奏 → 前奏；序曲	n. 前奏；序曲；前兆 v. 成為～前兆
postlude after 後＋play 演奏 → 最後的演奏 → 後奏曲	n. 後奏曲；結尾

★衍生字★ illusion [ɪˋljuʒən] n. 幻想；幻覺，錯覺
→ illusory a. 虛幻的；不實際的

magn(i) great：大的；重大的

magnify great 大的（看起來）＋ify（＝make）製造 → 擴大，誇張	v. 擴大（＝enlarge）；誇大
magnificent great 大的＋fic（＝make）製造＋ent 的 → 壯麗的，宏偉的	a. 壯麗的，宏偉的；豪華的
magnitude great 大的；重要的＋tude 狀態，性質 → 巨大；重大	n. 巨大；強度；震級；重大
magniloquent great 大的＋loqu（＝speak）說話＋ent 的 → 說大話；誇張的	a. 說大話的；誇張的

★衍生字★ magn(i)＝maxi＝majes＝major

1. maximum [ˋmæksəməm] n. 最大量，最大值，極限
   反 minimum [ˋmɪnəməm] n. 最小量
2. majesty [ˋmædʒɪstɪ] n. 威嚴；（M-）王，聖上
3. majority [məˋdʒɔrətɪ] n. 大部分，多數；成年
   反 minority [maɪˋnɔrətɪ] n. 少數；未成年
4. magnify [ˋmægnəˏfaɪ] v. 擴大；誇大
   → magnification n. 擴大；誇張
5. magnificent [mægˋnɪfəsənt] a. 壯麗的，宏偉的
   → magnificence n. 壯麗，宏偉
6. magniloquent [mægˋnɪləkwənt] a. 說大話的
   → magniloquence n. 誇大的話

mand order：命令；訂單

command 強調強而有力的＋order 命令 → 命令；指揮	v. 命令；指揮；俯瞰（景色等） n. 命令
countermand against 反抗＋order 命令 → 取消命令	v. 取消；撤回（命令或訂單）
demand down 下面（掛）＋order 訂單 → 要求；需要	v. 要求；需要 n. 要求；需要 反 supply n. 供給
remand back 回來＋order 命令 → 命令送回	v. 發回重審；遣回 n. 送還；遣回

★衍生字★ 1. commander n. 司令官，指揮官
commanding a. 指揮的；威風凜凜的
2. demanding a. 要求過分的，苛刻的
3. mandatory a. 命令的；強制的；義務的（＝compulsory）

比較 commend v. 稱讚；委託；推薦
recommend v. 推薦
→ recommendation n. 推薦；推薦書

med(i) middle：中央，中間

mediate middle 在中間＋ate（＝make）（公平的）製造 → 居中調停	v. 居中調停 a. 位於中間的；間接的
intermediate between 在之間＋mediate 調停 → 居中調停	v. 居中調停 a. 中間的；中等程度的 n. 中間事物；調停人；中間人
immediate im<in not 無＋mediate 中間的 → 不在中間的 → 立即的；直接的	a. 立即的；直接的（＝direct）；緊接的

★衍生字★ 1. medieval [ˌmɪdɪˋivəl] a. 中世紀的
比較 ancient a. 古代的
modern a. 現代的

2. mediocre [ˋmidɪˌokɚ] a. 不好不壞的；普通的；二流的

3. medium [ˋmidɪəm] a. 中間的
n. 中間物；中介，媒介

4. midway a. 中途的
ad. 在中途（＝halfway）

5. midnight a. 午夜的
n. 午夜，子時

merge sink：沉下，（使）沉下

merge sink（使）一起沉下 → 融合；合併	v. 合併；融合
emerge out 向外（流出）+sink（使）沉下 → 出現在水外 → 浮現，出現	v. 浮現，出現（＝appear）； 脫出（困境等）
immerge im< in into（水）中+sink 沉浸 → 沉入（水中）	v. 沉入（水中）；沉浸（＝immerse）
submerge under（水）之下+sink 沉沒 → 淹沒（到水中）	v.（使）淹沒（到水中），浸沒

★衍生字★ 1. merger n. 合併
→ emergence n. 出現；浮現
→ immersion n. 浸沒；洗禮
→ submergence n. 沉沒
＊M&A：merger(s) and acquisition(s)
企業合併及收購
＊English immersion program 英語沉浸式教學
2. emergency n. 非常時刻，緊急
emergent a. 非常時期的，緊急的

同義詞 合併（動詞）：merge，unite，affiliate，amalgamate，coalesce，annex
合併（名詞）：merger，union，affiliation，amalgamation，coalition

meter measure：測，測量；測量裝置

altimeter height（測）高度＋measure 測量裝置 → 高度計	n. 高度計
barometer weight（測）大氣重量＋measure 測量裝置 → 氣壓計	n. 氣壓計； （比賽或動向等的）指標（尺度）
chronometer time（測）時間＋measure 測量裝置 → 計時表	n. 精確計時表
diameter across 橫過＋measure 測量（長度）→ 直徑	n. 直徑 比較 radius n. 半徑
parameter beside（影響）旁邊（的）＋measure 測量 → 參數	n. 參數
seismometer earthquake 地震（測強度）＋measure 測量裝置 → 地震儀	n. 地震儀

thermometer n. 溫度計

heat 熱（的程度）＋measure 測量裝置 → 溫度計

★衍生字★ anemometer [ˌænəˋmɑmətɚ] n. 風速計

hygrometer [haɪˋgrɑmətɚ] n. 濕度計

wet 濕氣，水分＋測量裝置

speedometer [spiˋdɑmətɚ] n. 速度計

速度＋測量裝置

min project：投擲；突出

eminent a.（地位）高的；著名的；突出的（＝outstanding）

e<ex out（地位）向外＋project 突出＋ent 的 → 高的；著名的

imminent a.（危險等）即將來臨的（＝urgent），迫近的（＝impending）

upon（危險等）在～之上＋project 突出＋ent 的 → 即將來臨的

prominent a. 顯著的；突出的，卓越的，優秀的

forth 向前＋project 突出＋ent 的 → 顯著的，卓越的

★衍生字★ 1. eminently [ˋɛmənəntlɪ] ad. 極好地，突出地

imminently [ˋɪmənəntlɪ] ad. 迫切地；緊急地

prominence [ˋprɑmənəns] n. 突出；顯著

同義詞　顯著的：eminent，prominent，remarkable，notable，conspicuous，outstanding，striking，distinguished，obvious，evident，manifest

mit　send：送出；給　＊mit＝miss＝mise

admit to 往（進入）＋send 給 → 容許（入場）	v. 容許（入場）；可容納；承認
commit together 共同（交托）＋send 給 → 交托給，委託	v. 交托給，委託；犯（罪）；使承擔義務
emit out 外面＋send 送出 → 散發，放射	v. 散發（味道、光、熱等），放射（＝give out）
intermit between（中斷於）之間＋send 送 → 暫停	v. 暫停，中斷（＝suspend）
omit o<ob to 對＋send （忘掉）給 → 省略；遺漏	v. 省略；遺漏；疏忽；忘了做
permit through 通過＋send 送出 → 允許，許可	v. 允許，許可（＝allow）

remit back 往後＋send 送（錢、寬恕等） → 匯款；寬恕	v.（錢）匯出；寬恕（罪等）；免除
submit under（領導）往下＋send 發送 → 服從	v.（使）服從；提交，遞交
transmit across 越過＋send 發送 → 傳送；傳播	v. 傳送；傳播；轉達；（熱等）傳導

★衍生字★ 1. **-mit** 的名詞形式是 **-mission**

ad**mission** 入場；入學；入場費用；承認
com**mission** 委任；佣金
e**mission** 放射；排放
inter**mission** 中止；休息時間
o**mission** 省略；遺漏，漏掉
per**mission** 許可，允許，容許
re**mission** 寬恕；免除；赦免
sub**mission** 服從；屈服；投降
trans**mission** 轉達；傳送；傳送裝置

2. committee n. 委員會
remittance n. 匯款；匯款額

費：charge 勞動服務費
fee 專門服務的費用
rate 每一單位所需的費用
fare 經營所需的費用

extra charge 額外費用	admission fee / charge 入場費
tuition fee 學費	registration fee 註冊費，報名費
lesson fee 課程費	postal rate 郵資
hotel rate 住宿費	water / power rate 水／電費
bus fare 公車費	taxi fare 計程車費

min(i) small，less：小的；比～小的

diminish di<dis apart 分開＋small 小的＋ish（make）製造 → 減少	v.（使）減少，（使）變小；削弱（權威等）
mince small 切成小塊＋ce 的 → 切碎	v. 切碎（肉等）
minute small（很）小＋ute 的 → 微小的，極小的；瞬間	a. 微小的，極小的 n. 分鐘；片刻，瞬間 pl. 備忘錄
miniature small 小的＋a＋ture 製作的 → 縮小的模型	n. 縮小的模型 a. 微型的；小規模的

★衍生字★ 1. minor a. 次要的；未成年的；少數派的
n. 未成年；第二專業，輔修科目
→ minority n. 少數；少數派，少數集團
反 majority n. 大部分，大多數；多數黨
*majority rule 少數服從多數原則

2. minimum n. 最小值 a. 最小的
反 maximum n. 最大值 a. 最大極限的
3. diminution n. 減少，縮小

mis(s/e) send：送

dismiss away 遠離（職場）＋send 送 → 解雇	v. 解雇（＝fire），免職；解散
remiss back（把事情）往後＋send 送 → 怠忽職守的	a. 怠忽職守的；不注意的；疏忽的
promise forth 向前＋send 送（要做的意志） → 約定	v. 允諾；有指望 n. 承諾；希望，前途
compromise together 互相＋promise 約定 → 妥協；和解	v. 妥協；和解
premise before 先前（條件）＋send 送 → 前提	v. 前提 n. 前提 pl. 房屋及地基；經營場所
surmise sur<super over 在上面（猜測）＋send 送 → 猜測	v. 猜測（＝guess）， 推測（＝conjecture）

★衍生字★ 1. miss v. 失誤；思念
→ mission n. 使命，任務；代表團
2. missing a. 不見的，缺少的
→ promising a. 有希望的，有前途的
3. dismissal n. 解雇，免職；退學

mot move：移動；運動

motion move 移動＋ion 的	n. 運動；移動；動作；姿態；意向；動議
commotion together 共同＋motion（強烈的）運動 → 激動；動亂	n. 激動；動亂；混亂（confusion）；騷動（＝tumult）
demotion down 向下＋motion（職位、階級）移動 → 降級，降職	n. 降級，降職
emotion out（大受感觸）向外＋motion（情緒）運動 → 感情；情緒	n. 情緒；感情
promotion forth（職位比別人）向前＋motion 移動 → 升遷，晉升	n. 升遷，晉升；促進；促銷

★衍生字★ 1. motive n. 動機
→ motivate v. 賦予動機，激勵
→ motivation n. 激勵；刺激（＝stimulus）
2. motto n. 標語，格言
→ motif n.（文學作品的）主題；（樂曲的）主題

3. remote a. 遙遠的；偏僻的；（關係）疏遠的

＊remote control 遙控器

mount rise：爬上，攀登

mount	v. 爬上，攀登（＝ascend＝climb）；上馬；固定在～之上 n. 丘陵（＝hill），山
amount a<ad to 往＋rise（數量，額度等）上去 → 總計	v. 總計，等於 n. 數量
dismount not 相反＋rise 攀登 → 下	v. 下（馬或自行車等） n. 下車，下馬
paramount above 比～高＋mount 山 → 比山高的 → 最高的；最重要的	a. 最高的；最重要的（＝supreme） n. 最高權威者
surmount sur<super above（困難）上面＋rise 攀越 → 克服困難	v. 克服（困難等）；登上

★衍生字★ 1. mountaineer [ˌmaʊntəˈnɪr] n. 登山家

→ mountaineering n. 登山（＝mountain climbing）

2. paramountcy [ˈpærəmaʊntsɪ]

n. 最高權威；主權；卓越（＝excellence）

mun(e) common：共有的，共同的

commune together 互相＋common（心）共用→密切聯繫	v. 融為一體；親密的交談 n. 親密交談 比較 commute v. 上下班，上下學；減刑
communion together 互相＋common（心）共用＋ion 的→交流	n. 交流；教派；共享（＝sharing）
community together 互相＋common（心）共用＋ity 地方→共同體	n. 共同體；社區
communicate together 互相＋common（心）共用＋ate 的→傳達	v 傳達；聯繫；溝通
excommunicate out 向外＋communicate 傳達（驅逐）→被逐出；驅逐	v. 被逐出教會；驅逐

★衍生字★ 1. intercommunicate v. 互相交流；相通
2. communicable a. 可傳達的，會傳染的
→ incommunicable a. 無法表達的
3. communism n. 共產主義
→ communist n. 共產主義者
4. communication n. 傳達，溝通
→ intercommunication n. 互相交流，交際

nomy　law：法律　science：學問

agronomy field 田地（有關）+science 學問 → 農藝學	n. 農藝學；農業經營學
astronomy star 星，天體（有關）+science 學問 → 天文學	n. 天文學
autonomy self 自己（統治）+law 法律 → 自治	n. 自治（=self-government）；自治權；自治團體
economy house 家庭（管理）+law 法律 → 經濟；節約	n. 經濟；節約
taxonomy taxis 順序，排列（有關）+science 學問 → 分類學	n. 分類學；分類（=classification）

★衍生字★ 1. astronomer [əˋstrɑnəmɚ] n. 天文學家
2. economics n. 經濟學
→ economist n. 經濟學家
→ economic a. 經濟的，經濟上的
→ economical a. 節約的；經濟的

同義詞 節約的：economical，thrifty，frugal
浪費的：wasteful，extravagant，prodigal

norm　standard：標準；規格；規範

normal standard 標準＋al 的 → 標準的，一般的，正常的	a. 一般的，正常的，標準的 n. 標準；常態
abnormal away 遠離＋normal 標準；規範 → 非正常的，異常的	a. 非正常的，異常的；變態的
subnormal under 以下＋normal 標準；規格 → 標準以下的；規格以下的	a. 普通以下的；低能的
supernormal above 以上＋normal 標準；規格 → 普通以上的；非凡的	a. 非同一般的；非凡的 （＝uncommon）

★衍生字★ 1. normally ad. 正常地
→ abnormally ad. 非正常地

2. normalize v.（使）規格化；正常化
→ normalization n. 標準化；正常化

同義詞　巨大的，龐大的：
enormous，immense，vast（廣大的），huge，gigantic，tremendous，monstrous，titanic，stupendous（驚人的），colossal（巨大的），massive（厚重的）

nounce　say＝speak：說話

announce an<ad to 給＋say 告訴 → 公告，發表	v. 宣布，公告，發表
denounce down 向下＋say 說壞話 → 譴責	v. 指責，譴責；告發
pronounce forth 向前＋say（明確的）說 → 宣稱；發音	v. 宣稱；發音；發表意見
renounce away 遠離＋say（丟掉）說 → 拋棄；斷絕	v. 聲明放棄；拋棄；斷絕（關係）

★衍生字★ 1. announcement n. 公告，發表，宣告
→ pronouncement n. 宣言，聲明
2. denunciation n. 譴責；告發
→ pronunciation n. 發音
→ renunciation n. 放棄；否認

譴責：denounce，criticize，reproach，blame，condemn

onym　name：名字

anonym without 沒有＋name 名字 → 沒有名字的 → 匿名	n. 匿名（人士）
autonym self 自身的＋name 名字 → 本名；真名	n. 本名；真名；以真名發表的作品
synonym alike 相同的＋name 名字 → 同義詞	n. 同義詞
homonym same 相同的音（不同意思）＋name 名字 → 同音異義	n. 同音異義
pseudonym false 假的＋name 名字 → 筆名；假名	n.（作家的）筆名；假名

★衍生字★ onymous [ˋɑnəməs] a. 署名的，不是匿名的
anonymous [əˋnɑnəməs] a. 匿名的
not 不＋公開名字的

part　分開，分離

part	v. 分開，分離，離別 n. 部分，一部分；角色（＝role） pl. 零件
apart a <ad from 從＋part 分開 → 分開；另外	ad. 分開；另外；成碎片；個別地
compart together 共同（聚集）＋part 分開 → 分割；隔離	v. 分割；隔離（＝partition）
depart away 遠離＋part 分離 → 離開；出發；去世	v. 離開；出發；去世（＝die）
partial part 一部份，部分＋ial 的 → 一部分的，部分的	a. 一部分的，部分的；不公平的；懷偏見的（＝prejudiced）
particle part 一部份，部分＋icle 小的 → 小部分 → 極少量，微量	n. 極少數，微量；微粒

★衍生字★ 1. apartment n. 公寓
→ compartment n. 分割；隔間
→ department n. （公司或機構的）部，部門，（政府的）局，（學校中的）學系
2. parting n. 分離，分割；離別
→ partition n. 分割，區分；分離；隔間

3. partner n. 夥伴，搭檔
→ partnership n. 合作關係
4. particular a. 特別的；特定的；詳細的
n. 事項
pl. 詳細情況；明細

pass feel：感覺

passion feel（強烈的感情）感覺＋ion（名詞字尾）→ 熱情；激情	n. 熱情；激情；愛好；怒氣（＝anger）
compassion together 共同＋feel（可憐的）感覺 → 同情，憐憫	n. 同情，憐憫
passionate passion 熱情；激情＋ate（的）→ 熱情的；熱烈的	a. 熱情的（＝ardent）；熱烈的；熱心的；激昂的
compassionate together 共同＋passionate 熱情的 → 同情	v. 同情 a. 同情的，憐憫的
dispassionate not 不＋passionate 熱情的；激烈的 → 冷靜的	a. 冷靜的，不因感情產生動搖的；客觀公正的（＝impartial）

★衍生字★ 1. passionately ad. 熱烈地；激烈地
→ compassionately ad. 同情地
→ dispassionately ad. 冷靜地；客觀公正地

2. passive a. 消極的；被動的；無活力的

→ impassive a. 無感覺的；沒有感情的，冷漠的
not 無

同義詞 熱烈的：passionate，ardent，fervent，enthusiastic，fiery（暴躁的）

pathy feeling：感情；感覺；感動

apathy without 無＋feeling 感動；感情 → 無感情；冷漠	n. 無感情；冷漠，不關心（＝indifference），冷淡
antipathy against 反＋feeling 感情 → 反感，厭惡	n. 反感，厭惡，憎惡
sympathy alike 互相相同的＋feeling 感情 → 同感	n. 同感，同情

★衍生字★ apathetic(al) a. 不關心的，冷漠的

→ antipathetic a. 懷有反感的；引起反感的

→ sympathetic a. 同情的；同意的

同義詞 同情：sympathy，compassion，commiseration，pity

pel　drive：驅趕；推動

compel 強制（使）＋drive 驅趕 → 強求	v. 強求，迫使（＝force）
dispel away 往遠處＋drive 驅趕 → 驅逐	v. 驅逐；使消散（擔心等）
expel out 向外＋drive 驅趕 → 趕走，驅逐	v. 驅逐；開除；排出（空氣等）
impel on 往（想法、感情等）＋drive 驅趕 → 驅使；推動	v. 驅使；推動；迫使（＝force）
propel forward 向前＋drive 驅趕 → 推進；驅使	v. 推進；驅使
repel back 向後＋drive 驅趕 → 擊退；抵制	v. 擊退；抵制；使厭惡

★衍生字★ 1. compulsory　a. 強制的；義務的（＝obligatory）
反 voluntary　a. 自發的，自願的

2. pulse　n. 脈搏；拍子；動向
→ impulse　n. 衝動
→ repulse　n. 擊退；拒絕
v. 擊退；嚴厲拒絕；使反感

同義詞　驅逐：expel（驅逐）
exile（放逐）
deport（驅逐出境）
expatriate（使放棄國籍）
banish（流放）

-pel 的變化規則為 -pel → -pulsion → -pulsive

1. com**pel** v. 強求 → com**pulsion** n. 強制；衝動
   → com**pulsive** a. 強制的
   ex**pel** v. 驅逐 → ex**pulsion** n. 排斥；驅逐
   → ex**pulsive** a. 驅逐的
   im**pel** v. 驅使 → im**pulsion** n. 衝動，推動
   → im**pulsive** a. 衝動的
   pro**pel** v. 推進 → pro**pulsion** n. 推進；推進力
   → pro**pulsive** a. 推進的
   re**pel** v. 擊退 → re**pulsion** n. 擊退；反感
   → re**pulsive** a. 使人反感的，令人厭惡的；擊退的

2. com**pulsion** 強制；衝動
   ex**pulsion** 排斥；驅逐；開除
   im**pulsion** 衝動，推動
   pro**pulsion** 推進；推進力
   re**pulsion** 擊退；拒絕；反感，厭惡

3. com**pulsive** 強制的，強迫的
   ex**pulsive** 驅逐的；開除的
   im**pulsive** 衝動的
   pro**pulsive** 推進的
   re**pulsive** 使人反感的，令人厭惡的

pend　hang：懸掛；暫停

pend	v. 等候決定 pending a. 懸而未決的；迫近的
append to（貼）在＋hang 懸掛 → 貼上；添附	v. 貼上（＝attach）；添附
depend down（～的）下面＋hang 懸掛 → 依靠在下面	v. 依賴（＝rely）；取決； 信任（＝trust）
expend out（因為要使用所以）向外＋hang 懸掛 → 消費	v. 消費；花費（錢、時間、努力等）
impend on 上面（使緊張地）＋hang 懸掛 →（危險等）逼近	v.（危險等）逼近；即將發生
spend s<ex out（因為要使用所以）向外＋ hang 懸掛 → 消費	v. 消費；花費
suspend under 在下面（暫時）＋hang 懸掛 → 暫停	v. 暫停，中止；懸掛

★衍生字★ 1. pendant n. 下垂物；懸掛的裝飾
→ pendent a. 懸掛的；未定的

2. pension n. 退休金；補助金
→ pensionary a. 領退休金的 n. 退休金領取者

3. appendix [ə`pɛndɪks] n. 附錄（＝supplement）；添加；闌尾

4. impending a.（危險、破滅等）逼近的，迫近的（＝imminent＝pressing）

5. dependence n. 依賴
→ dependent a. 依靠的 n. 受撫養者
→ independent a. 獨立的，自主的
not 不＋依賴的
→ independence n. 獨立，自立
→ dependability n. 信賴，可靠度

6. expend [ɪk`spɛnd] v. 消費
→ expense n. 費用，支出
→ expenditure n. 消費，支出
→ expensive a. 昂貴的
→ expensively ad. 昂貴地

7. suspend [sə`spɛnd] v. 暫停
→ suspense n. 不安，擔心；未定，懸而不決
→ suspension n. 懸掛；暫緩執行；停學；中止

expend v. 消費
consume v. 消耗
expenditure 支出
consumption n. 消耗
produce v. 生產
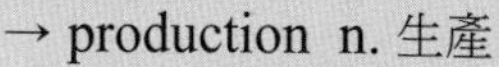
→ production n. 生產
→ productivity n. 生產力

plic　fold：折；疊；籠罩

application ap<ad to 適合（做成）＋fold 折＋ation 的 → 適用；申請	n. 適用；應用；申請；申請表；塗抹（藥等）
complication together 共同＋fold 疊＋ation 的 → 複雜；併發症	n. 複雜（化）；（事件的）糾紛；併發症
duplication two 二層＋fold 折＋ation 的 → 複製；複寫	n. 複寫；複製；複本
explication out 向外＋fold 疊（展開）＋ation 的 → 說明，解說	n. 說明，解說；辯明
implication im<in into 向裡＋fold 折（進去）＋ation 的 → 含意；牽連	n. 含意；暗示；牽連
multiplication many 重複＋fold 折＋ation 的 → 增加；乘法	n. 成倍增加；繁殖；乘法 反 division n. 除法
replication again 一再＋fold 折成一樣＋ation 的 → 摺疊；複製	n. 摺疊；複製；應答
supplication under 在下面＋fold 跪下而彎折著＋ation 的 → 懇求，苦求	n. 懇求，苦求，哀求

★衍生字★ 1. apply v. 適用；申請；應用

→ applied a. 適用的；應用的

→ applicant n. 申請者，應徵者

→ appliance n. 器具，用具；設備

2. complex a. 複雜的；難懂的 n. 綜合設施；情結

→ complicated a. 複雜的

3. perplex v. 困惑 → perplexed a. 困惑的

→ perplexity n. 困惑

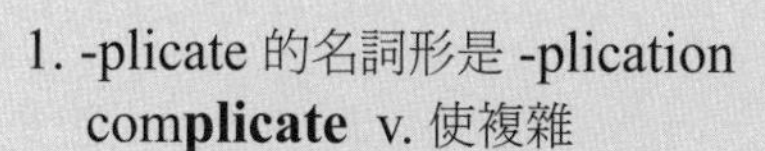

1. -plicate 的名詞形是 -plication

com**plicate** v. 使複雜

→ com**plication** 複雜；糾紛；併發症

du**plicate** v. 複製

→ du**plication** n. 複本；複製

ex**plicate** v. 解說，說明

→ ex**plication** n. 說明；辯明

im**plicate** v. 使牽連；暗指

→ im**plication** n. 牽連；含意；暗示

re**plicate** v. 複製；折疊

→ re**plication** n. 折疊；複製；應答

sup**plicate** v. 懇請，哀求

→ sup**plication** n. 懇求，苦求，哀求

2. -ply 的名詞形可以是 -plication

ap**ply** v. 適用；應用

→ ap**plication** n. 適用；應用；申請

multi**ply** v. 成倍增加；乘法

→ multi**plication** n. 成倍增加；繁殖；乘法

im**ply** v. 暗示；意味著

→ im**plication** n. 含意；暗示；牽連

3. -ply 的名詞形可以是 -pliance

com**ply** v. 順應，遵從 → com**pliance** n. 順從，遵從

4. -ply 的名詞形與動詞形相同

re**ply** v. 回答，應答 → re**ply** n. 回答，應答

sup**ply** v. 供給 → sup**ply** n. 供給

↔ demand n. 需求

5. apply 適用 → comply 順從

→ imply 意味著；暗示 → multiply 成倍增加；乘法

→ reply 回答 n. 回答 → supply 供給 n. 供給

pense hang：懸掛；附著

dispense apart（分配）每個＋hang 懸掛 → 分發	v. 分發（＝distribute）；施行（法律）；調製（藥）
suspense sus<sub under 向下＋hang（擔心地）懸掛著 → 不安，擔心	n. 不安，擔心；懸而未決
recompense back 回（報）＋together 共同＋hang 懸掛 → 報答	v. 報答；補償（損失等）

★衍生字★ dispensation n. 分發；（藥）的調製

→ dispensary n. 診療所；調劑室

比較 prescription n. 處方，藥方

ple(te) fill：裝滿；填充

complete complete 完全的＋fill 裝滿 → 完成，結束	v. 完成，結束 a. 全部的，完全的
deplete down 向下（使沒有）＋fill 裝滿 → 耗盡	v. 耗盡（勢力或資源等），使衰竭
complement complete 完全的＋fill 裝滿＋ ment 給的 → 補充物	n. 補充物，補足物；補語
implement im<in 裡面＋fill 裝滿（成為幫助） ＋ment 的 → 工具，器具	n. 工具，器具（＝instrument）； 手段 v. 執行，實施
supplement sup<sub under 向下（附貼）＋ fill 填充＋ment 的 → 補充；附錄	n. 補充；增刊；附錄（＝appendix）

★衍生字★ 1. completion n. 完成，結束
depletion n. 耗盡，消耗

2. complementary [ˌkɑmpləˋmɛntərɪ] a. 補充的
supplementary [ˌsʌpləˋmɛntərɪ] a. 增補的
比較 complimentary [ˌkɑmpləˋmɛntərɪ] a. 稱讚的

plore　weep：流淚，哭泣

deplore greatly 強調＋weep 哭泣 → 悲傷到哭泣	v. 對～深感遺憾；悲歎；痛惜
explore out（為了尋找未知的）向外＋weep 泣求 → 探險	v. 探險，探測，勘查
implore im<in toward 向誰＋weep 哭泣 → 對他人哭著懇求	v. 懇求，哀求，乞求

★衍生字★ 1. exploration n. 探險；探測；調查
→ imploration n. 乞求，懇求

2. deplorable a. 可嘆的
exploratory a. 探究的，探查的
imploratory＝imploring a. 懇求的，乞求的

同義詞　懇求：implore，entreat，supplicate，solicit，beg，beseech

pon　put：放，擺，安置

component together 共同＋put 擺放＋ent 的 → 構成的；構成要素	a. 構成的，組成的 n. 構成要素；零件

exponent out 向外＋put（使容易知曉）放＋ent 的 → 說明的	n. 說明者，解說者
opponent against 對抗＋put 放置＋ent 的 → 敵對的，對立的	a. 敵對的，對立的 n.（爭論等的）對象；對手
proponent forth 向前＋put 擺出（意見）的＋ent 人 → 提案者	n. 提案者；支持者（＝supporter）

★衍生字★ 1. compose [kəmˋpoz] v. 組成；作曲
expose [ɪkˋspoz] v. 暴露，曝光
oppose [əˋpoz] v. 反對
propose [prəˋpoz] v. 提議；求婚

2. composition n. 構成；作文；（法）和解協議
exposition n. 展覽；展示；解說
opposition n. 反對；敵對
proposition n. 提案；計畫
proposal n. 提案，求婚
比較 preposition n. 介系詞

pose put：放，擺，安置

pose	v. 擺姿勢；提出 n. 姿態，姿勢

appose to 於～對準＋put 放 → 並列	v. 使（兩個物體）並列；添附
compose together 共同（對齊）＋put 放 → 組成	v. 組成，構成；作曲；調解
depose down（把職位）向下＋put 放 → 免職	v. 免職，罷免；宣誓作證
dispose apart 分離地＋put 放 → 布置	v. 布置；使傾向於；處理
expose out 向外（顯眼的）＋put 放 → 暴露	v. 暴露（於危險或譴責等之中）；揭露（＝disclose）
impose on 上面（義務、稅金、處罰等）＋put 放 → 徵收；施加	v. 使負擔（義務等）；徵收（稅金）；施加
interpose between 在～之間（夾）＋put 放 → 介入，干涉	v. 介入，干涉
oppose against（成對立）相反地＋put 放 → 反對	v. 反對，對抗，與～對立
propose forward 向前（提案）＋put 擺出 → 提案	v. 提案；求婚

purpose pur<pro before（為了做）前面＋put 放 → 打算；目的	v. 打算，企圖 n. 目的，意圖
repose back 在後面（為了休息的地方）＋put 擺 → 休息	v. 休息；臥睡；安葬（墓地中） n. 休息；臥睡
suppose under 在下面（臨時假設）＋put 放 → 料想；推測	v. 料想；推測；設～為前提
transpose across 橫過（更換）＋put 放 → 更換（位置或順序）	v. 調換（位置或順序）；（數學）移項

★衍生字★ counterpose [ˌkauntəˈpoz] v. 使相對
→ juxtapose [dʒʌkstəˈpoz] v. 並置，並列

注意下列變化
-pose → -position

position 位置；場所；職位
→ ap**position** 並置，並列
→ com**position** 構成
→ de**position** 罷免
→ dis**position** 排列；布置；性情
→ ex**position** 說明，解說；展覽
→ im**position** 徵收；稅金
→ inter**position** 介入，干涉

→ op**position** 反對
→ pro**position** 提案，提議
→ re**position** 儲藏
→ sup**position** 猜想；推定
→ trans**position** 調換，變換
→ contra**position** 對位；對照
→ juxta**position** 並置，並列

popul　people：人們；民眾　＊popul＝publ

popular people 人們＋ar 的 → 民眾的，大眾的	a. 民眾的，大眾的； 通俗的；受歡迎的
population people 人們（全部聚集起來）＋ ation 的 → 人口	n. 人口；物種數量
public people（為了全部的）人們＋ic 的 → 公共的；公用的	a. 公共的；公用的；公立的 n.（the-）一般人，大眾
publish people 人們（使都知道）＋ ish（＝make）製造 → 公布，發表	v. 公布，發表；出版

★衍生字★ 1. publication n. 發表，公布；出版；出版物
2. popularize [ˋpɑpjələˌraɪz] v. 使大眾化
→ popularization [ˌpɑpjələraɪˋzeʃən] n. 大眾化
→ popularity [ˌpɑpjəˋlærətɪ] n. 人氣；普及

3. populate v. 居住
   → population n. 人口
   → the populace n.（集合的）大眾，民眾

pound　put：放，擺，安置

compound together 共同（混）+put 放 → 混合	v. 使惡化；使混合 a. 複合的，合成的 n. 混合物；有圍牆的住宅群
expound out 向外（易懂的解釋）+put 放 → 詳細說明	v. 詳細說明，解釋，解說
impound im<in（關在）裡面+put 放 → 圍起；關	v. 將～圍起；關在欄中；沒收
propound forth 向前（計畫等）+put 擺出 → 提議	v. 提議，提出（=present=submit）

同義詞　沒收（動詞）：confiscate [ˋkɑnfɪsˏket]，seize [siz]，impound
沒收（名詞）：confiscation，seizure [ˋsiʒɚ]，attachment

prehend　seize：抓住；掌握；理解

apprehend to 對於（因為擔心）＋seize 抓住 → 顧慮；逮捕	v. 顧慮；理解（＝understand）；逮捕
misapprehend wrongly 錯誤地＋apprehend 理解 → 誤解，誤會	v. 誤解，誤會
comprehend togther 共同（放入）＋seize 抓住 → 包含	v. 包含；理解
reprehend back（為了批評）過去＋seize 抓住 → 責備	v. 責備，批評，譴責（＝blame＝rebuke）

注意以下變化
-prehend → -prehension → -prehensive

1. ap**prehension** 顧慮；理解；逮捕
   misap**prehension** 誤解
   com**prehension** 理解；包含
   re**prehension** 指責，非難

2. ap**prehensive** 擔憂的；善解人意的
   misap**prehensive** 誤會的
   com**prehensive** 能夠充分理解的；包括的
   re**prehensive** 譴責的

pris(e) seize：抓住；掌握；理解

comprise together 共同（放入）＋seize 抓住 → 包含	v. 包含；組成
enterprise enter<inter among 各種（想法）當中＋seize 抓住（計畫）→ 企劃	n. 公司，事業，企業；進取心
surprise sur<super over 從上面（突然）＋seize 抓住 →驚奇；突襲	v. 使驚奇；突襲 n. 驚奇；突襲
imprison in 裡面＋prison 監獄 → 抓住放進監獄 → 監禁	v. 監禁，關押；限制

★衍生字★ 1. comprisal n. 包含；摘要，概要（＝summary）
2. enterprising a. 上進的；冒險的
→ surprising a. 驚奇的
3. imprisonment n. 關押，監禁

同義詞 由～組成：consist of＝be made up of
＝be composed / comprised of＝comprise
組成：compose＝form＝organize＝constitute
＝make up

quest　seek：尋找；追求；探究

quest	v. 跟蹤搜尋；尋找；追求；探究 n. 探索；探究（＝search）
bequest make＋seek 尋找（按照遺產繼承的財產）→ 遺贈	n. 遺贈，遺產（＝legacy）
conquest completely 完全地＋seek 追求 → 追求完全的（征服） → 征服	n. 征服；掠奪物
inquest into 向裡＋seek 探究 → 審訊	n. 審訊，審理
request again 再＋seek 尋找 → 再次尋求（幫助等）→ 請求	v. 要求，請求 n. 要求，請求

★衍生字★ 1. acquire [ə'kwaɪr] v. 獲得，入手
inquire v. 詢問，調查
require v. 要求，需要
2. acquisition [ˌækwə'zɪʃən] n. 取得，獲得
inquisition n. 調查，探究
requisition n. 要求；需要；徵用
3. acquirement n. 取得，獲得；學識
requirement n. 要求；必要條件
4. acquired a. 獲得的；養成的
required a. 必要的

5. exquisite [ˋɛkskwɪzɪt] a. 精美的，絕妙的，精巧的（＝delicate）

6. question n. 提問，問題，疑問 v. 提問；質疑
→ questionable a. 可疑的，質疑的
→ questioning a. 質問的，令人懷疑的

同義詞

1. 征服：conquer [kɑŋkɚ]，subjugate [ˋsʌbdʒə͵get]，subdue [səbˋdju]，master
2. 天生的：innate [ˋɪnˋet]，inborn，inherent
3. 調查：inquisition，investigation，examination，inquiry，research（研究），census [ˋsɛnsəs]（人口調查）

acquire → **acquest** → **acquisition** → **acquirement**
v. 獲得 n. 取得（物） n. 取得，獲得 n. 取得，獲得；學識

inquire → **inquest** → **inquisition**
v. 問 n. 審訊 n. 調查，探究

require → **request** → **requisition** → **requirement**
v. 要求 n. 要求，請求 n. 要求；徵用 n. 要求；必要條件

pute think：想；認為

compute together 共同（計算在內）＋think 想 → 計算	v. 計算 n. 計算 同 calculate，reckon
depute down 向下（傳授）＋think 想 → 委任	v. 委任；授權給～

dispute apart 各自＋think 以為 → 爭論	v. 爭論；議論 n. 爭論；辯論；爭吵
impute into 歸入（～的錯）＋think 想成 → 歸因於，歸咎於	v.（罪等）歸因於，歸咎於
repute again（人們）再一次＋think 認為 → 稱為	v. 稱為，認為 n. 名譽，名聲

★衍生字★ 1. deputy [ˋdɛpjətɪ] n. 代理人，代表
a. 代理的；副的（＝acting＝vice）
＊deputy principal 副校長
deputy secretary-general 副祕書長
2. disputation n. 爭論；辯論
imputation n.（罪等的）歸咎；責備
reputation n. 名譽，名聲

同義詞 歸罪於：impute＝ascribe [əˈskraɪb]＝attribute

range line：列，行；範圍；界限；排列

arrange ar<ad to 對齊＋line 排列 → 安排	v. 安排；整理；排列
derange apart 分離地＋line（雜亂的）排列 → 使錯亂；擾亂	v. 使錯亂；擾亂； 使混亂（＝disorder）

disarrange dis 反動作＋line 排列 → 擾亂	v. 擾亂；使混亂（＝disorder）
misarrange wrongly 錯誤地＋line 排列 → 排錯	v. 排錯；做不適當的安排
prearrange before 預先＋line 排列 → 預先安排	v. 預先安排（協商等）
rearrange again 重新＋line 排列 → 再整理；再排列	v. 再整理；再排列；重新布置

★衍生字★ 1. strange a. 奇怪的（＝odd），古怪的（＝extraodinary）；陌生的（＝unfamiliar）

estrange v. 使疏遠，離間（＝alienate）

2. arrangement n. 排列；安排；計畫

derangement n. 混亂，無秩序，錯亂

disarrangement n. 擾亂，混亂，亂七八糟

misarrangement n. 排錯

prearrangement n. 預先協商（或安排）

rearrangement n. 再整理，再排列

rupt　break：打破；強行闖入；弄壞

abrupt away 遠離地＋break（突然）打破 → 突然的	a. 突然的，意外的； （態度）唐突的；陡峭的
bankrupt 銀行＋break 打破；弄壞掉 → 破產的；無還債能力的	a. 破產的；無還債能力的 （＝insolvent） n. 破產者 v. 使破產
corrupt cor<com completely（性格）完全地 ＋break 弄壞 → 墮落的，腐敗的	a. 墮落的，腐敗的 v. 使墮落，使腐敗
disrupt apart 分離地＋break 打破 → 崩潰	v. 使崩潰；使混亂；使瓦解
erupt out 向外＋break 打破後出來 → 噴出	v. 噴出；（火山等）爆發
interrupt between 進入之間＋break 打破 → 打斷，中斷	v.（中途）打斷；妨礙
irrupt ir<in into 向裡＋break 強行闖入 → 侵入，闖入	v. 侵入，闖入；（動物等）急劇繁殖

★衍生字★ 1. rupture [ˋrʌptʃə] n. 破裂；（友好關係）斷絕；不和（＝quarrel）

2. bankruptcy [ˋbæŋkrəptsɪ] n. 破產；完全喪失；
徹底失敗
（ruin，wreck，downfall）

同義詞 不和：discord，rupture，trouble，differences
（紛爭）
不公正的：unfair，unjust，unlawful，dishonest，
wrong，foul [faʊl]

-rupt 的名詞形式是 -ruption（bankrupt 除外）

ab**ruption**（突然的）分離，分裂
cor**ruption** 墮落，腐敗
dis**ruption** 崩潰；分裂；中斷
e**ruption** 爆發；噴出
inter**ruption** 中斷；阻礙
ir**ruption** 入侵，闖入
＊bankruptcy n. 破產；失敗

rect　straight：直的；正確的；直接的；誠實的

correct cor<com completely 完全地＋straight 正確的 → 對的，直的	a. 對的，直的 v. 糾正，改正
direct di<dis apart 各個＋straight 直接的 → 直接的，徑直的	a. 直接的，徑直的；率直的 v. 指示，指引；指（路）

indirect not 不＋straight 直接 → 不直接的，間接的	a. 不直接的，間接的；迂迴的
erect e<ex up 向上＋straight 直立的 → 直立的，垂直的	a. 直立的，垂直的（＝upright） v. 直立，使豎起
rectify straight 正確的＋ify（＝make） 製作 → 糾正，修正	v. 糾正（錯誤等），修正

★衍生字★ 1. correction n. 修正；糾正
direction n. 方向；指導
pl. 指示事項；用法說明
indirection n. 間接；迂迴，不坦率
erection n. 垂直；建設；勃起
2. rectitude [ˋrɛktə͵tjud] n. 正直，公正
rectangle [rɛkˋtæŋgḷ] n. 矩形

同義詞 正確的：correct，accurate，exact，precise
正直：honesty，rectitude，integrity，frankness，uprightness

scend climb：爬，攀登

ascend a<ad to 向＋climb 攀登 → 攀登；上升	v. 攀登；上升（＝rise）； 登上（地位等）

descend down 向下+climb 攀登 → 下降；下去	v. 下降；下傾；下去；為～的後裔
condescend completely 完全地+ descend（自身）下降 → 貶低自己	v. 屈尊；貶低自己
transcend through 通過+climb 攀登 → 超越；勝過	v. 超越（經驗或理解的範圍）；勝過

★衍生字★ 1. ascent [ə`sɛnt] n. 上升；攀登；向上；上坡
descent [dɪ`sɛnt] n. 下降；下坡；繼承；血統

2. ascendant [ə`sɛndənt] n. 祖先；優勢 a. 上升的（=ascending）；優勢的
descendant [dɪ`sɛndənt] n. 子孫 a. 下降的（=descending）
transcendent [træn`sɛndənt] a. 卓越的

sci　know：知道；認識；瞭解

science know 知道+ence 的 → 知識 → 科學；科學知識	n. 科學；科學知識
conscience together 共同+know 知道 （對與錯+ence 的）→ 良心	n. 良心，道德心（=moral judgment）

nescience ne（＝not）沒有＋science 科學知識 → 無知	n. 無知（＝ignorance）
omniscience omni（＝all）所有（的）＋science 科學知識 → 全知	n. 全知（＝infinite knowledge）
prescience before 預先，提前＋science 科學知識 → 預知；先見	n. 預知；先見（＝foresight）
conscious together 共同＋know 知道＋ous 的 → 有意識的	a. 有意識的，有知覺的；故意的
semiconscious half 半＋conscious 有意識的 → 半意識的	a. 半意識的
subconscious under 在下面＋conscious 有意識的 → 潛意識的，下意識的	a. 潛意識的，下意識的

★衍生字★ 1. conscientious [ˌkɑnʃɪˋɛnʃəs]
a. 有良心的；誠實的；盡責的
↔ unconscientious＝conscienceless
a. 無良心的

同義詞 1. 舒適的：comfortable，cozy，easy＝peaceful，tranquil，calm（平穩的）
2. 愚蠢的：stupid，foolish，silly，simple，dull-headed

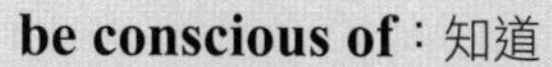
be conscious of：知道

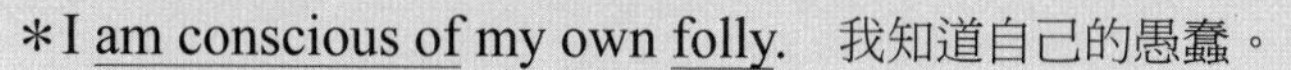
＊I am conscious of my own folly.　我知道自己的愚蠢。

sect　cut：切；切斷

sect cut 分為不同的（勢力） → 宗教；教派；學派；黨派	n. 宗教；教派；學派；黨派
section cut 切＋ion 的 →（切斷的）部分，區域	n.（切斷的）部分，區域；（文章的）章節，段落；（公司或政府的）部門
bisect bi（＝two）兩個＋cut 切 → 分成兩份，二等分	v. 分成兩份，二等分
intersect inter（＝between）之間橫過＋cut 切 → 橫斷；與～交叉	v. 橫斷；與～交叉
vivisect vivi（＝alive）活體＋cut 切斷 → 活體解剖	v. 活體解剖

★衍生字★ 1. sector n.（社會、產業等的）領域；方面；（城市的）區域；（軍事）作戰地區；（數學）扇形

2. intersection n. 交叉；橫斷；（道路的）交叉點

3. insect n. 昆蟲
cut

4. segment n. 部分；部門；切片
cut v. 分割

secute follow：跟隨，追隨

execute 強調徹底地＋follow 追隨 → 施行，履行	v. 施行，履行，執行（＝carry out）
persecute 強調徹底地＋follow 追隨（折磨） → 迫害；煩擾，糾纏	v.（因人種或信仰等因素而）迫害；煩擾，糾纏
prosecute forth（法律）前＋follow 追隨 → 起訴，控訴	v. 起訴，控訴；履行（事情）

★衍生字★ 1. execution [ˏɛksɪˋkjuʃən] n. 執行，施行；處刑
persecution n. 迫害；煩擾，糾纏
prosecution n. 起訴，控訴；履行；控方；檢查當局
反 the defense 辯方被告及其辯護律師

2. executive [ɪgˋzɛkjʊtɪv] a. 施行的；管理的
n. 執行者；主管人員
persecutive a. 迫害的；折磨的

3. executor [ɪgˋzɛkjʊtə] n. 遺囑執行者；執行者，實行者
persecutor n. 迫害者
prosecutor n. 檢察官
＊the Public Prosecutor's Office 檢察署

同義詞 實行：execute，fulfil，perform，practice，carry out

sequ follow：跟隨，追隨

sequent follow（繼續的）跟隨＋ent 的 → 連續的	a. 連續的，接續而來的
consequent together 共同＋sequent 接續來的 → 做為結果的	a. 做為結果的，隨之發生的
subsequent under 在下面＋follow 跟隨＋ent 的 → 之後的	a. 之後的，接著的

★衍生字★ 1. sequence [ˋsikwəns] n. 連續；順序；結果
→ subsequence [ˋsʌbsɪˏkwɛns] n. 繼起的事件
→ consequence [ˋkɑnsəˏkwɛns] n. 結果（＝result）；重要性，重大

2. sequential [sɪˋkwɛnʃəl] a. 連續的，相繼的
→ consequential [ˏkɑnsəˋkwɛnʃəl] a. 結果的；必然的；重大的

3. of (great) consequence（很）重要的（＝important）
of (little / no) consequence（幾乎不）重要的（＝unimportant）

semble like：類似的；相像的

assemble as<ad to 往＋like 相像的（集合）→ 集合；組裝	v. 集合；組裝
dissemble not 不＋like 類似的（假裝）→ 掩飾；假裝	v. 掩飾；假裝
ensemble en<in 在裡面＋like 相像的（表現效果）→ 整體效果	n. 整體（效果）；整套服裝；合奏
resemble re（＝again）再（看）＋like（長得）相像 → 像	v. 像（＝take after） n. resemblance [rɪˋzɛmbləns] 相似，類似

★衍生字★ assembly [əˋsɛmblɪ] n. 集會（＝meeting）；集合；（A-）議會

同義詞 國會（議會）：
the National Assembly（韓國）國會
(the) Parliament（英國或澳大利亞）國會
(the) Congress（美國）國會（眾議院）
the Diet（丹麥、瑞典、日本）議會

sent　feel：感覺；認為

assent as <ad to 對（提案等）＋feel 感覺 → 同意，贊成	v. 同意（＝agree），贊成 n. 同意；認可
consent together 對（提案等）一起＋feel 感覺 → 同意，贊成	v. 同意（＝agree），贊成 n. 同意，贊成；許可
dissent apart（對）各個＋feel 認為 → 意見不一致	v. 意見不一致（＝disagree） n. 不贊成，異議
resent back 往回（報復）＋feel 感覺 → 怨恨	v. 怨恨，憤恨
sentence feel（對）感覺（寫出）＋ence 的 → 句子；判決	n. 句子；判決
sentiment feel（對）感覺＋ment 的 → 感情；情緒	n. 感覺；情緒

★衍生字★ 1. absent a. 不在的，缺席的；缺少的
→ absence n. 缺席；沒有；缺乏
→ absentee [ˌæbsn̩ˋti] n. 缺席者
→ absent-minded a. 心不在焉的

2. resentful a. 怨恨的，忿恨的
→ resentment n. 怨恨，忿恨（＝grudge [grʌdʒ]）

sert　join：結合；參加　＊sert＝cert

assert as<ad to 於＋join 參加（說清楚） → 斷言	v. 斷言，強烈主張
concert together 共同（合力）＋join 結合 → 協力	v. 協力，協調 n. 音樂會；一致，協調
desert apart 另外分開＋join 結合 → 拆散結合 → 丟棄，遺棄	v. 丟棄，遺棄；逃跑 n. 沙漠
exert out（力氣）向外＋(s) ert （＝join）結合 → 施加（壓力等）	v. 盡（力）；，施加（壓力）； 發揮（領導力）
insert into 向裡面（嵌）＋join 結合 → 插入	v. 插入；嵌進 n. 插入物；插播廣告

★衍生字★ 1. assertion n. 斷言，主張
desertion n. 丟棄，遺棄；逃離；退黨
exertion [ɪgˋzɜʃən] n. 努力，奮發；（權力等的）施加
insertion n. 插入；插入物；插播廣告

2. deserted a. 不毛的
比較 dessert [dɪˋzɜt] n. 餐後甜點

serve keep：維持，保持；保存

con<u>serve</u> together 共同（繼續）+keep 保存 → 保存；保護	v. 保存；保護
de<u>serve</u> 強調（很勤快地）+keep 維持（所以）→ 應受	v. 應受，該得
ob<u>serve</u> toward（持續）向+keep 維持（看）→ 觀察	v. 觀察，觀測；遵守
pre<u>serve</u> before（為了不被損壞而）預先+keep 保存 → 保護；保存	v.（從危險等）保護；保存；維持
re<u>serve</u> back 後面（為了最後使用）+keep 保存 → 儲備；預約	v. 儲備；預約；保留 n. 儲備；保護區
sub<u>serve</u> under 在下面（使成為幫助）+keep 維持 → 幫助，促進	v. 幫助，促進

★衍生字★ 1. conservation n. 保存；（對自然的）保護
observation n. 觀察，觀測
preservation 保存；保護
reservation n. 預約；保留；（美）印第安保護區
2. observance [əbˈzɝvəns] n.（規則等的）遵守
→ observatory [əbˈzɝvəˌtorɪ] n. 天文臺，氣象臺
→ observation [ˌɑbzɝˈveʃən] n. 觀察

sign　mark：標誌，標示

sign	n. 記號，標示，信號，跡象，蹤影，痕跡 v. 署名
assign as<ad to 給＋mark 標示 → 分派，任命	v. 指派，任命；把～歸咎於
consign together（為了委託）共同＋mark 標示 → 託運；委託	v. 託運，把～委託給～
design apart 每個（事情）＋mark 標示 → 計畫；設計	v. 計畫；設計 n. 設計（圖）；計畫
resign back 向後（退位）＋mark 標誌 → 辭去；拋棄	v. 辭去（官職等）；拋棄（權利等）
ensign on 在～上面（為了區分而懸掛的）＋mark 標示 → 旗；軍旗	n. 旗；軍旗；徽章（＝badge）

★衍生字★ 1. assignment [əˋsaɪnmənt] n. 分派，指派；任務，作業
consignment [kənˋsaɪnmənt] n. 委託；委託的貨物
2. designation [ˌdɛzɪgˋneʃən] n. 指定；任命；命名；稱號
resignation [ˌrɛzɪgˋneʃən] n. 辭職；拋棄；順從
3. sign n. 記號，標示
→ signal [ˋsɪgn̩l] n. 信號；暗號
→ signature n. 簽名

4. signify [ˋsɪgnəˏfaɪ] v. 意味；表明
→ significance [sɪgˋnɪfəkəns] n. 重要（性）；意義
→ significant a. 重大的，重要的（＝important）

sist　stand：站起；停止

assist as<ad to（為了幫助）給＋stand 站 → 援助，幫助	v. 援助，幫助 （＝help＝aid） n. 援助
consist together 共同（集合）＋stand 站起 → 構成，形成	v. 構成，形成；在於
desist away（從～）遠離＋stand 停止 → 停止	v. 停止；克制自己不做；斷念 （＝abstain）
exist out 向外（實際的）+ (s)ist （＝stand）站起 → 存在；生存	v. 存在；生存；生活
insist on（在自己想法）上（穩固的）＋ stand 站起 → 主張，堅持	v.（強力地）主張，堅持（+ on）
persist thoroughly（堅持）到最後＋ stand 站起 → 堅持；持續	v. 堅持（+ in）；持續（＝last）

resist against 對抗於＋stand 站起 → 抵抗，反抗	v. 抵抗，反抗；忍住
subsist under 下面（繼續）＋stand 站起 → 存在；生存	v. 存在；生存；維持生活

同義詞 1. 堅持：persist (in)，insist (on)，adhere (to)

2. 抵抗：resist，oppose，defy [dɪˋfaɪ]，withstand，antagonize [ænˋtægəˏnaɪz]（對抗）

1. **-tance (-tant)** ～的
   assist v. 援助 → assistance n. 援助，幫助
   → assistant a. 輔助的；助理的
   resist v. 抵抗 → resistance n. 抵抗，反抗
   → resistant a. 抵抗的
   desist v. 停止；斷念 → desistance n. 停止；斷念

2. **-tence (-tent)** ～的
   consist v. 構成 → consis**tence (-cy)** n. 一貫性
   → consis**tent** a. 一致的
   exist v. 存在 → exis**tence** n. 存在
   → exis**tent** a. 存在的
   insist v. 主張 → insis**tence** n. 強力主張；堅持
   → insis**tent** a. 強求的；堅持不懈的
   persist v. 堅持 → persis**tence** n. 堅持；固執
   → persis**tent** a. 固執的
   subsist v. 存在 → subsis**tence** n. 生存；生計
   → subsis**tent** a. 實際存在的

3. assis**tance** 援助，幫助
resis**tance** 抵抗，反抗
desis**tance** 停止，斷念
consis**tence (-cy)** 一貫性
exis**tence** 存在
insis**tence** 強力主張；堅持
persis**tence** 堅持；固執
subsis**tence** 生存，生計

soci　join：結合；參加

associate as<ad to 給＋join 結合＋ate（＝make）做 → 使聯繫起來	v. 使聯繫起來；交往 n. 同事 a. 共事的；副的
consociate together 共同＋join 結合＋ate（＝make）做 →（使）結合	v.（使）結合；（使）聯盟 a. 聯合的 n. 組合
dissociate apart 分離＋join 結合＋ate（＝make）做 → 把結合的分開 → 分離	v. 分開，分離（＝separate）
sociable join（與人們）結合＋able 可以的 → 社交性的	a. 社交性的；好交際的；友善的 n. 聯誼會

★衍生字★ association n. 聯合；交往；聯想；協會
consociation n. 聯合；聯盟
dissociation n. 分離，分開

同義詞 聯合：combine，unite，associate，league，coalesce，ally，confederate，merge，amalgamate

solve loosen：解開，鬆開 ＊solve＝solu

solve loosen 解開 → 解答；解決	v. 解答（問題等）；解決（難事等）
solution loosen 解開＋tion 的 → 溶化；解決	n. 解決，對策；溶化；溶液，液體藥劑
absolve away（從義務，罪等）遠離＋loosen 鬆開 → 免除；赦免	v. 免除（義務等）；赦免（罪等）
absolution away 遠離（處罰或責任）＋solution 解決 → 免除；饒恕	n.（處罰、責任的）免除；饒恕
dissolve apart 分離＋loosen 解開 → 溶解；融化；解散	v. 溶解；融化；解散；取消（婚約等）
dissolution apart 分離＋solution 解決 → 解除；解散	n.（契約的）解除，（會議的）解散

resolve 強調 completely 完全地＋loosen 解開 → 分解；決心	v. 分解；決心；議決
resolution completely（問題的）完全＋ solution 解決 → 解決；決心	n.（問題的）解決；（會議等的） 決議；決心；解析度

spect　look：看，望著　＊spect＝spec

aspect a<ad toward 向＋look 望著 （樣子）→ 樣子，外觀	n. 樣子；方面（＝phase）； 外表（＝appearance）
circumspect around 圍繞＋look（仔細）看 → 慎重的，小心的	a. 慎重的（＝prudent＝cautious）， 小心的
expect out 在外面（等待）＋look 望著 → 期待，預想	v. 期待，預想； 懷孕中（＝be pregnant）
inspect in 裡面＋look（仔細）看 → 檢查，檢閱	v. 檢查，檢閱，視察
introspect inward（自己的）內心＋look 望著 → 反省，內省	v. 反省，對～進行自省

prospect forward 向前的（前瞻性）＋look 望著 → 展望，前景	n. 展望，前景，成功的可能性，前瞻性
respect again（因為太優秀）一再＋look 望著 → 尊敬	v. 尊敬 n. 尊敬；重視；方面（＝aspect） pl. 敬意
retrospect backward 到過去＋look 看 → 回顧，回想	v. 回顧，回想 n. 回顧，回想，追溯
suspect su<sub under 向下面（很奇怪的）＋look 看 → 懷疑	v. 懷疑；猜想
perspective through 穿過＋look 看 → 透視	a. 透視的 n. 透視畫法；前途；觀點 ＊in perspective 正確地；不誇大

★衍生字★ 1. circumspection [ˋsɝkəmˋspɛkʃən] n. 小心，慎重
expectation n. 預想，期待
inspection n. 檢查
introspection n. 反省，內省
retrospection n. 回顧，回想
suspicion [səˋspɪʃən] n. 懷疑，疑心，嫌疑

2. respect v. 尊敬 n. 尊敬
→ respectful a. 表示敬意的，鄭重的，恭敬的
→ respectfully ad. 鄭重地，恭敬地
→ respective a. 各個的，各自的
→ respectively ad. 各個，分別，各自

3. spectacle [ˋspɛktəkḷ] n. 奇觀，壯觀

pl. 眼鏡

spectator [spɛkˋtetɚ] n. 觀眾；旁觀者；目擊者

同義詞

1. 慎重的：circumspect，prudent，careful，cautious，deliberate，discreet，judicious

慎重地：circumspectly，prudently，carefully，cautiously，deliberately，discreetly，judiciously

2. 推測：speculate [ˋspɛkjə,let]，guess＝surmise [sɚˋmaɪz]，suppose＝conjecture [kənˋdʒɛktʃɚ]

son　sound：聲音；響聲

sonant sound 聲音＋ant 的（發出） → 有聲音的，發出聲音的	a. 發出聲音的，有聲音的
consonant together 共同＋sonant 發出聲音的 → 一致的；（聲音等）協調的	a. 一致的；（聲音等）協調的 n. 子音
dissonant apart 分離＋sonant 發出聲音的 → 不和諧的；刺耳的	a. （音調）不和諧的；刺耳的；不一致的
resonant back 回來＋sonant 有聲音的 → 迴響的；共鳴的	a. 迴響的；共鳴的
sonic sound 聲音＋ic 的 → 聲音的	a. 聲音的；音波的；音速的

supersonic beyond 超越＋sonic 音速的 → 超音速的	a. 超音速的

★衍生字★ consonance [ˋkɑnsənəns] n.（音的）和諧，一致
together 共同
→ dissonance [ˋdɪsənəns] n.（音的）不和諧，不一致
apart 分離

spic(u) look：看，望著

conspicuous 強調突出＋look 看＋ous 的 → 明顯的，顯而易見的	a. 明顯的，顯而易見的；引人注目的
perspicuous through 完全＋look 看見＋ous 的 → 清晰的，明瞭的	a.（語言、文章等）清晰的，明瞭的
suspicious su <sub under 在下面（因為奇怪而往上）＋look 望著＋ious 的 → 可疑的	a. 疑心的；可疑的；多疑的；猜疑的
despicable down 向下（下去）＋look 望著＋able 的 → 可鄙的	a. 可鄙的，卑劣的
speculate look 看＋l＋ate（＝make）製作 → 沉思；推測	v. 沉思（＝meditate）；推測；投機（土地、股份等）

★衍生字★ 1. perspicacity [ˌpɝspɪˋkæsətɪ] n. 洞察力

speculation n. 思索；沉思；推測；投機

2. despise v. 輕視，藐視（＝scorn＝disdain＝look down on）

3. auspicious [ɔˋspɪʃəs] a. 吉兆的；幸運的

↔ unauspicious a. 不祥的；不吉利的

同義詞 突出的：conspicuous，outstanding，
distinguished，striking，remarkable，prominent

st(a) stand：站，站起

circumstance around（自己的）周圍＋stand 站起＋ance 的 → 周圍的情況，環境	n. pl. 周圍的情況，環境；情境，處境
distance apart 分離＋stand 站著＋ance 的（間距）→ 距離	n. 距離，間距；差距； 疏遠（＝estrangement）
instance in（為了知曉而）在裡面＋stand 站＋ance 的 → 情況，實例	n. 情況；實例
substance under 被壓在（物體）之下＋stand 站起＋ance 的 → 實體，本質	n. 實體，實質，本質； 物質（＝material）；財產
constancy togther（一直）共同（沒有變化）＋stand 站起＋ancy 的 → 不變	n. 不變；堅定；堅貞

★衍生字★ 1. circumstantial [ˌsɝkəmˋstænʃəl] a. 根據情況而定的
substantial [səbˋstænʃəl] a. 實在的；大量的
2. distant a. 遠的；來自遠處的
instant a. 立即的
constant a. 持續的，不變的
3. stable a. 穩定的，牢固的
→ stability n. 穩定性
→ stabilization [ˌstebl̩əˋzeʃən] n. 穩定化
4. stature n. 身高；高度（＝height）
→ status n. 地位，身分
5. establish v. 設立
→ establishment n. 設立
→ established a. 確定的；已確立的
6. install v. 安裝；使就職
→ installation n. 安裝；裝置；就職；任命
→ installment n. 分期支付

stitute stand：豎立；站起

constitute together 共同（集合）＋stand 豎立 → 組成；設立	v. 組成；設立；任命
destitute away 遠離（錢）＋stand 站起 → 缺乏的	a. 缺乏的（＝lack），沒有的；窮困的
institute in 在～裡面＋stand 豎立 → 豎立；設立	v. 豎立；設立（＝establish） n. 學會；學院；協會

substitute under 下面（代替）＋stand 站起 → 代替	v. 代替 n. 代替者，代替品

★衍生字★ 1. constitution n. 組成；憲法
destitution n. 缺乏，缺欠；貧窮
institution n. 學院；設立；設施；制度
substitution n. 代替；替換；代替物

2. constituency [kən`stɪtʃuənsɪ]
n. 有權投票者（＝voters）；選區

3. superstition [ˏsupə`stɪʃən] n. 迷信
→ superstitious [ˏsupə`stɪʃəs] a. 迷信的

strict draw tight：（繃緊地）拉扯

strict draw tight（繃緊地、用力地）拉 → 嚴密的	a. 嚴厲的；嚴密的；絕對的
constrict together 共同（用力）＋draw tight 拉扯 → 勒緊；壓縮	v. 勒緊；壓縮；妨礙（活動等）
district apart（土地）分別＋draw tight 拉扯（綁住）→ 地區，區域	n. 地區（＝region），區域
restrict back 向後（綁緊）＋draw tight 拉扯 → 限定；限制	v. 限定；限制；（法律）禁止

★衍生字★ constriction n. 勒緊；壓縮
restriction n. 限制；限定；約束

同義詞 限制：restrict＝limit＝confine＝bound

struct build：建造；創建；成就

construct together 共同（建造）＋build 建造 → 建設，建造	v. 建設，建造；構成 n. 構想；概念；編造
reconstruct again 再＋construct 建造；構成 → 重建，改建	v. 重建（＝rebuild），改建，重造
destruct de（相反動作）＋build 創建 → 與創建相反的動作 → 摧毀	v. 摧毀 n. 摧毀
instruct in（頭）裡（的知識）＋build 創建 → 教，教導	v. 教，教導；指示；告知
obstruct against 與～對抗（造成阻礙）＋build 創建 → 堵塞；阻止	v. 堵塞（通道等）；阻止，妨礙（進行）

★衍生字★ 1. construction n. 建造，建設；構造
reconstruction n. 再建，重建
destruction n. 破壞，摧毀
instruction n. 教導 pl. 使用說明書
obstruction n. 妨礙（物）

2. constructive a. 建設性的；構造性的
destructive a. 破壞性的
instructive a. 有教育意義的；增進知識的
obstructive a. 妨礙的

3. structure n. 構造；結構
→ substructure n. 下部構造
under 下面的＋構造
→ superstructure n. 上部構造
over 上面的＋構造
→ infrastructure n. 公共建設，基礎設施（道路、發電廠、醫院、港灣、水力等）

sume take：拿走，取；接受

assume as<ad to 對（想法）＋take 取 → 採取（態度或想法）	v. 設想；承擔（任務等）；假裝（態度等）
consume completely 完全地＋take 拿走 → 消耗；消費	v. 消耗；消費；吃（或喝）掉
presume before 預先（假設）＋take 取 → 預先採取（態度或想法） → 假設；推測	v. 假設；推測；預想
resume again 重新＋take 取 → 重新占有；重新開始	v. 重新占有，重新開始

★衍生字★ 1. assumption n. 假設，設想；假裝；擔任
consumption n. 消費；消耗
presumption n. 推測；假設；（輕視）無禮
resumption n. 取回，重獲
2. assumptive a. 假設的；推測的
consumptive a. 消費的；消耗性的
presumptive a. 根據推測的

More Tips

注意下列變化
-sume → -sumption → -sumptive

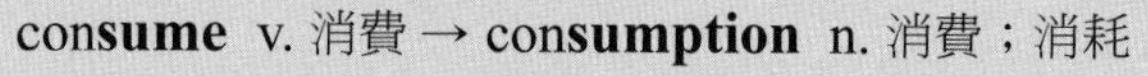

con**sume** v. 消費 → con**sumption** n. 消費；消耗
→ con**sumptive** a. 消費的；消耗性的

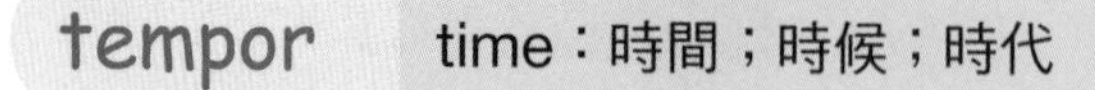

tempor　time：時間；時候；時代

temporary time（短）時間＋ary 的 → 暫時的，臨時的	a. 暫時的，臨時的；短暫的
contemporary together 相同＋time 時代＋ary 的 → 同時代的，當代的	a. 同時代的，當代的 n. 同時代的人
extemporary out of 都沒有＋time 時間 → 在短時間內無想法的 → 即席的；無準備的	a. 即席的；無準備的 （＝impromptu＝off-hand）

★衍生字★ temporal a. 現世的；短暫的；表示時間的

反 spatial [ˋspeʃəl] a. 空間的

extemporaneous [ɛkˏstɛmpəˋrenɪəs]

a. 即席的；無準備的；權宜之計的（＝makeshift）

同義詞

1. 臨時的：temporary，momentary，transient，impermanent
   永遠的：permanent，perpetual，everlasting，eternal，immortal（永生不滅的）

2. 即席地：extemporarily，offhandedly，instantly，immediately，impromptu [ɪmˋprɑmptjʊ]，on the spot

tain　hold：抓住；持有

attain to 往（的目標）＋hold 抓住 → 達成；到達	v. 達成（目標等）（＝accomplish）；到達
abstain abs<ab from 從（遠離）＋hold 抓住 → 禁絕	v. 禁絕；放棄；避開
contain together 共同（包含所有）＋hold 持有 → 包括	v. 包括，含有；抑制（感情）
detain away 遠離（另外）＋hold 抓住 → 拘留，扣留	v. 拘留，扣留；使耽擱

entertain enter<inter among（人們）之間（高興的）+hold 抓住 → 款待	v. 娛樂；款待；抱持著（信心等）
maintain main<man hand 手（繼續）+hold 抓住 → 維持	v. 維持；保養；主張
obtain against 針對（目標）+hold 持有 → 獲得	v. 獲得，得到（地位或名聲等）
pertain per 強調完全（恰好）+hold 抓住 → 適合，相配	v. 適合，相配；有關；從屬（+ to）
retain back 在後面（繼續）+hold 抓住 → 維持，保留	v. 維持，保持，保留
sustain under 在下面（支撐）+hold 抓住 → 支撐；維持	v. 支撐；維持；禁得起；承受（重量等）

1. abstain / refrain / keep from V-ing / 名詞
2. 主張：maintain，assert，insist (on)，persist (in)，contend
3. 維持：sustain，maintain，support

看看下面 -tain 的四種名詞形

1. **-ment** 的時候
   attain**ment** 達成；到達　pl. 學識
   contain**ment** 圍堵，牽制
   entertain**ment** 款待，招待；娛樂；表演
   obtain**ment** 獲得
   retain**ment** 保留，維持

2. **-tention** 的時候
   abs**tention** 節制；戒絕；棄權
   de**tention** 拘留；延遲

3. **-tenance** 的時候
   main**tenance** 維持；保養；維護；主張；生活費用
   sus**tenance** 生計；生活；食物；營養（品）

4. **-tenence** 的時候
   per**tinence (-cy)** 適當，妥當

tend　stretch：伸展；伸長

tend stretch（向～方向）伸展 → 有～的傾向，趨向	v. 有～的傾向，趨向；管理；照料
attend to 朝向（心）＋stretch 伸長 → 照顧；出席	v. 照顧；出席，參加

contend together（手、意見）共同＋stretch 伸展 → 對付；競爭	v. 全力對付；競爭；主張；爭論
distend away 遠離（傳開）＋stretch 伸展 →（使）擴張；（使）膨脹	v.（使）擴張；（使）膨脹（＝expand＝inflate）
extend out（寬、長）向外＋stretch 伸展 →（手、腳）伸展；延長	v.（手、腳）伸展；延長；（使）擴展；給予
intend toward 往（關心）＋stretch 伸展 → 打算	v. 打算，意圖，想要
pretend before 在前面（假設）＋stretch 伸展 → 假裝；裝扮	v. 假裝；裝扮；（做為藉口或理由）偽稱
superintend over 在上面＋in（為了監視）裡面＋stretch 伸展 → 監督	v. 監督（＝supervise），管理，指揮

★衍生字★ 1. tendance [ˋtɛndəns] n. 服侍，照顧
attendance n. 出席，參加；照料
superintendence [ˏsuprɪnˋtɛndəns] n. 監督，管理

2. attendant n. 服務員；參加者
a. 服務的；參加的
superintendent n. 監督者，管理者
a. 監督的，管理的

3. intend v. 打算
→ intended a. 有意的，故意的

→ intention n. 意圖，意向
→ intentional a. 有意的，故意的
→ intentionally ad. 故意地，有意地（＝on purpose）

同義詞 膨脹：expansion，distension，swelling，
dilatation [ˌdɪləˋteʃən]
擴張：extension，expansion，enlargement，
aggrandizement [əˋgrændəzmənt]，dilatation
監督：supervise，superintend，oversee，direct，
control，take charge of

-tend 的名詞形是 -tention / -tension（superintend 除外）

attention 注意；關心
contention 爭奪；爭論，爭辯
intention 意圖，目的

dis**tension** 擴張；膨脹
ex**tension** 延長；擴展；電話分機
pre**tension** 要求；託辭，藉口

＊superintendence 監督，管理

tempt try：試圖；考驗；努力

tempt v. 誘惑，引誘；使感興趣

try 試圖（使感興趣）→ 誘惑，引誘

attempt to 朝向＋try 試圖 → 試圖，企圖	v. 試圖，企圖（＝try） n. 試圖，企圖， （法）（行為的）未遂
contempt con 強調＋try 被考驗 → 輕視，輕蔑，侮辱	n. 輕視，輕蔑；侮辱， 恥辱，丟臉的事（＝disgrace）

★衍生字★ 1. temptation n. 誘惑
2. attempted a.（強盜等）未遂的；企圖的
3. contemptible [kən`tɛmptəbḷ]
a. 可鄙的（＝despicable），卑鄙的

同義詞 誘惑：allurement，enticement，seduction
侮辱：contempt，insult，affront，indignity
被侮辱：be held in contempt
suffer an insult / affront / indignity

termin limit：界限 end：結束

terminate limit（對於）界限＋ate（＝make） 製造 → 劃界限，結束	v. 免去～的職務；結束， 終止（＝cease [sis]）
determinate 強調 completely 完全地＋terminate 劃界限 → 限定的；確定的	a. 限定的；明確的，確定的
predeterminate before 預先＋determinate 確定的 → 預先定好的，預定的	a. 預先定好的，預定的

exterminate 強調 completely 完全地＋terminate 結束 → 根除，消除	v. 消除，根除 （＝annihilate [əˋnaɪəˏlet]＝eradicate＝root up）
interminable in＝not 不＋terminable 有期限的 → 無期限的 → 無休止的	a. 無休止的，冗長乏味的

★衍生字★ 1. termination n. 終了，終結
→ determination n. 決心
→ predetermination n. 預定，先決
→ extermination n. 根除，消滅

2. term n. 期限；學期；用語 pl. 條件；關係
→ terminal a. 終點的；終端的；定期的；末期的 n. 終點

3. determine v. 決心，決定
→ determined a. 堅決的，決定了的
→ determination n. 決心

test witness：證明；目擊；作證

attest to 給（事實）＋witnss 作證 → 證明，作證	v. 證明，作證（＝testify）
contest together 一起（比誰更好）＋witness 證明 → 爭奪	v. 爭奪；競賽；爭論 n. 競爭；爭論；競賽

detest

away（很討厭而）遠離＋witness 目擊 → 厭惡

v. 厭惡，憎恨
（＝abhor [əb`hɔr]＝loathe [loð]）

protest

before（在人們）面前（把錯誤）＋witness 證明 → 抗議

v. 抗議，對～提出異議
n. 抗議

★衍生字★ 1. attestation n. 證明；證據
contestation n. 爭論
detestation n. 厭惡，憎惡
protestation n. 抗議；異議

2. test v. 測試，試驗　n. 測試，試驗
→ testify [`tɛstə,faɪ] v. 證明，證實
→ testimony [`tɛstə,monɪ] n. 證據，證明
→ testimonial [,tɛstə`monɪəl]
n. 證明書；推薦書；表彰書；感謝書
a. 證明的；表彰的
→ testament [`tɛstəmənt] n. 遺書，遺囑
＊the Old / New Testament 舊約／新約聖經

tort　twist：扭曲；擰

contort

強調 completely（臉或意思）完全＋twist 扭曲 → 扭曲

v. 扭曲；歪曲，曲解

distort apart（臉或手腳）分別的＋ twist 扭曲 → 弄歪，使變形	v. 弄歪（臉等）；使變形； 歪曲（事實等）
extort out（強制的）向外＋twist 擰出 → 勒索	v. 勒索；逼取（口供等）
retort back（相同的）返回＋twist 扭曲 → 反駁；報復	v. 反駁；報復

★衍生字★ 1. contortion n. 扭曲；扭歪；歪曲
distortion n. 歪曲；失真
extortion n. 勒索；敲詐；被勒索的財物
retortion n. 扭回；報復

2. torture n. 拷問；痛苦，苦惱 v. 拷問；折磨
torment n. 痛苦，苦惱 v. 折磨
tortoise [ˈtɔrtəs] n.（陸地或淡水的）龜
比較 turtle n. 海龜

tract draw：拉，拽

abstract abs<ab away from 從（摘下）＋ draw 拉 → 提取	v. 抽取，提取 a. 抽象的 n. 概要，摘錄

attract toward 朝向（心）＋draw 拉 → 吸引，誘惑	v. 吸引，誘惑 比較 誘惑：allure，entice [ɪn'taɪs]
contract together 共同（遵守的義務）＋ draw 拉（進）→ 簽約	v. 簽約；收縮 n. 合約
detract down（價值、名聲等）向下＋ draw 拉 → 減損	v. 減損，損傷（價值、名聲、 形象等）
distract apart 到處（心）＋draw 拉 →（心思）分散	v. 使（心思或注意力）分散， 轉移；使混亂
extract out 向外＋draw 拽 → 拔；抽取	v. 拔（牙齒等）；抽取， 提取；設法得到（錢財等）
protract forth 向前（長時間）＋draw 拉 → 拖延，延長	v. 拖延（時間等），延長 （＝prolong）
retract back（約定等）向過去＋draw 拉 → 收回，撤回	v. 收回，撤回；縮回
subtract under（從～數字）向下＋draw 拉 → 減去；扣除	v. 減去，減；扣除 反 add v. 加，添加

-tract → -traction 的變換

1. abs**tract** v. 抽取 a. 抽象的
   → abs**traction** n. 抽象；出神
   at**tract** v. 吸引，誘惑
   → at**traction** n. 吸引，誘引；魅力
   con**tract** v. 簽約，收縮 n. 合約
   → con**traction** n. 收縮，縮小
   de**tract** v. 損傷（價值、名聲等）
   → de**traction** n. 誹謗，中傷
   dis**tract** v. 分散（心思、精神等）
   → dis**traction** n. 心不在焉，分心
   ex**tract** v. 拔（牙齒等） n. 抽取物，精華
   → ex**traction** n. 抽出；榨出
   pro**tract** v. 拖延，延長
   → pro**traction** n. 拖延，延長
   re**tract** v. 收回，撤回
   → re**traction** n. 收回，撤回，縮回
   sub**tract** v. 減去；扣除
   → sub**traction** n. 減去；扣除

2. abs**traction** 抽象；出神
   at**traction** 引誘，魅力
   con**traction** 收縮，縮小
   de**traction** 誹謗，中傷（＝slander）
   dis**traction** 心不在焉，分心
   ex**traction** 抽出；榨出
   pro**traction** 拖延，延長
   re**traction** 縮回；收回，撤回
   sub**traction** 減去；扣除

tribute give：給，贈予

tribute give（給）→ 貢品，禮物	n. 貢品，禮物
attribute to 給（原因）+give 予 → 歸因於	v. 將～歸因於 n. 屬性；特性
contribute 強調 completely 完全地（免費的）+give 給 → 捐贈；貢獻	v. 捐贈；投稿；貢獻
distribute apart 分離+give 給 → 分發；分配	v. 分配；分發；散布
redistribute again 重新+distribute 分配 → 重分配，再分配	v. 重分配，再分配

同義詞　分配：distribute＝allot＝divide＝share

-tribute → -tribution 的變換

1. con**tribute** v. 捐贈；貢獻
   → con**tribution** n. 捐助；貢獻

2. at**tribution** 歸因；歸屬
   con**tribution** 捐獻，捐贈；貢獻
   dis**tribution** 分配；分發，發送；散布
   redis**tribution** 重分配

trude thrust：刺，猛推

extrude out 向外＋thrust 猛推 → 擠壓出；逐出	v. 擠壓出；逐出（＝expel）
intrude into 向裡＋thrust 猛推（進） → 強制進入 → 侵入	v. 侵入；闖入
obtrude before 向前（強行把意見）＋ thrust 猛推 →（意見等）強迫接受	v.（意見等）強迫接受；打擾
protrude forth 向前＋thrust 推出 → 伸出，突出	v. 伸出，突出

-trude → -trusion → -trusive 的變化

1. ex**trude** v. 擠壓出，逐出 → ex**trusion** n. 擠壓成型；逐出
   → ex**trusive** a. 擠出的
   in**trude** v. 侵入，強加於人 → in**trusion** n. 侵入
   → in**trusive** a. 侵入的
   ob**trude** v. 強迫接受；打擾 → ob**trusion** n. 強迫接受；打擾
   → ob**trusive** a. 強迫人的
   pro**trude** v. 伸出，突出 → pro**trusion** n. 突出
   → pro**trusive** a. 突出的

2. ex**trusion** 擠壓成型；逐出
in**trusion** 侵入
ob**trusion**（意見的）強加於人；打擾
pro**trusion** 突出

vade　go：去；（傳聞等）擴散

evade out 向外（巧妙的躲避）+go 去 → 躲避；迴避	v. 躲避（攻擊等）；逃脫；迴避（問題等）
invade into 向裡（推著進去）+go 去 → 侵略；侵犯	v. 侵略；侵犯；大批進入
pervade through 完全+go 擴散 → 遍及於；彌漫於	v. 遍及於；彌漫於，滲透於

★衍生字★ 1. evasion n. 迴避，逃避
→ invasion n. 侵略；侵犯
→ pervasion n. 遍及；彌漫
2. evasive a. 逃避的，迴避的
→ invasive a. 侵入的；侵略性的
→ pervasive a. 遍及的，彌漫的

同義詞　侵略：invasion，aggression，
encroachment [ɪnˈkrotʃmənt]
raid，inroad

-vade → -vasion → -vasive 的變化

evade v. 躲避，迴避
→ **evasion** n. 迴避，逃避；藉口
→ **evasive** a. 迴避的，逃避的

invade v. 侵略
→ **invasion** n. 侵略；侵犯
→ **invasive** a. 侵略的

pervade v. 遍及於；彌漫於；滲透於
→ **pervasion** n. 遍及；彌漫
→ **pervasive** a. 遍及的

valu worth：價值；有價值的

value worth 價值 → 價值；價格	n. 價值（＝worth）；價格（＝price） v. 評價
valuate worth（評估）價值＋ate（＝make）製造 → 估價	v. 估價（＝estimate）；評估
devaluate down 向下（比實際低的）＋valuate 評估 →（使）貶值	v.（使）貶值
evaluate e<ex 向外（價值）＋valuate 評估 → 評估；估價	v. 估價（＝estimate）；評估（損失等）

revaluate again 重新＋valuate 評價 → 再評價	v. 再評價

★衍生字★ 1. valuation n. 評價，判斷價值
→ devaluation n. 貶值
→ evaluation n. 評價；評估
→ revaluation n. 再評價

2. valueless a. 無價值的（＝worthless）；
沒有用處的（＝useless）
invaluable a. 很貴重的（＝priceless）；
無價的；極有用的，極有價值的，
寶貴的（＝precious）

verse　turn：旋轉（方向），轉動

averse a<ab from（因為不喜歡所以）從（心）＋turned 轉動的 → 嫌惡的	a. 嫌惡的；不願意的（＝unwilling）；反對的
adverse toward 往（反方向）＋turned 旋轉的 → 反對的，敵對的	a. 反對的，敵對的；有害的，不利的
converse 強調 completely 完全地（向後）＋turned 轉動的 → 相反的	a. 相反的；逆行的 n. 逆向；相反 v. 交談

diverse apart 各自的（方向）＋turned 轉向的 → 不同的；多樣的	a. 不同的（＝different）； 多樣的（＝varied）
perverse per 強調（性格不好的）＋turned 旋轉的 → 邪惡的	a. 邪惡的；任性的；固執的
reverse back 相反的，顛倒的＋turned 旋轉的 → 倒轉	a. 相反的；顛倒的 n. 相反；倒轉 v. 逆轉；翻轉
transverse across 橫穿＋turned 轉動的 → 橫向的；橫斷的	a. 橫向的；橫斷的 n. 橫向物；橫軸
traverse tra< trans across 橫穿＋turned 轉動的 → 橫過	v. 橫過；橫貫；妨礙 n. 橫軸；橫越
universe one 單一個＋turned 轉動的（物體） → 宇宙；全世界	n. 宇宙（＝cosmos）； 全世界（＝world）

★衍生字★ 1. aversion [ə'vɜʃən] n. 厭惡，反感
adversity [əd'vɜsətɪ] n. 不幸，災難
conversation n. 對話，談話
diversity [daɪ'vɜsətɪ] n. 多元；不同點
perversity [pɚ'vɜsətɪ] n. 乖僻；任性；邪惡

2. versatile ['vɜsətḷ] a. 多才多藝的；多功能的（＝multipurpose）
adversary ['ædvɚ,sɛrɪ] n. 敵人；反對者（＝opponent）；
對手（＝contestant）

同義詞 厭惡：dislike，abhor，hate，detest，loathe，
be loath / reluctant / unwilling (+ to V)
橫斷：traverse，intersect，cross，crosscut（捷徑）
多樣的：diverse，various，manifold，
many-sided

1. cross＋cut＝crosscut n. 捷徑；小路；橫切
橫穿的＋捷徑，橫切

2. short＋cut＝shortcut n. 捷徑，便捷的辦法
短的 ＋捷徑，橫切

比較 shorts n. 短褲；男士內褲

vert turn：（方向）旋轉，轉向

avert a<ab from（厭惡）從（視線）＋turn 旋轉 → 轉開；避開	v. 轉開（視線等）；避免，防止（事故）
advert toward 往（注意）＋turn 轉向 → 注意；言及	v. 注意；言及（＝refer）
convert 強調完全地（方向）＋turn 旋轉 → 轉換，變換	v. 轉換，變換

controvert contro<contra（想法）相反的＋turn 轉向 → 爭論	v. 爭論；辯論；反駁
divert di<dis into 往（把目的）＋turn 轉向 → 轉向；轉移	v. 轉向；轉移；逗～開心，娛樂
invert in 裡面（向外）＋turn 旋轉 → 反向；倒轉	v. 倒轉；顛倒 n. 顛倒物；倒置物
pervert 強調 completely 完全地（意思）＋turn 轉向 → 使變壞	v. 使變壞；曲解；誤用 n. 行為反常者
revert back（宗教等）（往回）＋turn 旋轉 → 回復	v. 回復（原來的狀態、習慣、信仰等）
subvert under 從下面開始（反過來）＋turn 旋轉 → 顛覆，推翻	v. 顛覆，推翻；破壞

★衍生字★ 1. advertise ['ædvɚ,taɪz] v. 廣告
→ advertisement [,ædvɚ'taɪzmənt] n. 廣告
2. introvert ['ɪntrə,vɝt] n. 性格內向的人
inward 向裡
→ extrovert ['ɛkstrovɝt] n. 性格外向的人
→ ambivert ['æmbɪvɚt] n. 中間性格者
both 兩側
3. controversy ['kɑntrə,vɝsɪ] n. 爭論；爭議
（＝debate＝argument）

同義詞 本質的：original，primary，natural，intrinsic，essential [ɪ`sɛnʃəl]
本質地：originally，primarily，naturally，intrinsically，essentially

-vert 的名詞形是 -version（advert 除外）

a**version** 厭惡，反感，憎恨
con**version** 轉換，變換
di**version** 轉向；（資金的）轉移；娛樂
in**version** 顛倒；倒轉
per**version** 曲解，誤用
re**version** 逆轉；退回；回復
sub**version** 顛覆；破壞
＊ ad**vert**isement 廣告

vis(e) see：看；知道

advise to 給（為了告誡）+see 看 → 忠告，勸告	v. 忠告，建議（=recommend），勸告
devise apart 分離（仔細的）+see 看 → 想出；發明	v. 想出；設計；發明；策劃

revise again 重新（為了修改）+see 看 → 修訂；修改	v. 修訂；修改；校訂
improvise im<in not 不+pro（=before） 預先+see 看 → 臨時看	v. 臨時創作／表演 （演說、詩、曲等）
supervise over 從上面（看做得好不好）+ see （觀察）看 → 監督，管理	v. 監督（人或事），管理，指揮
vision see 看+ion 的 → 視力；視野	n. 視力（=sight）；視野； 所見事物；洞察力；幻想
prevision before 預先（往前）+vision 洞察力 → 預知；先見	n. 預知；先見
provision before 預先（向前）+vision 洞察力 → 供應；預備；糧食	n. 供應；預備；（法律）條款 pl. 糧食
supervision over 在上面（看做得好不好）+ vision 洞察力 → 監督，管理	n. 監督，管理，指揮

★衍生字★ 1. advice n. 忠告，建議
device n. 裝置，設備
2. visual a. 視覺的；看得見的
→ visible a. 能看見的；明白的
→ visionary a. 空想的；幻覺的
→ vision n. 視力；視野；所見事物

3. visit v. 拜訪 n. 拜訪
→ visitor n. 拜訪者，客人
→ visitation n. 視察；探望
4. vista [ˋvɪstə] n. 景色；展望，前景（＝prospect）
＊Windows Vista：Microsoft 公司的電腦作業系統
visage [ˋvɪzɪdʒ] n. 面容，容貌
（＝countenance＝feature）
visa [ˋvizə] n. 簽證
visa upon arrival 落地簽證

同義詞 空想的：visionary，fanciful，illusory，imaginary，dreamy
即席的，無準備的：impromptu，
extempore [ɛkˋstɛmpərɪ]，
extemporary
準備：preparation，provision，readiness，arrangement

advise v. 忠告，建議 → advice n. 忠告，建議
devise v. 想出；發明 → device n. 裝置
prophesy v. 預言 → prophecy n. 預言
同義 prediction，forecast
比較 predication n. 斷定；斷言

vent　come 來；出現　＊vent＝vene

advent n.（重要人物、事件的）出現；到來
to 在＋come 來 → 出現；到來

circumvent around 圍繞＋come 來 → 圍繞	v. 圍繞；規避，鑽（法律）漏洞
event e<ex out 外面（事情）＋come 出現 → 事件；活動	n.（重要的）事件；活動；（競賽等的）項目
prevent before 預先＋come（防止）來 → 預防，防止	v. 防止；妨礙；預防
convene together 共同（會議，法庭）＋come 來 → 召集；傳喚	v. 召集（會議或聚會）；（法庭）傳喚（證人）
intervene between 之間＋come 來 → 介入	v. 在之間；介入；干涉

★衍生字★ 1. convention n. 大會；習俗
prevention n. 防止，預防
intervention n. 干涉
2. eventful a. 變故多的；重要的
→ eventual [ɪ'vɛntʃʊəl] a. 最後的（＝ultimate ['ʌltəmɪt]）
→ eventually ad. 最終地

VOC call：呼叫；召集

vocation call 呼叫＋ation 的 → 神的召喚 → 天職，使命	n. 天職，使命（＝calling）；工作（＝job）；才能

avocation a<ab away（本行）在遠處（業餘）＋vocation 職業 → 副業	n. 副業（＝sideline）；【口語】職業
convocation together 共同＋call 呼叫（集合）＋ation 的 → 召集	n.（會議或議會的）召集，集會
evocation e<ex 向外＋call 呼叫＋ation 的 → 召喚；喚起	n.（神或靈魂等的）召喚；（記憶）喚起
invocation in（心裡）向（神）＋call 呼叫＋ation 的 → 祈禱，祝願	n. 祈禱，祝願
provocation forth 向前（火氣）＋call 呼叫＋ation 出的 → 使生氣，激怒	n. 使生氣，激怒
revocation back 退回到（最初）＋call 呼叫＋ation 的 → 廢除；撤回	n. 撤回；廢除

★衍生字★ advocate [ˋædvəkɪt] v. 擁護；辯護　n. 擁護者
→ advocacy [ˋædvəkəsɪ] n. 擁護，支持；辯護

voke　call：呼叫；召集

convoke together 共同（出）＋call 召集 → 召集	v. 召集（會議、議會）
evoke e<ex（感情，靈魂）向外＋call 叫出 → 召喚	v. 喚起；召喚（靈魂等）
invoke into 向裏面（迫切的）＋call 呼叫 → 召喚；喚起；祈求（神靈等）庇護	v. 喚起；援引（法律）
provoke forth 向前（火氣）＋call 叫出 → 使生氣；激起	v. 使生氣；激起（情緒）
revoke back 退回到（最初）＋call 呼叫 → 廢除；撤回	v. 廢除（＝cancel）； 撤回（＝withdraw [wɪðˋdrɔ]）

-voke → -vocation 的變換

con**vocation** n. 召集；集會
e**vocation** n. 召喚；喚起
in**vocation** n. 祈禱，祝願
pro**vocation** n. 挑釁，激怒
re**vocation** n. 廢除；撤回

vol will：意志，意向

benevolent good 好的，善良的＋will 意向＋ent 的 → 仁慈的	a. 仁慈的，慈善的
malevolent bad 壞的，劣質的＋will 意向＋ent 的 → 有惡意的，壞心腸的	a. 有惡意的，壞心腸的
volition will 意志＋tion 狀態 → 意志力，決心	n. 意志力，決心
volunteer will（根據自己）意志（自願的）＋unt＋eer 人 → 志願者，義工	n. 志願者，義工 a. 自願的 v. 主動，自願

★衍生字★ benevolence [bə'nɛvələns] n. 仁慈，善意
→ malevolence [mə'lɛvələns] n. 敵意，惡意

同義詞 惡意：malevolence，malice ['mælɪs]，spite [spaɪt]，animosity [,ænə'mɑsətɪ]，ill will，evil intent

volve roll：滾動；打滾；捲起

convolve together 共同（纏）＋roll 捲起 → 捲起；纏繞	v. 捲起；纏繞

devolve down 向下（權利、義務等）+ roll 滾動 → 轉讓	v. 轉讓（權利、義務等）；被轉移
evolve e<ex out 向外（更好的）+ roll 滾動 → 進化；發展	v. 進化；使發展（展開）； 推斷出（規則等）
involve in 往裡（共同）+roll 捲起 → 包含；捲入	v. 包含；牽涉；捲入（事件等）

-volve 的名詞形是 -volution

con**volution** 迴旋；捲繞
de**volution** 轉移；中央政府權力下放
e**volution** 發展；進化
in**volution** 捲入；退化；錯綜複雜
re**volution** 革命；大變革；迴轉；（天體）公轉
比較 rotation 自轉

現在覺得英文單字其實很容易掌握了吧！

如果你還沒有完全掌握英文單字的記憶方法，請再複習一遍，肯定能讓你完全征服英文單字的。

接下來的內容是替煩惱單字量不足的學習者特別準備的，要是你的單字量已經足夠，那就瀏覽一下，重點溫習生字。如果你對自己的單字量還沒有信心的話，就得仔細看過一遍、試著掌握所有單字囉！

Part 03

學習英文時「必備的」基礎單字

現在開始英文單字的
快速衝刺
吧！

Project 03

速戰速決——學習基礎英文單字

在英文中，常用的基本單字比那些較難的單字更重要。

想當英文高手，我們必須先去掌握那些最基本的英文單字。雖然單字量很多，但是我將單字分門別類成各種不同的類型，所以如果你能夠耐心掌握這些單字，肯定會得到令人滿意的效果。

英文單字
舉一反三
！

01. 征服 500 個必修基礎動詞！

接下來的內容都是最基礎的動詞。首先以詞義開始，後面以箭頭連接衍生字。不僅如此，還收錄了能進行比較的單字，這樣就能避免在學習單字時感到枯燥乏味，有效提高學習效率。

01. 讀：read → reading 閱讀 → reading room 閱覽室

比較 細閱：peruse [pə'ruz]

背誦：recite → recital n. 獨唱會，獨奏會，朗誦

02. 寫：write → writing（書）寫 → handwriting 筆跡；書寫

比較 使用：use＝employ＝make use of

消費：consume＝spend＝expend

記錄：write / put / note down

03. 聽：hear → hearing 聽覺；審訊
→ hearing aid 助聽器 → public hearing 公聽會
聽（音樂等）：listen → listening 收聽

比較 偷聽：overhear

聽錯：mishear

竊聽：wiretap＝eavesdrop ['ivz,drɑp]

屋簷＋驟降

04. 說：say，speak，talk，tell，remark

比較 speak → speaking 談論

tell → telling 告訴；敘述

remark → 評論

對話：converse＝have a talk

發言：utter → utterance n. 發言

表現：express＝expression

說明：explain＝account for

解釋：interpret

開玩笑：joke＝jest＝make a joke

閒聊：chat＝gossip＝have a chat

注意 telling n. 說，講 a. 有效的（＝effective）

→ tellingly ad. 有效地，有力地

05. 來：come → coming 來的；接近的；有望的
→ oncoming 接近的；即將出現的（＝upcoming）

比較 到達：reach＝arrive at / in＝get to
訪問：visit＝call on / at＝make a call on
出現：appear＝emerge＝show up＝turn up

06. 去：go＝proceed

比較 迎接：come to meet＝receive
接送：pick up
送行：see off
跟隨：follow
伴隨：accompany＝go with（一起去）
參加：attend＝take part (in)＝be present (at)＝participate in
比較 不參加：be absent (from)＝fail to attend
出發：leave＝start＝set out

07. 走：walk，step

比較 以沉重的步伐走：tramp
搖搖晃晃的走：waddle [ˋwɑdḷ] ＝toddle＝totter（跟蹌）
一瘸一拐的走：limp
比較 瘸的：lame＝limping＝crippled
cripple n. 殘障人士（＝the handicapped）

08. 跑：run

比較 衝刺：dash
衝，奔＝rush
奔馳：gallop [ˋɡæləp]（騎著馬全速前進）＝speed（加速）
開車，駕駛：drive
趕緊：hurry (up)＝hasten＝be in a hurry＝make haste

比較　磨蹭：loiter，linger，procrastinate，loaf around（遊手好閒）
猶豫：hesitate
延後，延遲：delay＝postpone＝put off

09. 看：see＝look (at)

比較　關注：watch
凝視；瞪著：gaze＝stare
瞥，掃視：glance＝give / take a glance

10. 接近：approach＝get near to

比較　接近：adjoin＝be / lie / stand close by＝be adjacent to

11. 聯繫：connect＝contact＝get in touch with

比較　通訊：communicate＝correspond
通知：inform＝notify＝give notice (of)
發訊息：send / deliver a messge

12. 等待：wait for＝await

比較　期待：expect＝anticipate＝look forward to

13. 遇見：see，meet → meeting 聚會，會議

比較　偶然相遇：come / run across＝meet ~ by chance
面試：interview → interview n. 會見；面試；面談
工作面試：a job interview

14. 打招呼：greet，salute

比較 鞠躬：bow＝make a bow

歡迎：welcome＝receive warmly

15. 介紹：introduce，present → presentation 發表；鄭重介紹

比較 推薦：recommend → recommendation n. 推薦

提名：nominate → nomination n. 提名；任命

16. 聯繫：associate，mix (with)

比較 與異性交往：date＝go out with＝keep company (with)

與～親密的，與～保持友好關係：

keep / make friends with＝be on good terms with

17. 喜歡：like，love，be fond of，care for，have a fancy / taste（品味）/ liking for

比較 prefer A to B：喜歡 A 更勝於 B

討厭：dislike，hate，detest，abhor，loathe，have a dislike to / for，grudge [grʌdʒ]（不情願給）

不情願：be reluctant / unwilling to V

躲開，迴避：avoid，shun，alienate（便疏遠）

18. 愛：love＝be fond of

比較 與～墜入愛河，戀愛：fall in love with

19. 結婚：marry＝wed＝be / get married (to)

比較 訂婚：engage oneself (to)＝be / get engaged (to)

20. 吵架：quarrel，dispute，wrangle

比較 對抗（敵人、誘惑等）：fight
與困難抗爭；掙扎：struggle
競爭：compete＝contest＝vie＝emulate
競技：play a game
比較 bet（打賭）

21. 分開：part (with)＝separate

比較 與～離別：say good-bye to
離婚：divorce
分手：break up with

22. 結合：combine，unite，join (with)，bond together

比較 分離：divide，separate，part，detach，segregate [ˋsɛgrɪ͵get]

23 穿：put on＝wear（穿戴著）

比較 脫：take off＝remove

24. 吃：eat＝take＝have

比較 喝水：drink water
抽菸：smoke (a cigarette)

服藥：take medicine

＊eat up 吃光

＊eat / have breakfast / lunch / dinner　吃早餐／午餐／晚餐

25. 生活：live＝subsist＝exist（生存）

比較 以～為主食：live on

居住：live (in)＝dwell (in)＝inhabit＝reside

（在意外中）存活：survive

26. 睡覺：sleep＝fall asleep

比較 小睡：nap＝take / have a nap

起（床）：rise＝awake＝get up

比較 事情發生：happen＝occur＝arise＝take place＝break out

27. 養育：rear＝breed＝foster＝raise＝bring up

比較 撫養：rear＝breed＝raise

栽培：cultivate＝grow＝rear＝raise＝nurse

28. 學習：study，learn（學）

比較 overstudy　v. 用功過度

cram　v. 臨陣磨槍；硬塞　n. 臨陣磨槍

29. 教育：educate，instruct

比較 練習；訓練：train，drill，exercise，practice，discipline，rehearse，tune up

30. 知道：know，be familiar / acquainted (with)

比較 理解：understand＝see＝get＝comprehend＝grasp
發現：discover＝find out，detect，recover，chance upon（巧遇）
不知道：do not know＝be unaware / ignorant of

31. 合格：pass＝get through（通過）

比較 不合格：fail (in)＝fail to pass

32. 努力：endeavor＝strive＝exert oneself＝make an effort

比較 怠忽職守：be remiss / negligent / slack in
＊endeavor [ɪnˋdɛvɚ] n. 努力 v. 努力

33. 進步：advance＝progress＝improve＝make progress

比較 退步：degenerate＝retrograde＝deteriorate [dɪˋtɪrɪə,ret]（使變質）

34. 成功：succeed (in)

比較 失敗：fail (in)

35. 記住：remember＝bear ~ in mind

比較 回想：recollect＝recall
背誦：memorize＝learn ~ by heart

36. 忘掉：forget＝be forgetful / oblivious (of)

比較 放棄：abandon＝surrender＝give up
*oblivious [ə`blɪvɪəs] a. 容易忘記的，健忘的

37. 容納：accommodate＝hold＝admit＝take in

比較 徵收，沒收：expropriate [ɛks`proprɪ,et]

38. 演講：address＝make / deliver a speech

比較 授課；演講：lecture＝give a lecture
說教：preach (a sermon)
發表：announce＝express＝release＝make public / known
提及：mention＝refer to＝allude to＝touch on

39. 討論：discuss＝debate＝argue＝dispute＝contend

比較 開會：meet＝confer（協議）＝hold a meeting / conference
會見：interview

40. 提問：ask，question，interrogate（審問）

比較 回答：answer＝reply＝respond＝make / give an answer

41. 檢討：examine，investigate，check，scrutinize，study

比較 調查：look (into)＝examine＝investigate＝check＝inspect
*scrutinize [`skrutn̩,aɪz] v. 精密調查，細看

42. 簽名：sign＝autograph

比較 簽名：signature（書信或文件上的署名）
＝autograph（作家或明星等的簽名）

43. 處理：handle＝treat＝deal with

比較 執行：manage＝conduct＝carry out
經售：carry，deal in

44. 買：buy＝purchase＝get

比較 導致：incur＝invite＝bring
賣：sell＝vend，deal in
轉移購買目標：avert＝divert＝turn away / aside
背叛：betray [bɪ`tre]
騙：delude＝deceive [dɪ`siv]

45. 要求：demand＝request＝claim＝call for＝make a demand

比較 申請費用：charge＝bill（帳單；紙幣）
*bill 又有「法案」及「鳥喙」的意思

46. 節約：economize＝save＝spare＝curtail（刪減）

比較 浪費：waste＝squander＝throw away
儲蓄：save＝lay by / aside
*curtail [kɝ`tel] v. 刪減；縮短（＝shorten）

47. 計畫：plan，project，scheme，design，meditate，make a plan

比較 想：think (of / about)＝conceive
意圖：intend (to)＝aim (to / at)
深思：ponder (on / over)＝think over＝deliberate
考慮：consider＝take ～ into account / consideration
反省：reflect

48. 準備：prepare，arrange，provide for，make preparation / arrangement (for)

比較 提供：offer＝make an offer＝provide，service
供給：supply＝furnish＝provide＝serve

49. 雇用：hire＝employ＝engage

比較 雇用：hiring＝employment＝engagement（約定）
解雇：dismiss＝discharge＝fire (out)＝lay off＝turn off
*hireling [ˋhaɪrlɪŋ] n. 受雇者
a. 受雇的，為錢做事的

50. 管理：manage＝administer

比較 監督：supervise＝superintend＝oversee
照護：care for＝take care of＝look after＝attend to

51. 維持：maintain＝preserve＝sustain＝keep / hold up

比較 損壞：damage，injure，impair，spoil
破壞～的名聲：defame

52. 製作：make，create（創造）

比較 製造：manufacture
建造：build＝construct
建立：erect
鑄造：coin（鑄幣），cast（用模鑄金屬），
strike（鑄造貨幣或勳章等），mint（鑄幣）
釀造：brew [bru]，distill（蒸餾）
修理：repair，mend，fix

53. 收集：collect＝gather（聚集）

比較 集中：concentrate＝focus
儲蓄：accumulate，amass，store，lay up
堆積：stack，heap up，pile up，bring together

54. 包裝：pack，wrap（包，裹；纏繞，披）

比較 打開包裝：undo
鋪路：pave，surface

55. 分配：distribute，allot，divide，share，portion，apportion

比較 分：divide，separate，split
分開：split，cleave，chop（切成小塊）

56. 送：deliver，distribute（分配；分發；發送）

比較 搬運：carry，convey，transport

57. 安排；布置：arrange，dispose，put / place in order

比較 安排部門：post，station（安置；駐紮）

整隊：array [ə're]

排隊：line up

58. 清掃：clean，sweep

比較 洗衣服：wash＝launder＝do the laundry

*laundry n. 洗衣店

洗碗：do / wash the dishes

沖洗（頭）：rinse away / out

洗頭：shampoo / wash one's hair＝have a shampoo

洗（手或臉）：wash up＝wash (one's hands and face)

洗車：wash the car

59. 完成：complete，finish

比較 實現：accomplish＝achieve＝attain＝fulfill＝realize

成就：accoplishment＝achievement＝attainment＝fulfillment ＝realization（實現）

使完美：perfect

60. 希望：hope，want，wish，desire，seek，long for，yearn for

比較 渴望：aspire，thirst

期待：expect，anticipate，look forward to

61. 滿足：satisfy＝gratify

比較 滿足於：be satisfied / gratified / pleased / content with

62. 感謝：thank＝appreciate＝be thankful to＝give thanks to

比較 覺得捨不得；遺憾；可惜；焦急：be sorry that
I'm sorry that I can't stay with you tonight.
我很遺憾今晚不能陪你度過。
*appreciate v. 感謝（好意等），給予高度評價
Thank you. I really appreciate your help.
謝謝您。我真的很感謝您的幫助。

63. 高興：rejoice＝be pleased＝be delighted with / at ＝be happy with＝be glad for

比較 悲痛：sorrow＝grieve＝mourn＝feel sad / sorrowful

64. 唱歌：sing，chant（吟頌），warble（鳥囀）

比較 跳舞：dance，flutter（蝴蝶、鳥等振翼）
伴奏：accompany
指揮：conduct
鼓掌：applaud，clap，cheer（喝采）

65. 贊同：approve (of)，admit，acknowledge，endorse（背書；代言）

比較 否認：deny＝say no
*acknowledge v. 承認；公認；感謝

66. 稱讚：praise，admire，commend，applaud，speak highly / well of

比較 批評：criticize，blame，condemn，reproach，attack，speak ill of，censure，slander（言語中傷）

67. 生氣：get angry / enraged，be indignant ，flare up，lose one's temper

比較 愉快：be pleasant / delightful＝joyful＝cheerful

＊flare v. 使燃燒 n. 火焰；照明彈

68. 道歉：apologize＝make an a apology

比較 辯解：excuse＝make an excuse

69. 饒恕：pardon＝condone＝forgive

比較 處罰：punish ↔ 受罰：be punished

＊overlook v. 忽視，對（某件事）寬容

70. 允許：allow＝permit＝grant＝admit

比較 承認：admit

負擔得起：afford（可以承受）

禁止：forbid＝prohibit＝inhibit＝ban＝embargo（船的入港、出港）

拒絕，回絕：refuse＝decline＝deny＝veto＝reject＝disapprove (of)
＝turn down

同意：consent to＝assent to

71. 入侵：invade＝raid＝break into

比較 撤退：retreat＝withdraw＝retire＝fall / draw back

72. 戰勝：win，overcome，triumph (over)

比較 擊敗：defeat＝beat

＊draw n. 平手，不分勝負

征服：conquer，subdue [səbˋdju]

73. 輸：lose＝be / get defeated（戰敗）

比較 掉落：fall

（日或月）落下：set＝sink

屈服：yield (to)＝submit (to)

淘汰賽：elimination match

準決賽：semifinal

決賽：final

74. 停止：stop＝cease＝quit＝discontinue＝desist

比較 放棄：abandon＝give up＝renounce（聲明斷絕關係）

辭職：resign

退休：retire

繼續：continue＝go / keep on

持續（某件事）：maintain

（某事物）持續：last

75. 投降：surrender＝yield＝submit＝give in

比較 抵抗：resist＝withstand＝oppose（反對）

公然抵抗：defy

76. 使受傷：wound＝injure＝hurt

比較 受傷：be wounded / injured＝get hurt

77. 疼痛：pain＝ache＝hurt

比較 刺痛：smart
刺傷：sting

78. 商談：consult＝confer，talk over

比較 忠告：advise，counsel，admonish（訓斥）

79. 診斷：examine

比較 開藥方：prescribe → prescription n. 藥方
注射：inject＝make / give an injection / a shot (of)
接種疫苗：inoculate [ɪnˋɑkjə,let]
給～服藥：dose，medicate，prescribe，administer a medicine
→ dosage n. 藥的劑量；服法
服藥：take medicine

80. 死：die＝expire＝pass away＝be gone

比較 自殺：kill oneself＝commit suicide
植物枯死：wither，perish（死去；消滅）

81. 持有：have，take，hold，possess，occupy（占有）

比較 攜帶：carry
懷孕：conceive＝be pregnant
懷有：cherish＝harbor＝bear
*harbor v. 懷有（想法等）；隱藏
n. 港口（＝port）；避難所（＝shelter）

82. 抓；握；拿：catch，hold，get，take，seize，grip

比較 拘捕：arrest，catch，capture

83. 觸摸：touch，handle，feel，finger

比較 擁抱：embrace＝bug
愛撫：caress [kə'rɛs]＝pet（撫摸；輕拍）

84. 投：throw，cast

比較 輕輕的投：toss
用力投：hurl
投球：pitch，pass，bowl（保齡球）

85. 打哈欠：yawn

比較 （因驚訝）張口結舌：gape
打噴嚏：sneeze
放屁：fart＝break wind＝pass gas
打嗝：belch＝burp
吐痰：spit
小便：piss＝pee＝make water＝urinate
大便：have a bowel movement＝evacuate (the bowels)
嘔吐：vomit＝throw up
擤鼻涕：blow one's nose

86. 捲繞：wind (up)，roll (up)，coil

比較 解開：unwind＝unroll＝uncoil＝wind off
捲：roll (up)
包：wrap＝envelop
打包行李：pack / wrap / tie / do up＝bundle＝package

87. 磨：sharpen＝whet（在石頭上磨刀刃）

比較 用石頭磨：grind
鋼板上磨：grate
磨牙：gnash [næʃ]＝grate
犁地：plow
摩擦：polish，rub，scrape，scrub，chafe（擦熱；磨損）

88. 借入：borrow

比較 借給：lend，loan（借出）
出租：rent＝hire (out)＝let (out)＝lease（不動產出租）

89. 偷竊：steal，rob（搶劫），swipe（扒竊），pilfer（偷）

比較 奪取：take，usurp（篡位，奪權）
掠奪：plunder，loot，despoil

90. 騙：deceive，cheat，swindle，defraud，kid，fool

比較 假裝：pretend＝feign [fen]

91. 像：resemble＝take after＝be / look like

比較 類似：be similar＝be alike

92. 比～出眾：excel＝surpass＝be superior to

比較 比～遜色：be inferior to＝fall behind＝be worse than

93. 爆發：explode＝burst＝detonate＝blow up

比較 火山爆發：erupt
噴出：spout＝spurt（湧出；噴射）

94. 打賭：bet＝make a bet＝game＝gamble＝wager

比較 冒險：venture＝adventure＝risk＝run a risk＝make a venture
＊wager n. 賭注（＝bet）；賭博
v. 打賭（錢等）

95. （使）變長：lengthen＝extend＝prolong（延長）

比較 （使）變短：shorten＝make / cut short
（使）簡短：abbreviate [əˋbrivɪ͵et]

More Tips

下面是有關手部動作的動詞整理

applaud（鼓掌）	beat（擊打；攪拌）
catch（捉住）	clap（拍手）
drag（拉）	drop（落下）
embrace（擁抱，懷抱）	flick（輕打）
flip（用手指甲輕彈）	hug（抱住；擁抱）
knock（敲打；擊）	pinch（捏）
poke（戳，刺）	pull（拖，拉）
push（推，推動）	shove（猛推）
snatch（攫取）	squeeze（榨取；捏緊）
tap（輕拍）	tickle（搔癢）
twist（扭）	wave（揮手）

02. 征服 500 個必修生活名詞！

　　收錄在日常生活中最普遍、最常見的一些單字。現在就丟掉陳舊死板的英文字典，在全新的分類中輕鬆掌握英文單字吧！

01 Hour（時）<Day（日）<Week（週）<Month（月）<Year（年）

(1) Second（秒）<**Minute**（分）<**Hour**（時）

quarter（15 分鐘）/ half hour（30 分鐘）

1) past（過去）→ present（現在）→ future（未來）
2) these days＝nowadays（現在）/ once（曾經）/
   recently＝lately（最近）
3) at noon（在正午）/ at midnight（在午夜時）
4) at the moment（現在）/ someday（總有一天）
5) early（早的；清早的）⟷ late（晚的；遲到的）
6) forward（提前）⟷ later（稍後）
7) previously（以前）⟷ afterwards（以後）
8) always（總是）/ frequently（常常，頻繁地）/
   often（經常，時常）/ sometimes（有時）
9) for the first time（第一次）/ from time to time（偶爾）/ for the time being（暫時）/ at the moment（此刻，現在）/ just a moment（片刻）/ for a moment（暫時）

(2) Day（日，一天）

1) yesterday（昨天）→ today（今天）→ tomorrow（明天）
2) the day before yesterday（前天）→ the day after tomorrow（後天）
3) in the morning / afternoon / evening（在早上／下午／晚上）
4) at dawn / sunrise / sunset（黎明／日出／日落時）
5) last night（昨晚）→ tonight（今晚）→ tomorrow night（明晚）
6) in the daytime（白天）→ at night（晚上）
7) all day long（一整天）/ day after day（每天）
8) at the beginning of the week / month（週初／月初）
   at the end of the week / month（週末／月末）
   at the middle of the week / month（週中／月中旬）

(3) Week（週）、Month（月）、Year（年）

week / days	months
週日：Sunday	1 月：January
週一：Monday	2 月：February
週二：Tuesday	3 月：March
週三：Wednesday	4 月：April
週四：Thursday	5 月：May
週五：Friday	6 月：June
週六：Saturday	7 月：July
four seasons（四季）	8 月：August
春：spring　夏：summer	9 月：September
秋：autumn / fall　冬：winter	10 月：October
calendar（日曆）	11 月：November
leap year（閏年）	12 月：December
monthly calendar（月曆）	
intercalary month (in the lunar calendar)（閏月）	

1.in the middle of summer / winter（盛夏 / 寒冬）
2.throughout the year（一整年）
3.the year before last year（前年）→ last year（去年）
→ this year（今年）→ every other / second year＝every two years
（隔一年，每兩年）

(4) Festival（節日）

New Year's Day（元旦：1 月 1 日）
Lunar New Year's Eve（農曆除夕）
Lunar New Year's Day（農曆初一）
Valentine's Day（情人節：2 月 14 日）
Peace Memorial Day（和平紀念日：2 月 28 日）
Children's Day（兒童節：4 月 4 日）
Mother's Day（母親節：5 月的第 2 個禮拜日）

Dragon Boat Festival（端午節）
Father's Day（父親節：8 月 8 日）
Mid-Autumn Festival / Moon Festival（中秋節）
Teacher's Day（教師節：9 月 28 日）
Double Tenth Day（雙十節：10 月 10 日）
Christmas（聖誕節：12 月 25 日）

(5) Party（派對）

新年派對：New Year's party
尾牙：year-end party
送別派對：farewell party
歡迎派對：welcome party
喬遷派對：housewarming party
*驚喜派對：surprise party

(6) Birthday（生日）

出生百日：100th day after birth
週歲：the first birthday
花甲：the 60th birthday

(7) Anniversary（紀念日）

結婚紀念日：wedding anniversary
銀婚式：silver wedding anniversary（結婚 25 週年）
金婚式：golden wedding anniversary（結婚 50 週年）
創校 50 週年紀念：the 50th anniversary of the opening / founding of a school
公司創立 50 週年紀念：the 50th anniversary of the founding / establishment of a company

02 Weather（天氣）、Location（位置）、Direction（方向）

(1) Weather（天氣）

1) wind（風）→ breeze（微風）→ storm（暴風）
2) cloud（雲）→ dark cloud（烏雲）→ rainbow（彩虹）
3) rain（雨）→ drizzle（毛毛雨）→ shower（雷陣雨）
→ downpour＝heavy rain（暴雨）
→ the rainy season / the monsoon season（雨季）
4) snow（雪）→ snowstorm＝blizzard（暴風雪）→ ice（冰）
5) fog（霧）→ mist（薄霧）→ frost（霜）→ dew（露）→ hail（冰雹）
6) thunder（雷聲）→ lightning（閃電）
→ thunderstorm（雷電交加的暴風雨）
7) typhoon（颱風）→ hurricane（颶風）→ cyclone（氣旋）
→ tornado（龍捲風）
8) rainfall（降雨（量））→ snowfall（降雪（量））
→ precipitation（降雨／降雪；降水量）
9) thermometer（溫度計）→ barometer（氣壓計；晴雨表）
10) degree（（溫度計的）度數）→ below zero（零下）
→ above zero（零上）
11) weather forecast（天氣預報）/ climate（氣候）/
temperature（溫度）/ air currents（氣流）/ warm front（暖鋒）/
cold front（冷鋒）

More Tips

有關天氣的形容詞整理

clear（晴朗的）	cloudy（多雲的）	rainy（多雨的）
sunny（陽光明媚的）	windy（颳風的）	snowy（下雪的）
foggy（有霧的）	hot（熱的）	chilly（涼冷的）
humid（潮濕的）	dry（乾燥的）	
drizzling（下毛毛雨的）	overcast（烏雲密布的）	

hot and dry（高溫乾燥的） hot and humid（高溫潮濕的）
rainy later clear（雨後天晴） cloudy later sunny（多雲轉晴）

(2) Location （位置）

1) front（前面，正面）↔ back（後面）
→ side（旁邊）→ both sides 兩側
2) over，above（上面，上側）↔ under，below（在下面，在下側）
3) inside（裡側，內部的，在內部）↔ outside（外側，外面的，外部的）
4) inner（裡側的，內部的）↔ outer（外側的，外部的）
5) between（在～之間）→ among（在～中間）
→ opposite（在～對面）
6) near（近的，近）→ far（遠，遙遠的）→ faraway（遙遠的）
7) top（上面，頂上）→ center（中央，正中間）→ bottom（底部）
8) hub＝core（中心）
＊a hub of industry（產業中心）
an information technology hub（資訊科技中心）
9) space（空間；場所）/ range（範圍）/ region＝area（地域；範圍）

(3) Direction（方向，方位）

east（東邊）→ west（西邊）→ south（南邊）→ north（北邊）
eastern（東邊的）→ western（西邊的）
→ southern（南邊的）→ northern（北邊的）
southeast（東南）→ northeast（東北）
→ southwest（西南）→ northwest（西北）

＊ 在英文中「東西南北」的順序，習慣以 north、south、east、west 來排列，也就是 east、west 要接在 north、south 的後面，這跟中文習慣說的「東西南北」順序剛好相反。

03 Human Body（人的身體）

(1) Body（身體）

face （臉）	head（頭）	eye（眼睛）
nose（鼻子）	mouth（嘴）	ear（耳朵）
neck（脖子）	shoulder（肩膀）	arm（手臂）
elbow（手肘）	hand（手）	chest（胸部）
breast（乳房）	ribs（肋骨）	leg（腿）
foot（腳）	buttocks（屁股）	limb（四肢）

＊breast enlargement（豐胸手術）
＊bosom（胸部；胸懷；內心）

1. 三圍部位
   bust（胸圍；胸部）→ waist（腰圍；腰部）
   → hip（臀圍；臀部）

2. the beauty of leg lines（腿部的曲線美）
   have a nice figure（好身材）
   lose weight（減肥）

3. slender，lean，thin（苗條的）
   overweight，stout，tubby，corpulent，obese（肥胖的，胖的）
   plump（豐滿的）/ chubby（胖乎乎的）/ buxom（胖乎乎的；胸部豐滿的）/ fat（肥胖的）

(2) Face（臉）

head（頭）	eye（眼睛）	nose（鼻子）
mouth（嘴）	lip（嘴唇）	tooth（牙齒）
tongue（舌頭）	ear（耳朵）	earlobe（耳垂）
cheek（臉頰）	dimple（酒窩）	freckle（雀斑）
pimple（粉刺；痘痘）	wrinkles（皺紋）	
jutting chin（長下巴）	jaw＝chin（下巴）	

(3) Head（頭）

forehead（額頭）	brain（大腦）
hair（頭髮）	bump（腫塊）

(4) Tooth（牙齒）

molar（臼齒）	wisdom teeth（智齒）
canine teeth（犬齒，虎牙）	projecting tooth（暴牙）
cavity（蛀牙）	implant（植牙）

(5) Eye（眼睛）

eyebrow（眉毛）	eyelash（睫毛）
eyelid（眼皮）	double eyelid（雙眼皮）
＊eyelid reshaping（眼皮整形）	

(6) Nose（鼻子）

nostril（鼻孔）	strawberry nose（草莓鼻）
snub nose（獅子鼻）	

(7) Belly（肚子），**stomach**（胃；肚子），**abdomen**（腹部）

belly button（肚臍）	potbelly（大肚皮）
empty belly（空腹）	

(8) Hand（手）

palm （手掌）	fist（拳頭）
finger（手指）	nail（指甲）
arm（手臂）	forearm（前臂）
elbow（手肘）	wrist（手腕）

*the lines in the palm of one's hand（手掌紋路）
*palmistry 手相（術）

(9) Fingers（手指）

thumb（拇指）	index finger（食指）
middle finger（中指）	ring finger（無名指）
pinkie＝little finger（小指）	

(10) Leg（腿）

thigh（大腿）	knee（膝蓋）	joint（關節）
lap（膝上腰下的大腿部位）		

(11) Foot（腳）

toe（腳趾）	heel（腳後跟）	ankle（腳踝）
Achilles' tendon（跟腱，阿基里斯腱）		

(12) Facial Hair（鬍鬚）

beard＝chin whisker（落腮鬍）
moustache（（上唇的）鬍子）
whiskers（連鬢鬍鬚）

(13) In the Body（身體內部）

heart（心臟）	lung（肺臟）
liver（肝臟）	kidney（腎臟）
stomach（胃臟）	appendix（闌尾）
anus（肛門）	womb＝uterus（子宮）
small intestine（小腸）	large intestine（大腸）
bowel＝intestine（腸子）	pancreas（胰臟，胰腺）

參考 sanitary napkin＝pad（衛生棉）
sanitary [ˋsænəˏtɛrɪ] a. 衛生的，清潔的

04 Animals（動物）、Plants（植物）

(1) Animals（動物）

gull（海鷗）
duck（鴨子）
dolphin（海豚）
dragon（龍）
mole（田鼠）
dinosaur（恐龍）
dove（鴿子（和平象徵））
pigeon（鴿子）
leopard（豹）
mouse（家鼠）
cf. rat（野鼠，大老鼠）
shark（鯊魚）
sheep（羊）
swan（天鵝）
swallow（燕子）
skylark（雲雀）
sparrow（麻雀）
owl（貓頭鷹）
alligator（短吻鱷）
elephant（大象）
zebra（斑馬）
camel（駱駝）
crow（烏鴉）
crocodile（鱷魚）
turtle（海龜）
parrot（鸚鵡）
tortoise（烏龜）
chameleon（變色龍）
phoenix（鳳凰）
pegasus（（希臘神話中的）飛馬）

【昆蟲】

grasshopper（蚱蜢）
dragonfly（蜻蜓）
ladybird＝ladybug（瓢蟲）
mosquito（蚊子）
moth（蛾）
butterfly（蝴蝶）
(honey)bee（（蜜）蜂）
beetle（甲蟲）
cicada（蟬）
cockroach（蟑螂）
cricket（蟋蟀）
firefly（螢火蟲）

More Tips

1. hedgehog 刺蝟｜hippopotamus 河馬｜weasel 黃鼠狼｜
falcon 獵鷹｜hawk 鷹｜squirrel 松鼠｜crane 鶴｜quail 鵪鶉｜
cuckoo 布穀鳥｜ostrich 鴕鳥
2. tadpole 蝌蚪｜frog 青蛙｜toad 癩蛤蟆｜snake 蛇｜lizard 蜥蜴｜
viper 毒蛇
3. salmon 鮭魚｜trout 鱒魚｜cod 鱈魚｜tuna 鮪魚｜mackerel 鯖魚｜
octopus 章魚｜little / common octopus 小章魚｜shellfish 貝類｜
clam 蛤蜊｜oyster 生蠔｜crab 蟹｜lobster 龍蝦｜shrimp 蝦｜
coral 珊瑚｜seaweed 海草
4. worm（軟體蠕蟲）→ earthworm（蚯蚓）
5. spider（蜘蛛）→ spin（紡；（蜘蛛或蠶）吐絲；使～旋轉）
＊web（蜘蛛網）→ A spider spins a web. 蜘蛛織網。
6. shell（外殼；貝殼）→ shellfish（貝殼類 ）
→ seashell（海貝；貝殼）→ cuttlefish（烏賊）
7. fly（蒼蠅）→ firefly（螢火蟲）→ dragonfly（蜻蜓）
→ butterfly（蝴蝶）→ mayfly（蜉蝣）

(2) Plants（植物）

1) trees（樹）

maple 楓樹｜ivy 常春藤｜bamboo 竹子｜pine tree 松樹｜acacia 刺槐｜
laurel 月桂樹｜ginkgo 銀杏｜birch 樺樹｜fir 冷杉

參考 tree 樹｜root 樹根｜trunk 樹幹｜branch 樹枝｜twig 細枝

cf. bough 粗枝｜thorn 刺｜stem 莖｜leaf 葉｜bud 花蕾；芽

2) flowers（花）

chrysanthemum 菊花｜dahlia 大理花｜dandelion 蒲公英｜lily 百合｜
cactus 仙人掌｜narcissus 水仙花｜anemone 秋牡丹｜lotus 蓮花｜
azalea 杜鵑花｜cosmos 大波斯菊｜sunflower 向日葵｜reed 蘆葦

參考 flower 花｜bunch 花束｜cluster 花串，花簇｜petal 花瓣｜
pollen 花粉｜blossom 開花｜weed 雜草｜thicket 灌木叢｜
bloom 開花｜fade，wither 枯萎｜transplant 移植

(3) Fruits（水果）

apple 蘋果｜pear 梨子｜orange 柳丁｜
tangerine 橘子｜peach 桃子｜persimmon 柿子｜
chestnut 栗子｜pine nut 松子｜strawberry 草莓｜
melon 甜瓜｜muskmelon 洋香瓜｜watermelon 西瓜｜
apricot 杏桃｜kiwi 奇異果｜mango 芒果｜
banana 香蕉｜grape 葡萄

(4) Grain（農作物）

rice（米）	barley（大麥）	wheat（小麥）
oat（燕麥）	corn（玉米）	pea（豌豆）

*rice plant（稻子）
bean（豆子）→ soybean（黃豆，大豆）

More Tips

日常生活中經常見到的色彩（color）

black（黑色）	blue（藍色）	brown（褐色）
light blue（淺藍色）	crimson（深紅色）	green（綠色）
gray=grey（灰色）	light green（淡綠色）	orange（橙色）
pink（粉紅）	purple（紫色）	red（紅色）
silver（銀色）	white（白色）	yellow（黃色）
beige（米色）	ivory（乳白色，象牙色）	emerald（翠綠色）

navy blue=dark blue（深藍色）
baby blue（淺藍色）
rose pink（玫瑰粉紅）
raspberry red=deep red purple（深紅紫色）
ruby=strong purplish red（帶紫色的深紅色）
mustard=deep yellow（芥末色，暗黃色）
moss green（苔蘚般的黃綠色）
violet（紫羅蘭色，青紫色）
baby pink（淡粉紅色）

05 Hospital（醫院）

(1) 與醫院有關的單字

acute（急性的）	ambulance（救護車）
artery（動脈）	benign tumor（良性腫瘤）
cf. vein（靜脈）	blood vessel（血管）
bone（骨頭）	cell（細胞）
chronic（慢性的）	clinic（診所）
complexion（膚色；氣色）	
emergency room（急診室）	
dandruff（頭皮屑）	diagnosis（診斷）
first aid（急救）	flesh（肉）
funeral home / parlor（殯儀館）	
gene（基因）	germ（病菌）
isolation ward（隔離病房）	latent period（潛伏期）
malignant tumor（惡性腫瘤）	migraine（偏頭痛）
mortuary（太平間）	muscle（肌肉）
nerve（神經）	organ（身體器官）
pain（痛苦）	prescription（藥方）
scaling（洗牙）	tissue（組織）
tonsils（扁桃腺）	tumor（腫瘤）
pulse（脈搏）	virus（病毒）
chromosome（染色體）	dispensary（調劑室）

(2) Doctor（醫生）

physician（內科醫生）	surgeon（外科醫生）
dentist（牙醫）	oculist（眼科醫生）
pediatrician（小兒科醫生）	herb / herbal doctor（中醫）
Oriental Medicine（中藥）	plastic surgeon（整形外科醫生）
mortician＝funeral director（殯葬業者）	

(3) Disease（病）＝illness＝ailment

mental disease（精神病）	heart disease（心臟疾病）
heart attack（心臟病）	piles（痔瘡）
infectious disease（傳染病）	
endemic disease（地方性疾病）	
venereal disease（性病）	cerebral death（腦死）
cancer（癌症）	dementia（癡呆症）
diabetes（糖尿病）	amnesia（失憶症）
pneumonia（肺炎）	arthritis（關節炎）
contagious disease（接觸傳染性疾病）	

(4) Symptom（症狀）

smart（（引起）劇痛的）	dizzy（頭昏眼花）
cough（打噴嚏）	itch（癢）
bleed（出血）	disjoint（脫臼）
twist（扭傷）	swell（腫脹）→ swollen（腫的）
vomit（嘔吐）	allergy（過敏）
chill（發寒）	cramp（抽筋）
constipation（便秘）	diarrhea（腹瀉）
rash（發疹）	headache（頭痛）
toothache（牙痛）	stomachache（腹痛，胃痛）
heartache（心痛）	backache（背痛）
period pains（生理痛）	fever（發燒）
burn（燒傷）	bruise（挫傷；瘀傷）
fracture（骨折）	athlete's foot（香港腳）

drug / medicine（藥）

pill（藥丸）	syrup（糖漿類藥品）
powder（藥粉）	tablet（藥片）
painkiller（止痛藥）	sedative（鎮靜劑）

06 Family（家人）

1) parents（父母）→ grandparents（祖父母）
2) father / dad（父親）→ grandfather / grandpa（爺爺）
3) mother / mom（母親）→ grandmother / grandma（奶奶）
4) son（兒子）→ grandson（孫子）
5) daughter（女兒）→ granddaughter（孫女）
6) sibling（兄弟，姐妹）→ brother（兄弟）
→ sister（姐妹）→ cousin（堂／表兄弟姐妹）
→ younger / elder brother 弟弟／哥哥
→ younger / elder sister 妹妹／姐姐
7) uncle（伯父，舅父）↔ aunt（伯母，嬸嬸）
8) nephew（侄子）↔ niece（侄女）
9) husband（老公）↔ wife（老婆）
10) relatives（親戚）→ distant / intimate relative（遠親／近親）
11) only child（獨生子）→ only daughter（獨生女）
12) twins（雙胞胎）→ only son（獨子）→ Siamese twins（連體嬰）
13) father-in-law（公公，岳父）→ mother-in-law（婆婆，岳母）
son-in-law（女婿）→ daughter-in-law（媳婦）
brother-in-law（小叔，大伯）
sister-in-law（小姑，大姑）

family tree / record（家譜）
ancestor（祖先）
descendant（子孫）
offspring（子女，子孫）
look like=resemble（像）
get along with（與～相處）

07 Dwelling Place（住處）

(1) Housing（住房，住屋）

1) city（城市）→ country（鄉村）→ hometown（故鄉）
2) downtown（商業區）→ uptown（住宅區）
   → suburb（郊外，郊區）→ province（鄉間，省份）
3) house（住宅）→ mansion（大廈）→ cottage（別墅）
4) apartment（公寓）→ studio（工作室，錄音室，製片廠）
5) landlord（房東）/ landlady（女房東）↔ tenant（房客）
6) boarding house（提供餐飲的寄宿處）
   → lodging house（不提供餐飲的寄宿處）
   → pension（法國、比利時等地的寄宿處；旅館、寄宿學校）
7) residential area（住宅區）↔ commercial area（商業區）
8) view（景色，風景）
9) lighting（照明；採光）
10) furnished（附有家具的）↔ unfurnished（沒有家具的）

move（搬家） lodge（借宿）
address（地址） doorplate（門牌）
environment（環境） population（人口）
rent（房租） deposit（押金）
utilities（公共設施）
gas / water / phone / electric bill（瓦斯／水／電話／電費）
pollution（污染） air pollution（空氣污染）
environmental / noise / industrial pollution（環境／噪音／工業污染）

(2) House（房屋）

1) window（窗戶）→ glass（玻璃）
2) wall（牆壁）→ wallpaper（壁紙）→ ceiling（天花板）
3) front door（前門）→ floor（地面；地板；樓層）→ corridor（走廊）

4) pillar（柱子）→ stairs（樓梯）→ foyer（劇場休息室；旅館大廳）
5) balcony（陽臺）→ roof（屋頂）→ rooftop（樓頂）
6) brick（磚塊）→ tile（瓦片；瓷磚）
7) yard（院子）→ grass（草坪）
8) basement（地下室）→ garage（車庫）
9) living room（客廳）→ parlor（接待室）
10) bathroom（浴室）→ bedroom（臥室）
11) fire alarm（火災警報器）→ smoke detector（煙霧探測器）

More Tips

study（書房）
attic（閣樓）
doorknob（門把）
wall outlet / socket（插座）
bathtub（浴缸）
closet（壁櫥）
upstairs（樓上，在樓上）
downstairs（樓下，在樓下)
built-in（內建的）

(3) Kitchen Utensils / Equipment，cooker（廚房用具）

1) kitchen（廚房）→ kitchen knife（菜刀）→ cutting board（砧板）
 ＊kitchenette（小廚房）
2) bowl（碗）→ dish＝plate（碟子）
 → tray（托盤）→ ice tray（製冰盤）
3) spoon（湯匙）→ chopstick（筷子）→ fork （叉子）
4) rice scoop（飯勺）→ scoop＝ladle（湯勺）
 → pot（鍋）→ kettle（水壺）
 coffee pot（咖啡壺）→ teapot（茶壺）→ iron pot（鐵鍋）
 ＊coffee maker（咖啡機）
5) dish cloth（餐墊）→ dish soap（洗劑）→ scrubber（菜瓜布）
6) apron（圍裙）→ tablecloth（桌布）
7) refrigerator（冰箱）→ fridge（（口語）冰箱）
 → freezer（冰箱的冷凍庫；冷凍櫃）
8) gas stove（瓦斯爐）↔ microwave oven（微波爐）
9) blender（攪拌機）→ toaster（烤麵包機）→ egg beater（打蛋器）

10) dishwasher（洗碗機）→ automatic dishwasher（自動洗碗機）
washer（洗衣機）　drier（烘乾機）　humidifier（加溼器）
electric stove / iron / razor（電磁爐／電熨斗／電動刮鬍刀）

11) fix，repair（修理，修補）
turn on / off（開電源／關電源）
brand-new（全新的；新款的）

12) cookery（烹飪術，料理）

(4) Cooking（料理）

1) 有關料理的動詞

slice（切片）	boil（水煮）	crush（壓碎）
fry（炸）	grill（炙烤）	knead（揉（麵團））
steam（蒸）	roast（烘烤）	smoke（煙燻）
peel（削（果皮等））	season（調味）	bake（烘焙）

2) Meats（肉類）

beef（牛肉）　pork（豬肉）　chicken（雞肉）
bacon（培根）　mutton（小羊肉）
chuck roast（烤牛頸肉）
pork cutlet（豬排）
beef cutlet（牛排）

3) Fishes（魚類）

tuna（鮪魚）　cod（鱈魚）　shrimp（蝦）
salmon（鮭魚）　lobster（龍蝦）　broiled fish（烤魚）
smoked salmon（煙燻鮭魚）

4) Vegetables（蔬菜類）

asparagus（蘆筍）	(soy)bean（豆）
beet（甜菜）	brown seaweed（海帶）
burdock（牛蒡）	cabbage（捲心菜）
Chinese cabbage（白菜）	celery（芹菜）
chicory（菊苣）	carrot（胡蘿蔔）
cucumber（黃瓜）	eggplant（茄子）
garlic（大蒜）	herb（香草）
laver（紫菜）	lettuce（萵苣）
onion（洋蔥）	pea（豌豆）
peanut（花生）	potato（馬鈴薯）
sweet potato（地瓜）	pumpkin（南瓜）
radish（蘿蔔）	red pepper（辣椒）
shallot（紅蔥頭）	spinach（菠菜）
squash（南瓜類）	strawberry（草莓）
tomato（番茄）	turnip（蕪菁）
organic greens（有機蔬菜）	

1. chef＝cook（廚師） recipe（食譜）
   cuisine（菜餚） condiment（調味料）
   refreshments（茶點） leftovers（吃剩的飯菜）
   side dish（配菜）
   beverage＝soft drink＝soda（飲料，無酒精飲料）
   liquor＝alcohol＝wine＝alcoholic drink（酒精飲料）
2. taste（味道）
   delicious（美味的） sour（酸的）
   bitter（苦的） salty（鹹的）
   sweet（甜的） hot（辣的）
   flat（淡的，無味道的）
   yummy（（口）美味的）
   參考 在澳洲，beautiful 可當作「好吃的（delicious）」的意思

08 Furniture（傢俱）、Clothes（衣服）

(1) Furniture（傢俱）

1) desk（書桌）→ chair（椅子）→ armchair（扶手椅）
2) shelf（架子）→ bookshelf（書架，書櫃）
3) bed（床）→ couch＝sofa（沙發）→ cradle（嬰兒用床）
4) pillow（枕頭）→ quilt＝bedclothes（被子）→ coverlet（被單）
5) dresser（梳妝台）→ drawer（抽屜）
6) closet 衣櫃 → wardrobe（衣櫃，衣櫥）→ curtain（窗簾）

(2) Clothes（衣服）

1) suit（西裝）→ swimsuit＝swimwear（泳裝）
2) jacket（夾克）→ coat（大衣）→ tops（上衣）→ robe（長袍）
3) trousers＝pants＝slacks（長褲）→ jeans（牛仔褲）
→ shorts（短褲）→ overalls（連身式工作服）
4) blouse（女襯衫）→ skirt（裙子）→ petticoat（襯裙）
5) vest（背心）→ cardigan（羊毛衫）→ trench coat（風衣）
6) sweater（毛衣）→ turtleneck（高領毛衣）
7) underwear（內衣）→ pajamas（睡衣）
8) bra（胸罩）→ stocking（長襪）→ pantyhose（褲襪）
9) scarf（圍巾）→ muffler（圍巾）→ shawl（披肩）
10) tie pin（領帶夾）

(3) Accessories（飾品）

1) jewel（珠寶）→ diamond（鑽石）→ gold（黃金）
→ platinum（白金）→ silver（銀）→ pearl（珍珠）
→ coral（珊瑚）→ ruby（紅寶石）→ sapphire（藍寶石）
→ emerald（翡翠）→ crystal（水晶）→ amethyst（紫水晶）
→ ivory（象牙）
2) ring（戒指）→ necklace（項鏈）→ earrings（耳環）
→ bracelet（手環）→ brooch（胸針）

3) glasses＝spectacles（眼鏡）→ sunglasses（太陽眼鏡）
4) parasol（陽傘）→ wallet（皮夾）→ belt（腰帶）
5) mirror（鏡子）→ comb（梳子）
6) fake＝counterfeit（假冒的，仿造的）↔
genuine＝authentic（真正的）

(4) Cosmetics（化妝品）

make-up（化妝） compact（攜帶式粉餅）
foundation（粉底） mascara（睫毛膏）
lip gloss（唇蜜） lipstick（口紅）
facial cream（面霜） blusher（腮紅）
cheek touch（粉撲） eyeliner（眼線筆）
eye shadow（眼影） perfume（香水）
sunscreen（防曬油） sun block（防曬乳）
(tonic) lotion（化妝水） nail polish（指甲油）
permanent wave＝perm（燙髮）
lip brush（唇膏刷） mouthwash（漱口水）
shampoo（洗髮精） rinse（染髮劑） mousse（慕絲）

(5) Stores（商店，店鋪）

1) bookstore（書店）→ shoe store（鞋店）→ furniture store（傢俱店）
→ fruit store（水果店）→ vegetable store（蔬菜店）
→ toy store（玩具店）→ flower store / shop（花店）
2) department store（百貨公司）→ outlet（暢貨店）
→ traditional market（傳統市場）
→ convenience store（便利商店）
3) bakery（烘焙坊）→ grocery（雜貨店）→ butcher（肉品店）
4) bar＝pub（酒吧）
5) cleaner＝cleaner's（洗衣店）→ laundromat＝launderette（自動洗衣店）→ singing room（卡啦 OK 店）
6) barber shop＝barber's（理髮廳）→ beauty salon（美容沙龍）
7) real estate agency（不動產仲介）

1. clothes，garments，dress，clothing（衣服類的總稱）
   cf. costume（服裝）　tailor（訂製西裝店；裁縫）
   ready-made clothes（成衣）
   a custom-made suit（訂做的西裝）
   outdoor / street clothes（外出服）
   sportswear（運動裝）
   uniform（制服）
   tight（緊身的）
   loose＝slack（寬鬆的）

2. shoes（鞋的總稱）
   leather shoes（皮鞋）
   sneakers＝running shoes（運動鞋）
   sandals（涼鞋）　slippers（拖鞋）
   boots（靴子）　high heels（高跟鞋）
   ＊horseshoe（馬蹄鐵）

09 Car（車）、Stationery（文具）

(1) Car（車）

1) 十字路口：intersection
2) 違反交通規則：violation of traffic regulation
3) 違規罰單：traffic ticket
   * 超速罰單：a speeding ticket
   * 闖紅燈罰單：a traffic ticket for running through the red light
4) 尾燈：tail light　cf. parking light 倒車燈
5) 後視鏡：rear view mirror　* 側視鏡： side mirror
   後面＋看的鏡子
6) 手剎車：emergency brake
7) 變速檔：gearshift＝stick shift
8) 車窗著色：window tinting
9) 油門：gas pedal（美）＝accelerator（英）
10) 雨刷：windshield wiper
11) 維修車廠：repair shop / maintenance shop / body shop（車身修理廠）
12) 喇叭：horn
13) 方向盤：steering wheel
14) 汽油：gas＝gasoline＝petrol（英）
15) 輪蓋：wheel cover
    引擎蓋：hood
16) 加油站：gas station（美）petrol station（英、澳）

指示燈：indicator　爆胎：flat tire
倒車：backup　車牌：license plate
違規停車：parking violation
新手駕駛：novice driver
違規穿越馬路：jaywalking
座椅安全帶：seat belt
時速表：speedometer　里程表：odometer

豪華轎車：limousine

cab（計程車）　compact（小型車）

van（箱形車）　coupe（雙門跑車）

RV＝Recreation Vehicle（露營車）

SUV＝Sport Utility Vehicle（運動型多功能車，休旅車）

(2) Stationery（文具）

1) pen（筆）→ fountain pen（鋼筆）→ ball-point pen（鋼珠筆）
2) pencil（鉛筆）→ mechanical pencil（自動鉛筆）
→ pencil case（鉛筆盒）
3) eraser（橡皮擦）→ ruler（尺）
→ paper knife（裁紙刀）→ scissors（剪刀）
4) paste（漿糊）＝glue（膠水）→ glue stick（口紅膠）
→(thumb)tack（圖釘）
5) ink（墨水）→ Chinese ink（墨）→ brush（毛筆）
6) paper clip（迴紋針）→ compass（圓規）→ stapler（釘書機）

以下是大家常用錯的英文

	正確	誤用
護貝	laminating	coating
修正液	correction	white
簽字筆	felt-tip pen	sign pen
麥克筆	marker	magic pen
螢光筆	highlighter	color pen

NOTE

03. 征服 500 個必修基礎名詞！

以下收錄的是英文裡最基礎的名詞。是否能以語源角度來分析，是英文學習勝敗的關鍵。我建議各位學習者在背單字的時候試著一併聯想衍生字，這樣不但能記住原本的單字，也能一起掌握衍生字，豈不是一箭雙鵰嗎？

至少要掌握 2 個以上字義的單字總整理

A

□access 1. 接近 2. 入口 3. 使用權
□account 1. 說明 2. 帳戶 3. 帳目
□acquaintance 1. 相識的人 1. 對～瞭解，熟知
□alien 1. 外星人 2. 外國人（＝foreigner）
□allowance 1. 打折 2. 允許 3. 津貼 4. 配額
□alternative 1. 選擇 2. 替代
□antiquity 1. 古老，古代 2. pl. 遺物
□appetite 1. 食欲 2. 欲望
□argument 1. 主張 2. 爭論
□article 1. 文章 2. 條款；物品 3. 冠詞
□asset 1. pl. 資產 2. 有利條件
□atmosphere 1. 大氣 2. 氛圍
□authority 1. 權威 2. 官方 3. 許可權

B, C

□balance 1. 均衡 2. 對稱 3. 餘額
□barometer 1. 氣壓計 2. 晴雨表
□burden 1. 負擔 2.（船的）噸位
□capacity 1. 能力 2. 容量 3. 身分
□career 1. 經歷 2. 職業
□catastrophe 1. 大災難 2. 崩潰
□character 1. 性格 2. 特性 3. 人物 4. 文字 5. 人格，品行
□charity 1. 仁慈 2. 慈善
□circulation 1. 循環 2. 流通
□colony 1. 殖民地 2. 居留地 3.（植物的）群落
□confidence 1. 信賴 2. 自信
□conflict 1. 紛爭，衝突 2. 戰鬥，鬥爭
□conformity 1. 符合，一致 2. 順應
□consequence 1. 結果 2. 重要性
□constitution 1. 憲法 2. 構成
□content 1. 內容；宗旨 2. 目錄
□context 1. 背景 2. 文脈
□contradiction 1. 矛盾 2. 否定，反駁
□convenience 1. 方便，便利 2. pl. 公共設施
□convention 1. 大會 2. 慣例 3. 協定
□craft 1. 技能 2. 手藝 3. 工藝 4. 詭計

□creature 1. 動物，生物 2. 奴隸
□criticism 1. 批評 2. 批判
□culture 1. 文化 2. 教養 3. 栽培 4. 養殖
□currency 1. 通貨，貨幣 2. 流通，通用

D

□decay 1. 腐蝕 2. 衰退
□decline 1. 衰退，沒落 2. 下降，減少
□defense 1. 防守，防衛 2. 擁護
□demand 1. 要求 2. 需要
□detail 1. 細節 2. 詳情
□dignity 1. 尊嚴 2. 高尚
□discipline 1. 修養 2. 訓練 3. 紀律
□disorder 1. 無秩序 2. 騷亂
□distress 1. 苦惱 2. 苦難；貧困
□disturbance 1. 騷亂，騷動 2. 妨礙
□doctrine 1. 教條 2. 主義

E, F

□effect 1. 效果 2. 結果
□egotism 1. 自我中心 2. 自私
□enthusiasm 1. 認真 2. 狂熱
□epoch 1. 時代 2. 劃時代的事情
□equipment 1. 設備 2. 裝備
□evidence 1. 證據 2. 跡象
□exposure 1. 揭露 2. 露出
□facility 1. 簡單 2. pl. 設施
□favor 1. 親切的行為 2. 好意
□feast 1. 宴會 2. 盛會
□feat 1. 功績 2. 技藝
□feature 1. 特徵 2. 容貌 3. 專題 4. （電影）正片
□fiction 1. 小說 2. 虛構，捏造
□focus 1. 焦點 2. 中心
□forerunner 1. 先驅者 2. 祖宗
□formula 1. 客套話 2. 公式
□foundation 1. 創立 2. 基金會

G, H, I

□gravity 1. 重力 2. 重大性
□handicap 1. 不利 2. 障礙
□identity 1. 同一性 2. 身分
□impact 1. 衝擊 2. 影響
□incentive 1. 刺激；動機 2. 誘因 3. 獎金
□industry 1. 產業 2. 勤勞
□infrastructure 1. 基礎設施 2. 公共建設
□institution 1. 制度 2. 機構
□integrity 1. 正直；清廉 2. 完全，完整
□invasion 1. 侵入，闖入 2. 侵害
□issue 1. 爭議 2. 發行物 3. 發行，發布 4. 流出

L, M, N

□legislation 1. 立法 2. 法律
□logic 1. 邏輯 2. 邏輯學
□majesty 1. 莊嚴；壯觀 2. 殿下
□material 1. 材料；物質 2. 資料
□measure 1. 計量單位 2. 措施 3. 尺寸
□minister 1. 部長 2. 長官
□minority 1. 少數 2. 少數民族
□multitude 1. 許多 2. 群眾
□nuisance 1. 妨礙，討厭的事物 2. 麻煩事
□medium 1. 中間 2. 媒介

O, P

□occasion 1. 情況，場合 2. 機會 3. 盛典
□opponent 1. 敵人 2. 相對方
□organization 1. 組織，組成 2. 團體
□outlook 1. 前景 2. 見解
□particle 1. 微量 2. 粒子
□penalty 1. 刑罰 2. 罰款，違約金
□personality 1. 個性 2. 人物 3. 名人
□perspective 1. 前途；遠景 2. 觀點，想法
□phase 1. 局面 2. 階段 3. 方面
□piety 1. 虔誠 2. 忠誠心
□popularity 1. 人氣 2. 流行
□predator 1. 掠奪者 2. 肉食動物
□pressure 1. 壓力 2. 痛苦，苦難
□principle 1. 原理，原則 2. 節操
□process 1. 過程，進程 2.（訴訟等的）程序
□project 1. 計畫，企劃 2. 項目
□property 1. 財產 2. 屬性；特性
□proportion 1. 比率 2. 部分
□propriety 1. 禮儀 2. 恰當性

Q, R

□quality 1. 品質 2. 特性 3. 資質
□rage 1. 激怒 2.（一時的）流行
□recipe 1. 食譜 2. 祕訣
□recognition 1. 認識；認出 2. 承認
□regret 1. 遺憾 2. 後悔
□reign 1. 占主導地位 2. 當政；統治權
□relaxation 1. 消遣，娛樂 2. 鬆弛
□relief 1. 緩解 2. 安心
□relish 1. 風味，味道 2. 興趣
□remedy 1. 治療法 2. 補救辦法
□reserve 1. 儲藏 2. 預備 3. 含蓄 4. 沉默
□resignation 1. 辭職 2. 順從；屈從
□resort 1. 手段 2. 度假地
□resource 1. 辦法 2. pl. 資源；財力

□response 1. 應答 2. 反應
□reunion 1. 再結合 2. 團聚
□ruin 1. 破滅，毀壞 2. pl. 廢墟

S

□scheme 1. 計畫，方案 2. 陰謀
□security 1. 安全 2. 安全感 3. 防衛，警戒 4. 保證
□sensibility 1. 感覺 2. 敏感性
□shame 1. 羞愧 2. 恥辱，羞辱
□shelter 1. 避難所 2. 家
□shuttle 1. 定期往返 2. 太空梭
□significance 1. 重要性 2. 意義
□skeleton 1. 骷髏 2. 骨架；殘骸
□solution 1. 解決方案 2. 溶液
□span 1. 跨度 2. 一段時間
□strain 1. 繃緊 2. 緊張 3. 壓力
□stuff 1. 材料 2. 物品
□supremacy 1. 主權 2. 至高無上
□substance 1. 物質 2. 本質 3. 要旨
□survey 1. 調查 2. 眺望，縱覽 3. 測量
□sympathy 1. 同情 2. 同感 3. 共鳴
□symptom 1. 症狀 2. 徵兆
□system 1. 組織 2. 制度 3. 體系

T ~ W

□taste 1. 味道 2. 興趣 3. 鑑賞力
□temper 1. 暴躁；怒氣 2. 情緒
□territory 1. 領土 2. 地區
□testimony 1. 證據 2. 證詞
□tide 1. 潮流，趨勢 2. 形勢 3. 浪潮
□trend 1. 趨勢 2. 流行 3. 傾向
□tribute 1. 稱頌 2. 貢獻 3. 貢品
□usage 1. 語法 2. 使用（法）
□vice 1. 不道德行為 2. 缺點
□violence 1. 激烈，猛烈 2. 暴力
□virtue 1. 美德 2. 優點
□well-being 1. 幸福 2. 福利

02 必須掌握的名詞總整理

A

□accuracy 正確，正確性
□adolescence 青春期
□advantage 益處，優點
□adversity 逆境
□advertisement 廣告
□affection 情愛；影響
□agony 痛苦
□agriculture 農業
□aid 援助，幫助
□aim 目標
□aisle 通道；走廊
□algebra 代數
□ambition 野心
□analogy 相似性；類比
□analysis 分析
□anarchy 無政府狀態
□anatomy 解剖學
□ancestor 祖先
□anecdote 趣聞，軼事
□anguish 痛苦，苦惱
□anniversary 週年紀念日
□antipathy 反感，厭惡
□apparatus 器具，裝置
□applause 喝采，鼓掌
□applicant 申請者
□architecture 建築（技術）
□arithmetic 算術
□arrogance 傲慢，無禮
□artery 動脈 cf. vein 靜脈
□aspect 觀點，方面
□astronomy 天文學
□attitude 態度；姿勢
□autopsy 屍體解剖，驗屍
□awe 敬畏，害怕

B

□bait 誘餌
□barbarian 野蠻人
□barrier 障礙物
□barter 以物易物
□basis 基礎，根據
□beast 野獸
□behavior 行動，行為
□benefit 利益，好處
□bent 愛好，天分
□bias 偏見，偏袒
□bomb 炸彈
□bond 聯繫，結合
□bondage 束縛
□boredom 倦怠，乏味
□botany 植物學
□bribe 賄賂
□brute 畜生

C

□calamity 災難
□campaign 競選活動；戰役；活動
□canal 運河，水路
□cancer 癌
□capability 能力
□caricature 諷刺漫畫，諷刺文章
□category 種類，類別
□caution 注意，警戒
□cell 細胞
□ceremony 儀式，典禮
□chaos 混亂，無秩序
□chore 零星工作，雜務
□circumstance 狀況，情況
□civilization 文明
□client 委託人，客戶
□clue 線索
□collapse 崩潰
□commerce 商業
□commodity 商品；必需品
□community 共同體，社區
□compassion 憐憫，同情
□competence 能力
□compromise 妥協
□conceit 自滿
□concept 概念，觀念
□conception 概念，觀念
□conquest 征服
□conscience 良心
□conservation 保存，維持
□conspiracy 陰謀
□contact 接觸；聯繫
□contempt 輕蔑
□contrast 對照
□controversy 爭議
□cooperation 協力，合作
□core 核心，精髓
□countenance 面容，臉色
□courtesy 禮貌
□cowardice 懦弱，膽怯
□creed 信念，信條
□crime 罪行
□crisis 危機
□criterion 基準，準則
□crop 農作物，收成
□curiosity 好奇心

D

□damage 損害，損傷
□debt 債
□decade 十年
□deceit 欺瞞，詐騙
□decree 法令；裁決
□defect 缺陷，瑕疵
□deficit 赤字，虧損
□definition 定義
□delay 延遲
□delight 快樂
□democracy 民主
□density 密度，濃度
□descendant 子孫，後代
□despair 絕望
□destiny 命運
□device 裝置；策略
□devil 惡魔
□dialect 方言，地方語言

□dictatorship 獨裁政權
□diffidence 缺乏自信心
□disaster 災難，慘劇
□disciple 弟子，門生
□disguise 偽裝
□disgust 厭惡（感）
□domain 領域，範圍
□doom 厄運；毀滅
□drought 旱災
□drudgery 苦役；單調沉悶的工作

E

□eccentric 古怪的人
□ecstasy 狂喜；入迷
□efficiency 效能；效率
□egotism 自私，自我中心
□element 要素，成分
□eloquence 雄辯；口才
□emergency 緊急情況，非常時刻
□emigrant（出境）移民
cf. immigrant（入境）移民
□emotion 感情；情緒
□emphasis 強調
□endeavor 努力
□environment 環境
□epidemic 流行病，傳染病
□equator 赤道
□eternity 永遠
□evolution 發展；進化
□excess 超過；過分
□exhaustion 疲勞，筋疲力盡
□expedition 探險
□expense 費用，經費
□experiment 實驗
□expert 專家
□explosion 爆炸
□extent 範圍；程度
□extinction 消滅；滅絕

F

□factor 要素，因素
□fame 名聲
□famine 饑荒
□fate 命運
□fatigue 疲勞
□fault 缺點；過失
□finance 財政；金融
□flavor 味道，風味
□fluid 液體；流體
□folly 愚蠢的行為
□fossil 化石
□fragment 碎片，斷片
□friction 摩擦
□frustration 挫折
□function 功能；函數
□funeral 葬禮
□fury 盛怒；（天氣等的）狂暴

G

□galaxy 銀河
□game 遊戲；競賽
□gender 性別
□gene 基因
□genius 天才
□geometry 幾何學
□germ 細菌
□glare 強光；耀眼
□globe 地球
□glory 光榮，榮譽
□goodwill 善意；友好
□government 政府
□gratitude 感謝
□gravitation 重力，引力
□greed 貪欲

H

□harm 傷害
□harmony 和諧，融洽
□haste 著急
□hatred 憎恨
□haven 避難所，避風港
□hazard 危險
□heir 繼承人
□hemisphere 半球
□heredity 遺傳
□hide 隱身處；獸皮；皮革
□horizon 地平線；水平線
□horror 恐怖
□hospitality 款待
□hostility 敵意；敵對狀態
□humility 謙遜
□hygiene 衛生
□hypocrisy 偽善
□hypothesis 假設

I

□illusion 幻想，錯覺
□implement 道具，用具
□implication 涵義；捲入
□impulse 衝動
□individual 個人
□infancy 嬰兒期
□ingredient 成分；原料
□inhabitant 居民，居住者
□innovation 革新，創新
□insight 洞察力
□instinct 本能；直覺
□instrument 儀器，器具
□insurance 保險
□intellect 智力，才智
□interval 間隔；幕間
□intuition 直觀，直覺

J, K, L

□jealousy 嫉妒，猜忌
□justice 正義，公正
□laboratory 實驗室
□landscape 風景，景色
□lapse （時間的）經過；（偶然的）失誤

□layer 層，層次
□legend 傳說；圖例說明
□liberation 解放
□liquid 液體
□literature 文學
□luxury 奢侈；奢侈品

M

□majority 大多數
□malice 惡意；敵意；怨恨
□mankind 人類
□masterpiece 傑作，名作
□maxim 格言，座右銘
□maximum 最大（值）
□mechanism 機器設備；機制
□menace 恐嚇，威脅
□merchandise 商品
□mercy 慈悲
□merit 優點；價值
□method 方法
□miniature 微小模型
□minimum 最小（值）
□miracle 奇蹟
□mischief 惡作劇，淘氣
□misconception 錯誤認知
□misgiving 擔心，顧慮
□misunderstanding 誤會
□modesty 謙遜
□monopoly 壟斷
□monotony 單調
□monument 紀念碑，紀念館
□muscle 肌肉

N, O

□nationality 國籍
□navigation 航海；航行
□negligence 疏忽
□nerve 神經
□nightmare 噩夢
□notion 概念，觀念
□nutrient 營養，營養物
□oath 誓言；宣誓
□obedience 服從，順從
□obligation 義務
□obstacle 障礙物
□offspring 子孫
□omen 徵兆，預兆
□orbit 軌道
□ordeal 考驗
□origin 起源，起點
□ornament 裝飾，裝飾品
□outcome 結果

P

□pang 痛苦，悲痛
□paradox 似非而是的說法
□pastime 消遣，娛樂
□patent 專利
□patience 耐心
□patriotism 愛國心
□peculiarity 特性
□peer 同儕
□pendulum 鐘擺
□peril 危險

□perseverance 恆心，毅力	□prescription 處方
□phenomenon 現象	□prey 被捕食的動物；犧牲品
□plague 瘟疫，傳染病	□priority 優先順序；優先權
□planet 行星	□privilege 特權
□pledge 保證；抵押品	□procedure 程序
□poison 毒	□profession 職業
□policy 政策；方針	□profit 利益；利潤
□pollen 花粉	□proof 證據
□pollution 污染	□propaganda 宣傳
□pomp 豪華，華麗	□prophecy 預言
□posterity 子孫，後代	□prose 散文
□posture 姿勢，姿態	□prospect 預期；前景；可能性
cf. pasture 牧場，牧草地	□prosperity 繁榮
□practice 實際；練習；實踐	□protein 蛋白質
□predecessor 前任	□protest 抗議
□preference 喜好，偏愛	□pulse 脈搏
□prejudice 偏見	□purchase 購買；購買物

Q, R

□qualification 資格	□republic 共和國
□quantity 量	□reputation 名氣；名譽
□radiation 輻射；放射線	□research 調查，研究
□rapture 狂喜，入迷	□responsibility 責任
□ratio 比率	□restraint 抑制；阻止
□ray 光線	□restriction 限制；限定
□reaction 反應	□revenge 報仇
□realm 領域，範圍；王國	□revenue 收入
□recruitment 招募；徵召	□reverence 尊敬，崇拜
□reform 改革	□reverie 白日夢，空想，幻想
□refuge 避難（所）	□revolt 造反
□region 地區；領域	□revolution 革命
□relics 遺俗；廢墟（＝ruins）	□reward 報酬；酬金
□religion 宗教	□riddle 謎語
□renown 名聲	□ridicule 嘲笑，揶揄
□repose 休息	□riot 暴亂，騷亂

□risk 危險
□rite 儀式，典禮
□routine 日常工作；慣例

S

□sacrifice 犧牲
□sage 聖人，賢者
□salvation 拯救，救援
□satellite 衛星
□satire 諷刺
□scent 味道；香味
□scope（活動、理解的）範圍
□sculpture 雕刻
□seed 種子
□sentiment 情感；情緒
□sequence 連續；次序
□sermon 說教，布道
□serpent 巨蛇
□shortage 不足，缺乏
□sigh 歎氣，歎息
□signature 署名
□sin 罪，罪惡
□sincerity 誠實，真摯
□situation 狀況
□skyscraper 摩天大樓
□slavery 奴隸（制度或身分）
□slumber 睡眠；打瞌睡
□solace 安慰，慰藉
□solid 固體
□solitude 孤獨
□source 源頭，根源
□species（生物的）種類
□specimen 樣品；標本
□spectacle 壯觀，奇觀
□speculation 思索；投機；推測
□stability 穩定性
□standpoint 觀點，立場
□starvation 饑餓
□statement 陳述，說明；明細
□statue 雕像
□status 地位
□stimulus 刺激
□strategy 戰略，策略
□strife 爭鬥，衝突
□structure 結構
□struggle 鬥爭；奮鬥
□summary 摘要
□superstition 迷信
□surface 表面
□surplus 過剩；盈餘
□surrender 投降
□syndrome 症候群

T

□tact 機敏；圓滑
□talent 才能
□tax 稅金
□technology 技術
□temperament 性格；氣質
□temperance 節制；戒酒
□tendency 傾向，趨勢
□tension 緊張
□terrain 地形；地帶
□theme 主題；論題

□theory 理論
□therapy 治療；療法
□thermometer 溫度計
□threat 威脅
□thrift 節儉
□throne 王位；寶座
□throng 群眾
□token 象徵；代幣；紀念品
□torment 痛苦，折磨
□torture 拷問
□trace 微量；痕跡
□tradition 傳統
□tragedy 悲劇
□trait 特性，特色
□transplant 移植
□treasure 寶物，貴重物品
□treaty 條約
□trend 傾向，趨勢；流行
□tribe 部族，部落
□triumph 勝利
□tropics 熱帶地區（the -）
□twilight 黃昏；薄暮
□tyranny 專制；暴政

U ~ Z

□unemployment 失業
□universe 宇宙
□urge 衝動；強力的慾望
□vacancy 空白，空缺
□vacuum 真空
□vanity 虛榮心；虛幻
□variation 變動，變化
□vehicle 車輛；運輸工具
□victim 受害者
□vigor 活力，元氣
□visibility 能見度；視野
□vocation 職業；使命
□vogue 流行，風尚
□vote 投票
□warfare 戰爭；競爭
□weapon 武器
□web 網狀物；蜘蛛網；陰謀，圈套
□welfare 福利；幸福
□witness 證人；目擊者
□worship 崇拜
□zeal 熱情，狂熱

NOTE

04. 征服 200 個必修基礎形容詞！

　　這裡收錄了在英文裡最基本的形容詞，這些單字因為無法以語源角度出發予以分類，所以將它們分類整理在這裡。

　　請各位學習者務必好好掌握。

01 Personality（性格）、Disposition（性情）關聯形容詞整理

□aggressive 有攻擊性的；積極的
□ambitious 充滿野心的
□calm 鎮定的
□cheerful 開朗的
□confident 充滿自信的
□creative 有創意的
□determined 堅定的
□disgusted 厭惡的
□enthusiastic 熱情的
□flexible 可變通的
□funny 滑稽的
□goal-oriented 以目標為導向的
□hardworking 勤奮的
□haughty 傲慢的
□humorous 有幽默感的
□indecisive 優柔寡斷的
□independent 獨立的
□innocent 單純的
□innovative 創新的
□introverted 內向的
□logical 邏輯的
□melancholy 憂鬱的
□meticulous 仔細的；一絲不苟的
□modest 謙遜的
□narrow-minded 心胸狹隘的
□optimistic 樂觀的
□pessimistic 悲觀的
□phlegmatic 冷淡的；遲鈍的
□positive 積極的
□reticent 謹慎的；沉默的
□self-motivated 自我激勵的
□sheepish 害羞的
□smug 自鳴得意的
□sociable 好交際的
□stubborn 頑固的，固執的
□suspicious 猜疑的
□talkative 健談的
□timid 膽小的

More Tips

帶感情色彩的形容詞

□glad 高興的
□gloomy 沮喪的
□blue 憂鬱的
□lonely 寂寞的
□upset 心煩的
□happy 幸福的，高興的，滿足的

02 必須掌握的形容詞

A

□absolute 絕對的；完全的
反 relative 相對的；比較的
□absurd 不合理的，荒唐的
□accurate 正確的
□active 積極的；活躍的
反 passive 消極的；被動的
□aggressive 有攻擊性的；積極的
□akin 類似的，相似的
□aloof 不關心的，冷淡的
□ambiguous 模稜兩可的；含糊不清的
□ample 充分的，足夠的
□appropriate 適當的，恰當的
□arrogant 傲慢的
□awful 糟糕的；驚人的；可怕的
□awkward 尷尬的；笨拙的

B, C

□barren 貧瘠的
□clumsy 笨拙的；愚笨的
□colloquial 口語的
□complex 複雜的；複合的
□compulsory 強制的；義務的
□concrete 具體的
反 abstract 抽象的
□conscious 察覺到的
□conspicuous 明顯的；突出的
□constant 不斷的，經常的
□contemporary 當代的，現代的
□conventional 傳統的；陳腐的
□crucial 重大的；決定性的
□cunning 狡猾的；巧妙的
□cynical 憤世嫉俗的；挖苦的

D

□damp 潮濕的
□decent 合乎禮儀的；體面的
□deceptive 欺騙的
□delicate 精巧的；微妙的
□desolate 荒涼的；孤獨淒涼的
□digital 數位的
□distinct 清晰的；有區別的
□distinctive 有特色的；與眾不同的
□diverse 多樣的（=varied）
□divine 神的，神聖的
□dominant 支配的；主要的
□drastic 果斷的；徹底的

E

□earnest 認真的；熱心的
□eccentric 奇異的，古怪的
□edible 食用的，可食用的
□elastic 有彈力的；靈活的

□eminent 著名的；卓越的
□enormous 巨大的，龐大的
□eternal 永遠的（＝everlasting）
□ethnic 種族的，民族的
□exotic 異國（風味）的
□extravagant 浪費的；奢侈的
□extreme 極度的；極端的
cf. rational 理性的；合理的

F

□fertile 肥沃的，富饒的；創造力豐富的
□feudal 封建的
□fiery 像火一樣的；燃燒的
□flexible 柔軟的；靈活的
□fluent 流暢的
□fragile 易碎的
□frugal 節儉的
□fundamental 基本的，必要的
□furious 盛怒的

G, H, I

□glacial 冰的；冷的
cf. glacier 冰河
□gloomy（天氣）陰冷的；憂鬱的
□hollow 空的；凹陷的
□humanitarian 人道主義的
□immune 免疫的；免除的
□imperative 緊急的，命令式的
□incredible 無法相信的；驚人的
□indispensible 必須的
□indulgent 寬大的；縱容的
□inevitable 不可避免的；當然的
□inexhaustible 無窮盡的；用不完的
□ingenious 靈巧的；設計獨特的
□inherent 固有的，天生的
□instructive 教育性的；有益的
□intense 強烈的；緊張的
□intimate 親密的
□intricate 錯綜複雜的
□ironic(al) 諷刺的

K, L, M

□keen 熱心的；敏銳的
□legitimate 合法的
□liberal 寬大的；自由的
□literate 有讀寫能力的
□luxurious 奢侈的；豪華的
□magnificent 莊嚴的；偉大的
□manifest 明白的
□mature 成熟的
□meek 溫順的，馴服的
□messy 骯髒的；混亂的
□minute 微小的；詳細的
□mobile 可移動的，移動的
□monetary 貨幣的；金錢上的
□moral 道德性的
□mutual 相互的，彼此的

N, O

□naughty 頑皮的，不聽話的
□neutral 中立的
□notorious 聲名狼藉的
□numerous 數不清的，許多的
□obscure 模糊的，暗淡的
□obstinate 固執的，頑固的
□obvious 顯著的；明顯的
□offensive 攻擊性的；冒犯的
□oppressive 壓迫的；鬱悶的
□overwhelming 壓倒性的

P, Q, R

□parallel 平行的
□peculiar 獨特的，特殊的
□permanent 永遠的；不變的
cf. temporary 暫時的
□perpetual 永久的；不斷的
□physical 身體的；物質的
cf. mental 精神的
□pious 虔誠的；虛偽的
□polite 有禮貌的
□portable 可攜帶的，可攜式的
□positive 肯定的；積極的
反 negative 否定的；消極的
□potential 潛在的；有可能性的
□precise 精確的，準確的
□primitive 原始的；早期的
n. 原始人
□principal 主要的；最重要的
n.（團體的）首長；資本
cf. principle n. 原理；原則
□profound 深奧的；深遠的
□punctual 準時的
□pure 純的
□radical 根本的；激進的，過激的
□reckless 輕率的，魯莽的
□relevant 有關聯的；重要的
□reluctant 不情願的，勉強的
□remarkable 值得關注的

S

□sane 心智健全的，頭腦清醒的
□sarcastic 諷刺的
□savage 野蠻的；未開化的；兇猛的
□scanty 缺乏的，貧乏的
□scared 被嚇到的
□scary 可怕的，膽小的
□severe 嚴厲的；嚴重的；嚴峻的
□shrewd 精明的
□significant 重要的，有意義的
□singular 與眾不同的；特別的；單一的
□skeptical 懷疑的，多疑的
□slavish 卑屈的；奴性的
□sole 唯一的
□solemn 嚴肅的；莊嚴的
□sophisticated 世故的；精密的
□spacious （空間）寬敞的
□specific 特定的，明確的
□spontaneous 自發的，自然的
□stable 穩定的

□staple 主要的；經常用的
n. 主打商品
□steep 陡峭的
□stern 嚴格的，嚴厲的
□strenuous 費力的；激烈的；艱苦的
□strict 嚴格的；嚴密的
□striking 顯著的；突出的
□sublime 崇高的，高尚的
□subtle 微妙的；敏銳的；細微的
□superficial 膚淺的
□superior 較優秀的
反 inferior 較差的
□supreme 最高的
□swift 迅速的，快的

T

□tangible 有形的，可觸摸的
□tedious 乏味的，單調的
□temperate（氣候）溫和的；節制的
□thorough 完全的，徹底的
□thrifty 節儉的，節約的
□token 象徵性的
□tranquil 安靜的；平穩的
□transient 短暫的，片刻的
□transparent 透明的
□tremendous 極大的，巨大的
□trivial 瑣碎的；沒價值的
□tropical 熱帶的
□typical 典型的

U, V, W

□ultimate 最後的，最終的
□unanimous 全體一致的
□uniform 均一的，全都相同的
□unique 唯一的，獨特的
□unprecedented 史無前例的
□vacant 空的；未被占用的
□vague 模糊的，不明確的
□vertical 垂直的
反 horizontal 水平的
□voluntary 自願的，自發性的
□vulgar 低俗的，庸俗的，低級的
□wholesome 有益的；健康的
□wretched 悲慘的；不幸的

05. 征服 400 個必修實用單字！

　　我們在日常生活中或者工作上不知不覺就會碰到很多英文單字。可是有些單字，真的不知道到底是什麼意思。全球化的時代已經來臨，只要熟練掌握這些英文單字，即使在多益測驗中也能拿到高分！

工作中常見的實用單字 -【名詞】

A

□acquaintance 相識的人；相識
□addressee 收件人
□advertisement 廣告
□agency 代理機構
□agenda 議程；議題
□ailment 病（＝malady ＝disease）
□alimony （離婚後的）贍養費；生活費
□allowance 津貼；折扣；允許
□alternative 供選擇的東西，選擇
□amusement 娛樂；樂趣
□antibiotic 抗生素
□apparel 衣服，衣服類，服裝
□appetizer 開胃菜
□appointment 約定；會面
□arboretum 植物園
□associate 夥伴；同事
□assortment 分類；各種物品
□audit 審計
□auditorium 禮堂；聽眾席，觀眾席

B

□backup 備份；備用品
□balance 平衡；餘額；均衡
□ball 舞會
□bankruptcy 破產
□bargain 划算的交易；特價品
□beneficiary 受惠者；保險受益人
□booth 攤位；展示台；公用電話亭
□bottleneck 瓶頸
□branch 分店；分支
□break 休息；分裂；幸運
□breakthrough 突破性的進展
□bridgehead 橋頭堡
□brochure 小冊子
□buddy 朋友
□byproduct 副產品

C

□capacity 生產力；容量；資格；能力
□cascade 瀑布
□celebration 慶祝活動
□collusion 共謀，勾結
□commercial 商業廣告
□competition 競爭；比賽
□complaint 抱怨；（法律）控告
□conference 會議，會談
□consensus 共識，一致的意見
□cottage 別墅，小屋
□crosswalk 行人穿越道
□currency 貨幣；流通

D

- □dabbler 戲水者；涉獵者
- □deadline 最終期限，截止日期
- □debris 殘骸；碎片
- □delivery 投遞；分娩
- □dependence 依賴
- □deposit 押金，保證金，訂金
- □depreciation 貶值
- □derivative pl. 衍生物，衍生性金融商品
- □description 敘述；項目，種類；說明
- □destination 目的地
- □detergent 洗滌劑
- □detour 繞行，繞道
- □devaluation 貶值
- □directory 工商名錄
- □diversification 多樣化；變化
- □dividend 分紅；股息
- □document 文件；公文
- □durability 耐久性

E, F

- □earnings 利益，收益
- □efficiency 效率；效能
- □embezzlement 盜用公款
- □entry 進入；參賽作品
- □evaluation 評價
- □executive 執行者；主管
- □expiration 期滿，到期
- □feature 特徵；專題；特別節目（電視）
- □feedback 回饋意見
- □field 業界；領域
- □fireworks 煙火
- □fitness 健康；適當
- □fluctuation（價格等的）變動；波動
- □foothold 立足點，根據地

G, H, I

- □gadget 器具，小裝置
- □glut 供應過剩，剩餘
- □graft 受賄，不當所得
- □guideline 指導方針
- □handwriting 筆跡
- □headhunter（企業的）獵頭
- □holdings 財產；持有股份
- □identification 身分證明
- □infrastructure 公共設施；基礎建設
- □infringement（權利的）侵犯
- □ingredient 成分；原料
- □innovation 革新；改革；創新
- □inquiry 詢問；調查
- □installation 安裝，設置

□instructions 操作指南，使用說明書
□inventory 庫存；庫存目錄
□invoice 發票
□issue 議題；流出；發行物
□itinerary 行程表；旅程

L, M, N

□landfill 垃圾掩埋地
□layoff（暫時）解雇
□leakage 洩出，漏
□license 執照，許可
□line 生產線；電話線；短信
□location 選定位置；場地；外景拍攝地
□longevity 長壽
□luncheon 午飯，午餐
□magnitude （地震的）震級；（星星的）亮度
□malfunction 功能不良，故障
□markup 漲價
反 markdown 減價
□measures 措施，對策
□membership 會員資格
□memento 紀念物，令人回憶的東西
□merger 合併
□minutes 會議記錄
□morale 士氣
□mortgage 貸款，抵押借款
*subprime mortgage 次級房貸
□motivation 激勵，刺激
□negotiation 協商
□newsletter 商務通訊

O, P

□obituary 訃聞
□orientation（新進員工的）說明會
□overhead 經常性支出
□overrun 超過
□overweight 超重
□ownership 所有權
□package 包裹；包裝
□penalty 罰款；違約金
□performance 演出；履行
□personality 人格；名人
□pickpocket 扒手
□picture 圖片；局面
□piracy 剽竊；盜印
□platform 平台；講台
□poll 輿論調查，民調
□premium 保險費；津貼
□presentation 發表，（產品）說明會
□procedure 程序
□productivity 生產力
□promotion 晉級；升遷
反 demotion 降級；降職
□prototype 原型

Q, R

□qualification 資格，必要條件
□quarter 四分之一；季度 pl. 住處
□query 疑問事項，提問
□questionnaire 問卷
□quorum 法定人數
□rain check 延期
□rally 大集會；重新振作
□receptionist 接待員
□recommendation 推薦
□refund 退款
□refreshments 茶點，點心
□renewal（合約等的）展期
□representative 代表者
□requirement 要求；必要條件
□reservation 預約；保留
□resolution 決議（案）；決心
□rider（文件後的）特約；附文；乘客
□royalty 權利金；版稅

S

□salvage 營救；打撈
□sample 樣品；標本
□seniority 年長；資歷
□shift 換班，換班制；轉變；改變
□shoulder 肩膀
□shutdown 關閉；倒閉
□skeleton 骨骼；骨架；概要
□skyscraper 摩天大樓
□slogan 宣傳口號，標語
□sponsor 贊助商
□stock 庫存；股份；儲藏
□strategy 戰略，策略
□subcontractor 轉包商
□subscription 訂閱
□subsidy 津貼，補助金
□surcharge 附加費用，額外費用
□survey（問卷、輿論的）調查
□symposium 討論會，座談會

T

□tab（口語）帳款，費用
□taste 味道；品嘗
□tenure 任期
□thoroughfare 幹道；通行
□toast 乾杯；祝酒
□touch 碰觸；接觸；潤飾
□transaction 交易，買賣；處理（業務）
□turnout 出席率，投票率；產量
□turnover 離職率；營業額；交替
□tycoon 企業大亨，巨頭

U, V, W

□upkeep 維修（費）；保養
□vacancy 空房；空虛；空缺
□vacation 假期
□way out 解決方案；出口
□window （銀行等的）窗口，售票口
□workload 工作量，作業量
□workout 運動；訓練；測驗；試驗
□workshop 工作坊
□wrinkle 皺紋；難題

02 工作中常見的實用單字 -【動詞】

A, B

□accommodate 容納；提供住處
□accrue （利息）增加；（利益）增長
□airlift 空運
□alleviate 減輕，緩解
□appropriate 撥出（款項等）；占用
□authorize 授權；批准
□bid 投標
□boost 提升，促進
□bug（口語）打擾，使厭煩

C

□calculate 計算；評估
□carry 售有；運送
□clear 清理，通關
□commence 開始
□commercialize 商業化，商品化
□commute 通勤
□compensate 補償；賠償
□compile 匯編；收集
□compromise 妥協
□console 慰問，安慰
□contact 聯繫
□contaminate 弄髒；污染
□contribute 捐獻；貢獻
□correspond 通信；一致
□cover 覆蓋；掩飾；包含
□cram 塞滿；硬塞
□curb 控制，約束

D, E

□deduct 扣除；減少
□defray 支付（經費）
□deliver 遞送；演說；分娩
□deposit 存放；留下
□develop 沖洗（照片）；開發
□display 展示，陳列
□diversify 使多樣化
□downsize 裁減～人數
□echo 重複，迴響
□employ 雇用；使用
□endorse 背書；簽署（姓名）
□enroll 登記；加入
□entail 使必要；牽涉
□estimate 估計；評估
□exchange 交換；交流
□expire 到期，（期限）終止
□extend 延長；提供；擴張

F, G, H

□facilitate 使便利
□feature 以～為特色；主演
□fix 修理；準備；確定
□flop 失敗；落下
□forward 發送；轉交
□gouge 挖鑿；欺詐
□graft 移植；轉嫁
□guarantee 保證
□halt 中斷，停止
□honk 鳴汽車喇叭

I ~ M

□identify 找出；確認；等同於
□immunize 使免疫
□infringe 侵害；違反
□integrate 整合
□introduce 導入；介紹
□invoke 喚起；懇求
□issue 發行；流出
□jeopardize 使瀕臨危險，危及
□launch 開始；發動
□maintain 維持；保養
□monopolize 壟斷
□mop 拖地

N ~ Q

□neutralize 使中立化；使無效
□nominate 提名；任命
□nose-dive 俯衝；暴跌
□nullify 毀掉（合約等），使無效
□outline 概述
□overhaul 修理；徹底檢查
□overlook 俯瞰；忽略；寬恕
□pinpoint （用針）刺穿；準確定位
□preside 主持；指揮
□procure 獲得；引起
□purchase 購入，買
□quake 顫動，震動
□quote 報（價）；引用

R

□recall 回想；召回
□recommend 推薦
□recoup 收回，恢復，償還
□recruit 招募（員工或新兵等）
□recycle 回收；再利用
□redeem 贖回；恢復；償還
□refund 退還（金錢）
□register 註冊，登記
□reimburse 核銷；償還
□remonstrate 抗議
□remunerate 報酬；給～酬勞
□renege 違約；背信
□reprimand 懲罰；譴責
□resume 重新開始
□return 返還，歸還
□revamp 修理；改造
□reveal 顯示；揭露
□run 經營；參選；行駛

S

□ship 用船運；運送（貨物）	□stall 使動彈不得；熄火，拋錨
□skip 跳過	□steer 駕駛；操縱
□skyrocket 突升，猛漲	□streamline 使合理化；使有效率
□slide 悄悄地走；滑行	□subscribe 訂閱；署名
□sort 分類；區分	□subsidize 補助
□spill 溢出	

T ~ W

□tabulate 列表顯示	□trim 修整，修剪
□tow 牽引；拉	□update 更新，通知最新消息
□transfer 調動；轉換；轉車	□validate 使有效，證實
□transmit 發送，傳送	□verify 確認，核實
□treat 款待；治療；對待	□withhold 抑制；保留

03 工作中常見的實用單字-【形容詞，副詞】

(1) 形容詞

A, B, C

□afloat 漂浮的
□all-out 竭盡全力的，完全的
□ambitious 有企圖心的，野心勃勃的
□approximate 接近的；大概的
□available 可用的；可得到的
□blue-chip 績優股般的
□box-office 有人氣的；高票房的
□brand-new 全新的
□challenging 挑戰的；困難的
□commonplace 平凡的，平庸的
□compatible 可並存的；相容的
□competitive 競爭激烈的；好競爭的
□complimentary 讚賞的；免費的
□comprehensive 綜合的；廣泛的
□cool 酷帥的；涼爽的
□cosmopolitan 世界的，國際的
□critical 決定性的；危急的；批判的
□current 現在的；流通的

D, E, F

□defective 有缺陷的，有瑕疵的
□delicate 易碎的；精緻的
□disgusting 令人作嘔的
□downtrodden 被踐踏的；受壓迫的
□dramatic 戲劇的；戲劇化的
□durable 耐用的；持久的
□edgy （神經）敏感的；（刀）鋒利的
□effective 有效的；生效的
□encouraging 獎勵的；激勵的
□energetic 精力充沛的
□fancy 高級的
□far-between 罕見的，難得的
□favorite 最喜愛的
□fiscal 會計的；財政的
□flexible 柔軟的；變通的

G ~ L

□global 全世界的，全球的
□half-hearted 不關心的，半信半疑的
□handicapped 有生理缺陷的
□hard-nosed 頑強的，固執的
□hazardous （計畫）冒險的；危險的
□hectic 繁忙的，忙碌的

□high-tech 高科技的
□high-volume 大量的
□hot （商品等）人氣旺的，熱門的
□immediate 立即的；直屬的
□indexed 編入索引的
□indigenous 土生土長的；固有的
□informative 有益的
□initial 最初的；開頭的
□labor-saving 節省勞力的
□leading 重要的；領先的；主要的
□lucrative 有利可圖的（＝profitable）

M ~ R

□mail-order 郵購的
□marine 海的，海洋的 n. 海軍
□mellow 成熟的；穩健的
□missing 缺漏的；失蹤的
□nonstop 不停的；不休息的；直達的
□not-for-profit 非營利的（＝nonprofit）
□nuclear 核能的；核心的
□occupied 使用中的，占用的
□open-air 戶外的，野外的
□overdue 過期的；延遲的
□part-time 兼職的
□prerequisite 必要的，不可或缺的
□prestigious 有名望的
□priceless 無價的，貴重的
□primary 主要的；初級的
□round-the-clock 全天的；不休息的
□routine 日常的；慣例的

S ~ W

□salvageable 能利用的；能搶救的
□shuttle 往返運送的；接駁的
□sophisticated 世故的；複雜的
□spectacular 壯觀的，引人入勝的
□state-of-the-art 最先進的
□studious 用心的；好學的
□tentative 實驗性的；猶疑的
□top-of-the-line 最高級的；最新式的
□touching 感人的
□tough 堅韌的；結實的；固執的
□unexpected 意外的
□unprecedented 空前的
□updated 最新的；更新的
□upmarket 高價位市場
□urgent 緊急的，急迫的
□user-friendly 容易使用的
□vulnerable 易受傷的，脆弱的
□well-built 堅固的，結實的
□well-regarded 受好評的

(2) 副詞

A ~ I

- □absent-mindedly 心不在焉地；茫然地
- □absolutely 絕對地，完全地
- □adversely 不利地；敵對地
- □approximately 接近地；大約
- □awfully 很，非常，惡劣地
- □cautiously 慎重地，小心翼翼地
- □collectively 全體地；共同地
- □counterclockwise 逆時針地
- □dramatically 引人注目地；戲劇化地
- □immensely 非常
- □enthusiastically 狂熱地，熱心地
- □eventually 終於，最後
- □extremely 很，非常，極度地
- □fiercely 兇狠地；猛烈地
- □hospitably 熱情地；好客地
- □increasingly 漸漸地
- □indefinitely 無限期地
- □indiscriminately 無差別地
- □inherently 固有地
- □initially 開始，起初
- □involuntarily 不由自主地；無心地
- □irreparably 無法恢復地

L ~ W

- □legally 合法地；法律上地
- □locally 地方地；局部地
- □markedly 顯著地，明顯地
- □meticulously 仔細地，細心地
- □modestly 謙遜地
- □noticeably 顯著地
- □officially 官方地；正式地
- □outright 完全地，徹底地
- □permanently 永遠地；不變地
- □personally 親自地；就個人而言
- □powerfully 強大地；強烈地
- □pretty 很，非常，相當地
- □privately 私下地，非正式地，私自地
- □promptly 迅速地；即時地
- □properly 適當地；正確地；體面地
- □publicly 公開地，公然地
- □quarterly 按季地，每季地
- □rapidly 迅速地，快速地
- □realistically 現實地
- □slowly 慢慢地
- □smoothly 圓滑地；平穩地
- □steeply 急劇地；險峻地
- □substantially 相當地，大大地
- □successfully 成功地，順利地
- □superciliously 傲慢地，無禮貌地
- □terribly 可怕地；非常
- □tremendously 極其，非常
- □virtually 實質地，事實上
- □wonderfully 精采地；極佳地

- attraction 吸引人的事物；吸引
  tourist attraction 觀光景點
- ballpark 棒球場
- beep 嘟嘟聲；（汽車的）警笛
- blueprint 藍圖；（周密的）計畫
- buck 美元（＝dollar）
- certificate 證明（＝testimonial）
- connection 聯絡；關係
- conscientization 意識覺醒
- consensus 一致；共識
- correspondence（電話、傳真等的）通信檔；特派員發來的新聞
- credit（科目的）學分；賒帳
- database 資料庫
- daybook 日記簿；交易日記帳
- ecosystem 生態系統
- emblem 象徵；徽章
- exclusive 獨家新聞
- faucet 水龍頭
- great 大人物
  （＝VIP，a big gun）
- guarantee 保證（書）
- guardrail 欄杆；（道路的）護軌
- hierarchy 階級制度
- initiative 倡議，主動行為；
  主導權；新作法
- intermission 中間休息；暫停
- jackpot 累計賭注，累積獎金
- knapsack 背包
  （＝pack＝rucksack）

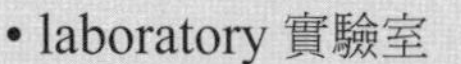

- laboratory 實驗室
- landing 著陸
  反 take-off 起飛

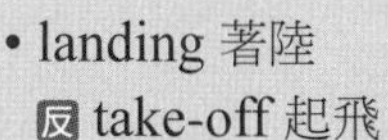

- landmark 地標
- leakage 洩漏；漏（＝leak）；
  漏出量
- mobilization（人力、產業的）
  動員
- moratorium 延期償付
- nepotism 任用親信，裙帶關係
- no-show 不如約出席的人
- panorama 全景
- paperwork 文書工作
- password 密碼（＝watchword）
- propaganda 宣傳
- reception 接收
  反 transmission 傳送
- region 地區（＝area＝zone）
- resolution 決心；解答
- selection 選擇；選拔
- self-defense 自衛
- slope 傾斜；陡坡
- spot 斑塊；地點
- spreadsheet 試算表
- technomania 技術狂
- update 最新消息
  cf. update one's resume 更新履歷
- vandalism 破壞公物
- wastage 浪費；消耗量

NOTE

06. 征服 300 個克漏字填空容易混淆的單字！

學習者很討厭拼字與發音相似的單字，而出題者偏偏喜歡出這樣的題目。考試要取得好成績，就必須能正確區分拼字與發音相似的單字。

A

001	aboard	ad. 在船上；乘坐～
	abode	n. 住處，居住（＝residence）
002	abrogate	v. 廢除（法律、習慣等）
	arrogate	v. 擅取；越權；冒稱
003	absolute	a. 絕對的；完全的
	obsolete	a. 過時的，已不用的
004	altar	n. 祭壇，聖壇
	alter	v. 變換，變更
005	altitude	n. 高度；海拔
	attitude	n. 態度；姿勢
	aptitude	n. 才能，資質
006	angel	n. 天使
	angle	n. 角度
007	anticipate	v. 期待；預想
	participate	v. 參加，參與

B

008	bare	a. 赤裸的（＝naked）
	bear	n. 熊；（金融上的）賣方，弱勢方
009	barely	ad. 幾乎不
	barley	n. 大麥
010	beneficial	a. 有利的，有益的
	beneficent	a. 仁慈的
	*benefit	n. 利益，好處；津貼
011	berry	n. 莓果類
	bury	v. 填埋；埋葬
012	beside	p. 在～旁邊
	besides	p. 除了 ad. 而且，還有
013	bleed	v. 出血，流血
	breed	v. 生（孩子）；撫養；繁殖
014	blend	v. 混，混合
	bland	a. 溫和的；平淡的
	brand	n. 商標（=trademark），品牌
015	blush	v. 臉紅　n. 臉紅
	brush	n. 刷子
016	brake	n.（汽車的）剎車
	break	v. 打破（紀錄等）；破壞
017	broom	n. 掃帚
	bloom	n. 花；最佳時期 v. 開花
018	brow	n. 額頭（＝forehead）
	blow	v. 颳（風）；吹動 n. 打擊

C

019	carton	n. 紙箱
	cartoon	n. 卡通
020	carve	v. 雕刻
	curve	n. 曲線，弧線
021	ceiling	n. 天花板

	sealing	n. 獵捕海豹業
022	cereal	n. 穀類植物；穀片 a. 穀類的
	serial	n. 系列 a. 連續的
023	childish	a. 幼稚的
	childlike	a. 像小孩的，天真爛漫的
024	cite	v. 引用（＝quote）
	site	n. 地點；位置；現場
025	classic	a. 一流的；標準的
	classical	a. 古典的；傳統的
	＊class	n. 等級，級別，優秀
026	cloth	n. 布
	clothe	v. 穿衣服；覆蓋，籠罩
	clothes	n. 衣服，服裝
	clothing	n. 衣服的總稱
027	collar	n.（衣服的）領子；項圈
	color	n. 顏色
028	command	v. 命令；支配
	commend	v. 稱讚；推薦
029	complement	n. 補充（物） v. 補充
	compliment	n. 讚揚，稱讚
	complementary	a. 互補的；補充的
	complimentary	a. 稱讚的；免費的
030	confirm	v. 確認
	conform	v. 順從，順應
031	conscientious	a. 認真的
	conscious	a. 有知覺的
032	considerable	a. 相當的；重要的
	considerate	a. 體貼的
	＊consider	v. 考慮；思考
033	contact	n. 接觸；交集；聯繫
	contract	n. 合約
034	content	n. 滿足；內容
	contend	v. 爭鬥；主張
035	continual	a. 一再的，頻繁的
	continuous	a. 不斷的
	＊continue	v. 繼續
036	correct	a. 對的，正確的
	collect	v. 收集；徵收
037	cost	n. 費用，成本
	coast	n. 海岸
038	counsel	n. 忠告，建議 v. 給予忠告
	council	n. 會議；地方議會
	consulate	n. 領事館
039	crash	v. 衝撞；墜毀
	crush	v. 壓碎；消滅

040 credible a. 可信的
credulous a. 輕信的，易受騙的
＊credit n. 信用；名譽；形象

041 curb n. 路緣石；拘束；（道路的）路緣
curve n. 曲線，弧線

D

042 daily a. 每日的
dairy n. 乳品店
a. 乳製品的
diary n. 日記

043 dependent a. 依賴的
n. 受撫養者
independent a 獨立的，不依賴的

044 desert n. 沙漠
a. 不毛的（＝barren）
dessert n. 甜食，甜點

045 different a. 不同的
indifferent a. 不關心的

046 disciple n. 門徒，徒弟
discipline n. 訓練；紀律

E

047 economic a. 經濟的，有關經濟的
economical a. 經濟的；節約的
＊economy n. 經濟

048 erect v. 豎立；建設
a. 直立
elect v. 選舉；選出

049 ethnic a. 人種的；民族的
ethics n. 倫理，倫理學

050 evolution n. 進化；發展
revolution n. 革命；公轉

051 expect v. 期望
inspect v. 檢查；調查

F

052 fashion n. 流行；樣式
passion n. 熱情；激情

053 fatal a. 致命的；命運的
vital a. 生命的；重要的；致命的

054 favorable a. 適合的，有利的
favorite a. 最愛的
n. 最愛

055 file n. 文件夾；檔案
pile n. 堆；大量

056 flash n. 閃爍；閃現
flesh n. 肉；果肉
fresh a. 新的；新鮮的
＊皮膚＝skin、骨＝bone

057 flatter v. 奉承，討好
flutter v. 飄揚；拍翅膀

058 flight n. 飛行（＝flying）
fright n. 恐怖（＝fear＝dread＝horror）

freight n. 貨物；貨運
比較 express n. 快車；快遞

059 folk n. 民俗；人們
fork n. 叉子

060 forth ad. 向前，向前方；以後
fourth a. 第四的

G

061 general a. 一般的，普遍的
generous a. 寬大的；慷慨的
generalization n. 普遍化
generosity n. 慷慨；寬容

062 genius n. 天才；天賦
genuine a. 真實的；誠實的

063 germ n. 細菌，病菌
gem n. 寶石（＝jewel ＝jewelry）

064 globe n. 球狀物；地球
glove n. 手套
grove n. 樹叢

065 grab v. 緊握；抓取
grasp v. 抓住；理解

H

066 hair n. 毛；頭髮
hare n. 野兔
比較 rabbit n. 家兔
heir n. 繼承人

067 harsh a. 刺耳的；嚴厲的（＝severe）
hoarse a. 粗啞的（＝husky）

068 healthful a. 有益健康的（＝wholesome）
healthy a. 健康的，健壯的
*health n. 健康

069 heap n.（一）堆；堆積
hip n. 屁股，臀部

070 historical a. 歷史的；史學的
historic a. 史上有名的
*history n. 歷史

071 human a. 人的
humane a. 人道的；仁愛的
inhumane a. 不人道的；冷酷無情的

I~K

072 imaginable a. 可想像的
imaginary a. 想像的；設想的
imaginative a. 想像力豐富的
*imagine v. 想像

073 industrial a. 產業的；工業的
industrious a. 勤勞的，勤奮的
*industry n. 產業；工業；勤勉

074 ingenious a. 靈巧的；精巧的
ingenuous a. 坦率的，率直的

075 intensive a. 密集的；加強的
extensive a. 廣範的，大規模的

076 interrupt v. 打斷；阻礙
interpret v. 解釋（＝construe）

077 knight — n.（中古時代的）騎士
night — n. 夜；夜晚；晚上的活動

L

078 laser — n. 雷射
razor — n. 刮刀；刮鬍刀

079 lessen — v. 變少，減少
lesson — n. 上課；教訓；訓斥

080 literal — a. 照字面的；原義的
literary — a. 文學的；精通文學的
literate — a. 可讀寫的
*letter — n. 文字；書信

081 loose — a. 鬆弛的；寬鬆的；不牢固的
lose — v. 遺失；輸（＝be defeated）

082 loyal — a. 忠實的，忠誠的
royal — a. 皇室的

M

083 mail — n. 郵件
male — n. 男性　a. 男性的
female — n. 女性　a. 女性的

084 marble — n. 大理石；（玻璃做的）彈珠
marvel — n. 驚異，吃驚　v. 感到驚奇

085 mass — n. 塊，團；聚集；大量
mess — n. 混亂，雜亂

086 mechanic — n. 修理工，機修工
mechanical — a. 機器的，機械的

087 medical — a. 醫學的
medicinal — a. 藥的；有藥效的
比較 surgical a. 外科的

088 modest — a. 謙虛的
moderate — a. 中等的；穩健的
*modesty — n. 謙虛，謙遜

089 momentary — n. 瞬間的，短暫的
momentous — a. 重要的，重大的
*moment — n. 瞬間，時刻

090 moral — a. 道德的，有道義的
morale — a. 士氣，鬥志（＝fighting spirit）

N~O

091 natural — a. 自然的；天生的
neutral — a. 中立的；模糊的
mutual — a. 互相的，相互的

092 near — a. 靠近的
nearly — ad. 幾乎，差不多

093 negligent — a. 疏忽的，不注意的
negligible — a. 可忽略的；無足輕重的
*negligence — n. 疏忽；玩忽

094 observation n. 觀察；觀測；意見
observance n. 遵守，嚴守

095 oral a. 口的；口頭的
aural a. 耳朵的；聽覺的

P

096 paint n. 油漆；顏料 v. 塗；畫
faint v. 昏倒 a .模糊的

097 pedestrian n. 行人
pediatrician n. 小兒科醫生

098 personal a. 個人的，私人的
personnel n. 員工，任職人員；人事

099 phase n. 方面；階段
phrase n. 片語，詞彙

100 player n. 選手；演奏者
prayer n. 祈禱文

101 popular a. 流行的；大眾的
populous a. 人口密集的
*popularity n. 流行
population n. 人口

102 practical a. 實際的；實用的
practicable a. 可實行的
*practice n. 練習；實行

103 pray v. 祈禱，禱告
prey n. 獵物 v. 捕食

104 precede v. 領先；（地位等）高於
proceed v. 前進；開始

105 prescribe v. 規定；開處方
proscribe v. 禁止

106 principal a. 主要的；重要的
principle n. 原理；原則

107 proper a. 適當的，恰當的
prosper v. 繁榮，興旺

108 pulse n. 脈搏
purse n. 女用皮包

R

109 ragged a. 衣著破爛的；刺耳的
rugged a. 凹凸不平的，粗糙的；耐用的

110 reality n. 現實，實際
realty n. 房地產（＝real estate）
↔ personalty n. 動產

111 receipt n. 發票，收據
recipe n. 食譜；祕訣

112 recent a. 最近的
resent v. 痛恨

113 regretful a. 對～感到懊悔的
regrettable a. 令人懊悔的
*regret n. 後悔；惋惜

114 respectable a. 可敬的；相當的
respective a. 各自的，各個的
respectful a. 恭敬的；有禮貌的
＊respect n. 尊敬

115 role n. 作用；角色（＝part）
roll v. 捲；滾動

116 root n. 根；根源
route n. 路；路線

S

117 sail n. 船 v. 航行
sale n. 出售；推銷

118 savior n.（S-）救世主；拯救者
savor n. 味道；滋味

119 saw n. 鋸子 v. 鋸
sew v. 縫製；縫
sow v. 播種

120 scent n. 氣味；香味
cent n. 分（貨幣單位）

121 secretary n. 祕書，（S-）部長
secretory a.（生理）分泌的

122 sensitive a. 敏感的，敏銳的
sensible a. 明智的；有意識的
sensual a. 肉體的；淫亂的
＊sense n. 感覺；意識；辨別力

123 sever v. 切斷；斷絕
severe a. 嚴厲的；艱難的

124 sign n. 記號，信號 v. 簽名
signature n. 署名；簽名（＝autograph）

125 soar v. 高高聳立；暴增
sore a. 疼痛的；傷心的

126 sole a. 唯一的；單獨的
soul n. 靈魂；精髓

127 sometime a. 將來某個時候
sometimes ad. 有時

128 stair(s) n. 樓梯
stare v. 凝視；瞪視

129 stake n. 樁；賭金
steak n. 牛排

130 stationary a. 不動的，靜止的
stationery n. 文具

131 state n. 狀態；（S-）國家；州
statue n. 塑像，雕像
statute n. 法律，規則，法令
stature n. 身高（＝height）
status n. 地位；身分

132 steel n. 鋼鐵 a. 鋼鐵般堅固的
steal v. 偷；盜用

133 successful a. 成功的；如願的
successive a. 連續的；繼承的
*succeed v. 成功
success n. 成功

134 suffice v. 滿足；足夠
surface n. 表面；外表

135 suit n. 套裝 v. 合適
suite n. 隨員；套房

136 sweat n. 汗 v. 流汗
sweet a. 甜的；美好的

T~W

137 terrible a. 恐怖的，可怕的
terrific a. 優秀的，了不起的

138 thorough a. 徹底的，完全的
through p. 通過，穿過

139 toe n. 腳指頭
tow v. 拉；牽引

140 vacation n. 假期
vocation n. 工作（job，calling，occupation，profession）

141 valueless a. 無價值的
invaluable a. 很貴重的（=priceless）
*value n. 價值

142 waist n. 腰
waste n. 浪費；垃圾
v. 浪費

143 wander v. 流浪；徘徊
wonder n. 驚奇；驚異；奇跡
v. 驚奇，吃驚

144 warm a. 溫暖的；保暖的
worm n. 蟲

145 warship n. 軍艦，艦艇
worship n. 禮拜；崇拜

NOTE

07. 征服 600 個 必考類義詞！

在日常生活中雖然很少看見這些單字，可是這些單字都是在 TOEFL、TOEIC 測驗、國家考試、升學考試當中出現過一次以上的單字。透過把它們總結整理在一起，就能讓學習者有效掌握這些必考單字。這部分的單字難度比較高，所以建議給準備考試的學習者修習。

1. 誘惑；使著迷；誘騙

fascinate，entice，lure，allure，seduce，attract，charm，enthrall，enchant，snare（誘～入陷阱）

＊魅力，著迷：fascination＝charm＝allure＝attraction＝lure（魚餌（＝bait），陷阱（＝trap＝snare））

＊誘惑的：fascinating＝charming＝attractive，alluring，inviting

比較 **mesmerize** v. 給～催眠；使入迷；使～震驚（＝shock）

2. 同盟，聯合

ally，affiliate，associate，coalesce，confederate，unite

＊同盟：alliance，affiliation（聯繫），association（關聯），coalition，confederacy

＊分離，分開：dissociate，segregate，seclude，separate

反 associate，join（結合）

3. 改變；改善，變好

mend，amend，remedy（治療法；解決法），improve，rectify，reform，remodel

＊變好：become / get better＝change for the better

＊變壞：worsen＝get / grow worse＝go bad，go from bad to worse

4. 侮辱；使蒙羞，便失面子

insult，humiliate，affront，mortify，disdain

＊侮辱；輕蔑：insult，affront，scorn，contempt，indignity，disdain

＊輕蔑的：disdainful，scornful，contemptuous

＊**mortification** n. 羞辱，恥辱　＊**humility** n. 謙遜

5. 使變寬；擴張；使增加；擴大

extend（延長），expand（使膨脹），escalate（使逐步升級），augment，increase，amplify，magnify，enlarge 比較 **argument** n. 論證；爭吵 **amply** ad. 充分地；詳細地

＊名詞形式：

extension 擴張；增設部分；電話分機
expansion 擴張；膨脹
escalation 逐步升級
augmentation 增加；增大
increase 增加；增大
amplification 擴大；擴張；擴增
magnification 擴大；擴大倍數
enlargement 擴大；擴張

6. 誹謗，中傷

slander，abuse，libel，revile，vilify，calumniate，asperse，defame，speak ill of

＊誹謗，中傷：slander，abuse，libel，calumny，aspersion，defamation
＊中傷的：slanderous，calumnious
＊稱讚：praise，applaud，admire，commend，laud，eulogize，panegyrize，speak highly of
＊稱讚：praise，applause，admiration，commendation，laudation，panegyric
＊**contempt** n. 輕蔑（＝disdain）；丟臉（＝disgrace）
contemptible a. 可輕蔑的
contemptuous a. 輕蔑的

7. 刺激（內心）；煽動

stimulate，excite（使興奮），provoke，motivate（賦予動機），inspire，stir，spur，incite，agitate

＊刺激；動力：impetus，stimulus＝incentive
＝incitement＝motivation（動機）

比較 **excitement** n. 興奮；刺激
provocation n. 挑釁；刺激；激怒
inspiration n. 鼓舞，激勵；靈感
agitation [ˌædʒəˋteʃən] n. 激動；興奮；神經過敏（＝nervousness）
prompt a. 迅速的；即時的（＝punctual）

參考 **impromptu** a. 事先無準備的；即席的（＝improvised＝offhand＝immediate）
improvise v.（詩等）即興創作，即興演奏（＝extemporize）

8. 逗留；玩忽

linger，dawdle，procrastinate，loiter，lag，dillydally

＊**procrastination** n. 延遲；耽擱
laggard n. 遲鈍的人；落後者

9. 使鬆弛；使鎮定；安慰

mitigate，appease，alleviate，placate，assuage，allay，soothe，relieve，tranquilize，ease，pacify，mollify，calm

比較 **extenuate** [ɪkˋstrɛnjʊˌet] v.（罪等）減輕；低估
＊溫和；減輕：mitigation，appeasement，alleviation，placation，assuagement，allayment，relief，tranquilization，easing，pacification，mollification
＊**tranquility** [træŋˋkwɪlətɪ] n. 寧靜；平穩
tranquil a. 寧靜的；安靜的

10. 責備，痛斥

reproach，rebuke，reprehend，reprimand，reprove，condemn，reprobate，rate，berate，upbraid，scold，chide，censure，admonish（警告）

*責備：reproach，rebuke，reprehension，reprimand，reproof，condemnation，scolding，censure，blame，criticism

*被責備，受批評：be reproached，rebuked，reprehended，reprimanded，condemned，reproved，rated，berated，upbraided，scolded，censured，admonished

11. 憎惡，厭惡

abhor，abominate，loathe，detest，hate，disgust（使噁心）

*很討厭的，厭惡的：abhorrent，abominable，loathsome，detestable，hateful，disgusting

*厭惡：abhorrence，abomination，detestation，hatred，repugnance，disgust，aversion，antipathy

12. 分配

assign，allot，allocate，apportion，ration

*分配（量）：assignment（作業），allotment，allocation（配給），apportionment，ration（一定的配給量）

13. 禁止；妨礙

prohibit，inhibit，ban，hinder（阻擋） 比較 **restrain** v.（自我）克制；限制

*妨礙；禁止：prohibition＝inhibition＝ban

比較 **taboo** n. 禁忌，忌諱

restriction n. 限制；約束

14. 歸因於

ascribe，attribute，impute（歸咎），refer（把～歸因於，認為～）

*** attribute** n. 屬性；特性（＝trait，characteristic，property，feature（特徵；臉的一部分））
*** reference** n. 提及；涉及
*** a reference book / letter** 參考書／推薦信

15. 散播；普及

disperse，disseminate，scatter，sprinkle，dissipate，strew（播撒），distribute（分配；分布）

*** sprinkle** v.（液體或粉末等）灑，撒
dissipate v.（雲、霧等）驅散；使（悲傷等）消失；（時間、財產等）浪費，揮霍

16. 妨礙；阻擋

obstruct，block（封鎖），hamper，hinder，bar，impede

*妨礙；障礙物：obstruction，obstacle，hamper，hindrance，barrier，barricade，impediment，blockade [blɑˋked]（封鎖）

17. 尊敬；敬仰

respect，esteem，revere，venerate，adore，worship（崇拜）

*尊敬；尊重：esteem，reverence，veneration，adoration（羨慕），worship（崇拜）

18. 嘲笑，嘲弄

deride，ridicule，mock，sneer，scoff，jeer，laugh at，make fun of，make a fool of

*嘲笑，嘲弄：derision，ridicule，sneer，jeering，mockery

19. 倔強的；頑固的

obstinate，stubborn，tenacious，dogged，pigheaded，headstrong
比較 **determined** a. 堅定的
dogmatic a. 武斷的
adamant [ˋædəmənt] a. 堅定的

＊固執地：obstinately，stubbornly，tenaciously，persistently

20. 勇敢的；大膽的

gallant，valiant，valorous，brave，courageous，intrepid，daring，audacious [ɔˋdeʃəs]，bold（無畏的），fearless，plucky
反 膽怯的：cowardly＝craven＝dastardly
膽小鬼：coward＝craven＝chicken＝poltroon
＊**cowardice** [ˋkaʊədɪs] n. 膽怯

＊大膽：intrepidity，daring，audacity，boldness，bravery（勇敢）
＊勇敢地：gallantly，valiantly，bravely，courageously，vigorously，dauntlessly，daringly（大膽地）
＊**daunt** [dɔnt] v. 威嚇；使（某人）氣餒

21. 冷酷的，無情的；嚴峻的

ruthless，rigorous，severe，fierce，pitiless，heartless

＊無情地，毫不留情地：ruthlessly，rigorously，severely，fiercely，pitilessly，heartlessly，mercilessly，without mercy / remorse

22. 緩慢的；無生氣的；不活動的

inanimate，inactive，languid（懶散的），spiritless，sluggish，inert

比較 **stationary** a. 不動的（＝motionless）；無變化的
stationery n. 文具
static a. 靜止的；固定的

反 **dynamic**＝kinetic [kɪˋnɛtɪk] a. 有力的；活躍的
lethargic [lɪˋθɑrdʒɪk] a. 昏迷的；發睏的（＝sleepy）；無氣力的
dilatory [ˋdɪlə,torɪ] a. 拖拉的；拖延的
belated [bɪˋletɪd] a. 為時已晚的，遲來的

＊迅速的：swift，quick，speedy，fleet，prompt，without delay，instantaneous（即時的；瞬間的）

＊迅速地：swiftly，quickly，speedily，fleetly，promptly，instantaneously（即時地；瞬間地）

23. 傷害的；有害的

harmful，injurious，detrimental，deleterious [,dɛləˋtɪrɪəs]（有毒的），noisome

＊有毒氣的；有毒的：noxious，venomous，poisonous，virulent，baneful，toxic，pernicious（致命的）

＊毒：poison，toxicant，venom（蛇等的毒），virus（病毒）

比較 **toxication** [,tɑksɪˋkeʃən] n. 中毒
obnoxious [əbˋnɑkʃəs] a. 極不愉快的；討厭的
innocuous [ɪˋnɑkjuəs] a. 無害的；沒有毒的；不會導致反感的

24. 肥胖的，胖乎乎的；豐滿的

obese，plump，corpulent，chubby，buxom，fat，overweight

比較 **obese** [oˋbis] a. 極為肥胖的
obesity n. 肥胖（＝overweight）
plump [plʌmp] a. 胖乎乎的，圓胖的
corpulent [ˋkɔrpjələnt] a.（因疾病）肥胖的；多脂的（＝fat）
chubby [ˋtʃʌbɪ] a. 胖乎乎的
buxom [ˋbʌksəm] a.（女人）胖乎乎而可愛的；豐滿的

25. 悶悶不樂的；陰沉的；憂鬱的

sullen，moody，morose，sulky，dour，downcast，melancholy，dejected，depressed，cheerless，joyless，dismal

＊a sullen face 悶悶不樂的臉
＊pull / have / wear / put on a long face 悶悶不樂

26. 很生氣的；激動的

indignant，furious（激烈的），irate，frenzied（狂亂的），violently angry

＊激動：indignation，fury，rage，wrath，exasperation，enragement，resentment，frenzy（狂熱；狂亂），insanity（瘋狂）
＊使激動：exasperate [ɪgˋzæspəˏret]，enrage，infuriate，resent
＊激動：get indignant / enraged / infuriated，grow furious，blow one's top，have a fit（大發脾氣）

27. 華麗的

gorgeous，gaudy，sumptuous，splendid，showy 比較 **magnificent** a. 華貴的；壯麗的 **brilliant** a. 豔麗的；明亮的 **lustrous** a. 光亮的；光輝的

反 污穢的，骯髒的：squalid，sordid，shabby，filthy
＊華麗地：gorgeously，gaudily，sumptuously，splendidly，showily，magnificently，brilliantly
＊奢侈的：sumptuous [ˋsʌmptʃuəs]，extravagant [ɪkˋstrævəgənt]，lavish（奢侈浪費的）

28. 豐富的；富有的

abundant，affluent（富裕的），opulent，plentiful，copious，wealthy，luxurious（奢侈的），exuberant（豐富的；充溢的），overflowing（溢出的）

＊豐富地；富有地：abundantly，affluently，opulently，plentifully，copiously，wealthily，luxuriously，exuberantly

＊豐富；富裕：abundance，affluence，opulence，plentifulness，copiousness，wealth，luxury，exuberance（豐富）

29. 傲慢的；驕傲的；沒禮貌的

arrogant，haughty，insolent，supercilious [ˌsupəˋsɪlɪəs]，overbearing，impertinent（無禮的），domineering（喜歡支配別人的），audacious（膽大妄為的；厚顏無恥的），imperious（專橫的），impudent（厚顏無恥的），bumptious [ˋbʌmpʃəs]

＊傲慢地；驕傲地：arrogantly，haughtily，insolently，superciliously，overbearingly，impertinently（不禮貌地），domineeringly，audaciously，proudly，impudently

30. 巨大的，極大地，龐大的

titanic，gigantic [dʒaɪˋgætɪk]，mammoth，huge，monstrous，colossal，tremendous（可怕的），immense，vast（廣闊的），massive（厚重的），bulky，prodigious [prəˋdɪdʒəs]，stupendous

＊巨大地，極大地，龐大地：gigantically，hugely，colossally，tremendously，immensely，vastly，massively，bulkily，prodigiously，stupendously

31. 明顯的；明白的

manifest，obvious，evident，explicit，distinct，plain，clear

＊明顯地；明白地：manifestly，obviously，evidently，explicitly，distinctly，plainly，clearly

＊含糊的；模糊的：vague，ambiguous，equivocal，obscure，indistinct，hazy，dim，nebulous [ˋnɛbjələs]

＊**blue** a. 藍色的；憂鬱的（＝melancholy＝gloomy）

blur [blɝ] v. 使變模糊；使變髒 n. 污漬，污點

32. 好鬥的，好戰的

belligerent [bəˋlɪdʒərənt]，truculent [ˋtrʌkjələnt]，bellicose [ˋbɛlə,kos]，warlike [ˋwɔr,laɪk]，pugnacious [pʌgˋneʃəs]

比較 好爭論的：contentious，quarrelsome

＊**aggressive** a. 侵略的；進攻的（＝offensive）；積極進取的（＝active＝positive）

33. 熟練的，老練的；靈巧的

dexterous，adroit，deft，adept，proficient，accomplished，expert，skillful 比較 **dexterity** n. 靈巧，熟練（adroitness，skillfulness，deftness） **ambidextrous** a. 雙手靈巧的；懷有二心的；欺騙性的（＝deceitful）

＊老練地：adroitly＝expertly＝proficiently＝skillfully＝with skill

34. 正確的；精密的

accurate，precise，correct，exact，veracious
比較 **voracious** [vo'reʃəs] a. 狼吞虎嚥的；食欲旺盛的
avaricious [,ævə'rɪʃəs] a. 貪財的；貪心的（＝greedy）

＊正確：accuracy，precision，correctness，exactness，veracity
＊正確地：accurately，precisely，correctly，exactly，veraciously，
minutely（詳細地），closely（嚴密地），
elaborately（精心地；精巧地）

35. 吵鬧的；騷亂的

tumultuous [tju'mʌltʃuəs]，uproarious，clamorous，boisterous，
turbulent（騷動的），riotous，noisy

＊混亂；騷動：tumult，uproar，clamor，ferment（發酵），
commotion，chaos（無秩序），
turbulence（動亂；亂流），riot
＊吵鬧地，喧嘩地：uproariously，clamorously，boisterously，
turbulently，noisily

36. 使人震驚的，驚人的

startling，astounding，astonishing，amazing，surprising，
tremendous，marvelous，world-shaking（震驚世界的），
sensational

＊使人震驚：startle＝astound，astonish，surprise，amaze，shock，
stun（使感到驚奇）

37. 天生的，先天的

inherent，innate，native，indigenous [ɪn'dɪdʒɪnəs]，congenital，
natural，inborn，intrinsic（本質的；固有的）

反 **extrinsic** a. 外來的；非本質的
acquired a. 後天的；養成的

38. 顯著的；突出的；著名的

eminent，prominent，outstanding，remarkable，striking，noteworthy，marked，distinguished

＊顯著地；突出地：remarkably＝prominently＝strikingly＝markedly
eminently（出眾地）＝outstandingly（與眾不同地）（＝exceptionally）

39. 奇怪的，奇妙的，古怪的

eccentric，bizarre [bɪ`zɑr]，erratic，queer，quaint，grotesque，outrageous（殘暴的），weird [wɪrd]（神祕的，超自然的），odd

比較 不尋常的；非正常的：uncommon，abnormal，
extraordinary，unusual，
outlandish（異國風格的；古怪的）
（＝exotic）

40. 簡潔的；明瞭的

succinct，brief，terse，concise，compact，short，plain，clear，sententious [sɛn`tɛnʃəs]（警句的）

＊簡潔地：succinctly，briefly，tersely，concisely，compactly，
shortly，plainly，clearly，with concision
＊冗長的：redundant，lengthy，prolix，tedious，diffuse，verbose，
dull，wordy
＊複雜的：intricate，complicated，complex，
sophisticated（精密的），elaborated（精心製作的）

41. 魯莽的；輕率的

rash，reckless，indiscreet，thoughtless，headlong（頭朝前的），foolhardy，impudent

＊魯莽地：rashly，recklessly，indiscreetly，thoughtlessly，
headlong（頭朝前地），foolhardily
＊魯莽：rashness，recklessness，thoughtlessness，impudence

42. 嚴厲的，嚴格的

rigid（剛硬的；死板的），rigorous，strict，severe，stringent，austere，stern

比較 **austere** [ɔ`stɪr] a. 樸素的，無裝飾的，簡樸的；嚴格的
austerity [ɔ`stɛrətɪ] n. 簡樸，樸素
austerely ad. 簡樸地，樸素地

43. 坦率的

candid，frank，outspoken，plain，forthright，straight (forward)，open，downright，open-minded，openhearted，upfront

＊露骨地：candidly，frankly，outspokenly，plainly，straightforwardly，openly，broadly，bluntly

44. 貪婪的

avaricious，gluttonous（暴食的），greedy，rapacious [rə`peʃəs]，insatiable，avid，covetous [`kʌvɪtəs]，grasping

＊貪欲：avarice，greed，cupidity，rapacity，covetousness，avidity（狂熱），glutton（貪食者；酷愛～的人）

45. 熱烈的；認真的；強烈的

enthusiastic [ɪn͵θjuzɪ`æstɪk]，fervent，zealous，ardent，fiery（火一般的），passionate

＊熱烈地；狂熱地：enthusiastically，fervently，zealously，ardently，fierily，passionately

46. 陳舊的；乏味的

hackneyed ['hæknɪd]，stale，banal [bə'nɑl]，trite，commonplace，stereotyped，ordinary

＊低俗的，庸俗的：vulgar，base，mean，indecent，
ignoble（卑鄙的）

47. 多樣的，各種各樣的

diverse，various，manifold，multiple（複合的）

＊**diversity** n. 多樣性；變化（＝variety）；差異
diversification n. 多樣性　**diversify** v. 多樣化
variety n. 多樣性　**vary** v. 變化；多樣化

48. 痛苦，苦惱，煩惱

anguish，distress，agony，torture（拷問），torment（折磨），harassment（騷擾）

＊折磨：distress，torment，torture，annoy，harass，
bother，bug，bully，molest（性騷擾）

49. 危險

jeopardy ['dʒɛpədɪ]，hazard，peril，danger，risk

＊危險的：jeopardous，hazardous，perilous，
dangerous，risky，unsafe，insecure，touch-and-go
＊危險地：jeopardously，hazardously，perilously，
dangerously，riskily，unsafely，insecurely
＊使危險：jeopardize，imperil，risk（冒險）

50. 避難所；藏身處

shelter，refuge [ˋrɛfjudʒ]，sanctuary [ˋsæŋktʃʊˏɛrɪ]（庇護所；聖地）
比較 refugee [ˏrɛfjʊˋdʒi] n. 難民，避難者
an economic refugee 經濟難民

*保護：shelter，protect，guard，safeguard，shield（盾牌；保護者）

08. 征服 100 個 閱讀必修連接表達！

這個部分所列出的是在閱讀測驗中常見的字詞，想提升閱讀測驗成績的學習者可多多參考這一節的內容。

對照	while（然而），in contrast（對照之下），on the other hand（另一方面），however（可是，然而），nevertheless＝nonetheless（儘管如此），but＝yet（但），still（仍然），on the contrary（相反地），whereas（但是），instead（反而），unlikely（不可能），conversely（相反地），in reality（實際上），unfortunately（不幸地）
舉例	for example＝for instance（例如，比如），as an illustration（舉例來說），as an example（舉個例子），in particular（特別，尤其）
比較；類似	likely＝likewise＝in like manner（同樣地），likely（可能地），similarly（相似地），in the same way（相同的方法地），in / by comparison（比較之下）
因果	therefore＝thus＝so＝hence（因此），accordingly（因此），consequently（所以），in conclusion（綜上所述），as a result＝as a consequence（結果）
添加	also（又），as well（還有），furthermore（此外），moreover（此外），in addition＝additionally（除此之外），what is more（而且）
讓步	though＝although，even though＝even if（即使～），with all＝for all＝in spite of＝despite＝notwithstanding＝in the face / teeth of（儘管如此），nevertheless＝nonetheless（雖然～但是）
總結	in belief＝in a word＝in short（簡單來說），in other words（換句話說），in sum（總之，簡言之），to sum up＝in a nutshell（總地來說）
原因	because＝because of＝since＝for＝as＝owing to＝due to＝on account of（由於，因為），on the ground of（以～的理由），thanks to（多虧～）

目的	for the purpose of＝with a view to（為了～的目的），so as to＝in order to / that（為了～）
換句話說	namely（即），that is（to say）＝in other words（換句話說）
條件	otherwise（否則），unless＝except that（除非），in case（為了避免～的情況），in the event of（萬一～的情況時）
強調	indeed（的確），certainly（當然），in fact＝in truth＝actually＝as a matter of fact（事實上），above all（最重要的是）
列舉	firstly（首先），first of all（首先，第一個），secondly（其次，第二個）thirdly（第三個），lastly＝finally（最後，終於）
意見	in one's opinion / view（在某人看來），apparently（顯然地）
其他	at first（起初），surprisingly（令人驚訝地），alternatively（或者），fortunately（幸好），according to（根據），at any rate（無論如何），considering（考量到），regardless of（不管），by all means（無論如何），worst of all（最糟的是）

NOTE

INDEX

附　錄

A

B

C

D

F

G

H

I

J

L

P

Q

R

S

T

U

V

W

台灣廣廈 國際出版集團
Taiwan Mansion International Group

國家圖書館出版品預行編目（CIP）資料

英文字源解剖大全 / 奉元河，李慶州著. -- 初版. -- 新北市：語研學院出版社, 2023.07
面； 公分
ISBN 978-626-97244-7-5(平裝)
1.CST: 英語 2.CST: 詞彙

805.12 112009130

英文字源解剖大全

字根、字首、字尾全解析，用同一個字根延伸多個單字，擴充10倍單字量！

作　　者／奉元河・李慶州
譯　　者／金俊杰
編輯中心編輯長／伍峻宏・**編輯**／賴敬宗
封面設計／曾詩涵・**內頁排版**／東豪印刷事業有限公司
製版・印刷・裝訂／東豪・紘億・明和

行企研發中心總監／陳冠蒨
媒體公關組／陳柔彣
綜合業務組／何欣穎
線上學習中心總監／陳冠蒨
數位營運組／顏佑婷
企製開發組／江季珊

發 行 人／江媛珍
法 律 顧 問／第一國際法律事務所 余淑杏律師・北辰著作權事務所 蕭雄淋律師
出　　版／語研學院
發　　行／台灣廣廈有聲圖書有限公司
地址：新北市235中和區中山路二段359巷7號2樓
電話：（886）2-2225-5777・傳真：（886）2-2225-8052
讀者服務信箱／cs@booknews.com.tw

代理印務・全球總經銷／知遠文化事業有限公司
地址：新北市222深坑區北深路三段155巷25號5樓
電話：（886）2-2664-8800・傳真：（886）2-2664-8801
郵 政 劃 撥／劃撥帳號：18836722
劃撥戶名：知遠文化事業有限公司（※單次購書金額未達1000元，請另付70元郵資。）

■出版日期：2023年07月
ISBN：978-626-97244-7-5